特別検査

金融報復者

杉田 望

Sugita Nozomu

文芸社文庫

目次

第一章　検査監理官就任

1

二〇〇三年八月二十六日午前八時。台風一過の東京の空は晴れ渡り、朝からじりじりと気温が上がり出していた。牟田要造《むたようぞう》は空を仰いだ。頭髪は七三にしっかり分け、中肉中背のがっちりした体軀《たいく》に、グレーの背広に地味な臙脂《えんじ》色のネクタイ。どこからみても凡庸なサラリーマンの姿だ。

雲が勢いよく流れていく。フィリピン沖合に大型の台風が発生し、今朝のテレビニュースは来週早々には日本列島に接近するだろうと、伝えていた。牟田要造はうっすらとにじむ額の汗をハンケチでぬぐい、上着を左手に持ち替えると、駅に向かう足を速めた。

検査監理官――。

牟田は歩きながらひとりつぶやいた。その語感が気に入っていた。昨夜から幾度もつぶやき、口にした官職名だった。身の引き締まる思い――などという月並みな言葉を想い浮かべ、思わず頬がゆるむ。しかし、それは間違いなくノンキャリア最高峰のポストだ。辞令を局長室で受けたのは昨日のことだ。昇進を告げると、妻の幸代は、おめでとうございますと、祝いの膳を用意した。子ども二人は家を出ていまは二人だけの生活。久しぶりに深酒をし妻を抱いた。

人は牟田を腕利きの検査官と呼び、恐れをなす。人生のほとんどを、金融検査官として過ごしてきた。六十年近くの人生を顧みたとき高卒の専門職としては決して悪くない人生だと思う。けれども心には闇があった。七年前の悪夢。マスコミが「大蔵官僚過剰接待事件」と命名した事件だ。そのとき、検査局から二人の犠牲者が出た。そのひとりが同郷山形の先輩だった。

もともと彼は清廉《せいれん》な官吏で、生来、他人の懐をあてに飲み食いするような男ではなかった。検査相手に金員を要求した訳ではないが、確かに彼自身もいいわけのできぬ接待にあずかった。

しかし、悪《あ》しき慣行というべきか、バブルが膨らむ中で、芸者を侍らせての高級料亭でのどんちゃん騒ぎは日常化し、気がついてみると、主計局から始まった接待汚染は旧大蔵省全体に広がり、検査部門も巻き込まれていった。銀行にたかり、飲み食いのあと女まで世話してもらう大蔵官僚——などとマスコミは旧大蔵官僚たたきに狂《きょう》奔《ほん》し、世間は怨嗟《えんさ》の視線を旧大蔵官僚に向けた。

いまにして思う。政治も検察も、身内の旧大蔵上層部も、世論を抑え込むためには、生《い》け贄《にえ》を用意する以外にないと考えたのだ。哀れにも、生け贄にされたのが郷里の先輩、成原統括検査官だった。

任意とはいえ、牟田自身も幾度か検察庁に呼び出しを受けた。最初はたかをくっていたが、考えていた以上に検察の調べが進み、接待の詳細をすでに把握していたことには驚愕させられた。しかし、牟田は小物に過ぎた。狙われたのは、成原統括検査官だった。彼は幾度も呼び出しを受けた。

「参ったね……」

成原は取り調べの一部始終を話した。牟田には自らの体験から取り調べの様子が手に取るようにわかった。長時間におよぶ取り調べに、心身ともに参っていた成原は、苦笑混じりに検察官の口まねをした。

「あんたが頑張ってみても意味ないんだ。銀行の連中は、とっくに吐いちまったんだからな……。あんたらに接待を強要され、仕方がなかったんだ、そう話している」

息子の年齢にもとどかぬ、年若い検察官の言葉で逮捕が間近であることを彼は知り、観念した。調べを受けるうちに、身内同然の銀行に裏切られたことを知った。

昭和時代の検査局と銀行は、一体であると考えていた。官財癒着と非難されようが、そうするのが国民と国家のためであり、互いに利益を共有する仲間であると信じていたからだ。それがいとも簡単に裏切られた。それを知ったとき彼の誇りはがたがたに崩れた。

「やられたよ、連中に……」

本省庁舎で検察庁から帰るのを待ち受けていた牟田要造を前に、成原は無念の色を浮かべた。彼が自宅の車庫で縊死《いし》するのは翌日のことだ。彼は雪冤《せつえん》を主張する間もなく死に追いやられたのだった。

人間の一生には転機とか、岐路という節目がある。選択や決断を迫られるときだ。高校を卒業する間際、牟田は迷わず公務員試験を受けた。浮き沈みの激しい民間企業に勤めるよりも、公務員の方が安定していると考えたからだ。安定志向は子どもの頃からで行動はつねに慎重な男だ。どうせならば——と、最難関の旧大蔵省を目指し、難関を突破した。そこで出会ったのが成原だった。

成原統括検査官とは、同じ市内の商業高校の同窓だった。当時の商業高校は中学でもトップクラスの成績の者でなければ入れなかった。牟田自身も学年で五指に入る成績優秀な生徒だった。商業高校から大学に進学する生徒がまれにいた。教師も進学を勧めたのだった。しかし、牟田の実家は雑貨を商う小さな商店で、兄弟五人もの子だくさんとあって家庭の事情が許さなかった。成原も同じような環境で育った。話してみると共通の知人もあった。

成原は面倒見のいい男で、郷里の後輩をかわいがった。キャリア官僚とは異なる専門職としての生きざまを教えてくれたのもまた成原だった。牟田は成原を兄と思い、文字通り兄事した。仕事は単調そのものだった。

入省して五年目。周りを見渡せば、同期のキャリアは特急列車で出世を重ねる。こんなはずではなかったという思いがつのり、田舎の高校秀才は壁にぶち当たった。いっそ役所を辞めて大学に入ろうかとも考えた。やはり、役所は学歴がものいう社会だ。将来に迷いを感じ、相談した相手もまた成原だった。

「何を馬鹿なことをいう」

そのとき、成原は諭した。自分たちの仕事は、たとえキャリアの連中だって踏み込むことのできぬ不可侵の聖域なのだ、その聖域の守護神が専門職なのだ。先輩から後輩に営々と受け継がれていく神職。そこには局長であろうが、次官であろうが、大臣であろうが立ち入ることができぬ。自分たちは、そういう仕事をしているのだ――と。なるほど自分の仕事を改めて見直してみれば、成原のいう通りだ。その言葉に得心し、牟田は専門職としての検査官の仕事に自信と誇りを持つようになった。あのときのやりとりを明確に思い出す。新橋の縄暖簾《なわのれん》でのことだった。

「神職ですか……」

「そう――。大銀行の頭取だって我々にひれ伏す、そういう仕事だ。しかし、我々はあくまで黒子。影の薄い黒子、そういう存在なのだ、わかるかな」

成原は自信に満ちた顔で応えたものだ。

その成原が死んだ。こともあろうに、銀行の連中に売られたのだ。牟田は手をまわして調べた。成原を売ったのは、東和銀行MOF《モフ》担《たん》の高野隆行だ。MOF担とは、銀行のエリートであり、つきあう相手は主計局や金融部局の幹部たちだ。ノンキャリアの検査官など員数外と思っている連中だ。

検察官相手にどのように供述したか、キャリアは別だが、ノンキャリアなど、どうでもいいと思ったに違いない。高野は成原を検察に売り、その見返りに罪を免れたのだ。いや官学出の連中は法律の裏を知っている。たぶん、請託側と収賄側には、立件時効に時差のあることを知っていたのだ。その後、出世を重ね、中部銀行と合併がなり、いま高野はCFJ銀行の企画担当常務だ。

あの男だけは絶対に許せない、あのとき牟田は成原の仏前に誓った。成原先輩、あなたの仇《かたき》はきっと討ってみせる——と。

牟田自身も被害者だった。事件のあと訓告の処分を受け、地方部局に異動させられた。むろん制裁の意味からだ。統括検査官として本庁に戻されたのは四年前。鬼の検査官との異名をとったのは以後のことだ。あれが二度目の転機なら今度は三度目の転機だ。まじめに仕事をやってきたと思う。牟田の頭には四大金融グループの財務指標がすっぽりと収まっている。それは努力のたまものでもあったが、市場原理主義者が大臣に収まったことも追い風となった。牟田は本庁に復帰すると、容赦なく不良債権を暴き出し、銀行を破綻に追い込み、銀行を震撼させた。

着実に実績を上げ、ついに検査官の最高ポスト・検査監理官に就任した。あれから七年目。ようやくチャンスがめぐってきた。定年まで二年。残された時間はわずかだが、それで十分だ。そのチャンスをいかに生かすべきか、検査監理官を拝命したときから考えてきた。

牟田の頭の中では、構想が固まりつつある。特別検査の噂は、すでに業界に流れている。知己の新聞記者を通じ意図して漏らしたのだ。対象は大口融資先だ。その債務者区分が精査される。これはリベンジなのだ。いやリベンジではない。アベンジだ。リベンジなら私憤に過ぎないが、アベンジは公である。牟田は奥歯を噛みしめ、アベンジという言葉を繰り返した。

後ろで警笛を鳴らしている。狭い道路を黒塗りの乗用車が接近していた。道路の端により、過ぎゆく乗用車を見送る。近くに住む大企業の重役なのか、いい気なものだ、銀行のヤツかと漠然と考える。送迎車で勤務先に向かうことなど生涯あるまい。ぼんやりとそんなことを考えながら電車に乗り込んだ。電車はいつもの通りの大混雑。登庁し、自席につくなり、机上のメモをみた。

局長室に来られたし――とある。牟田はドアをたたく。局長付け秘書が怪訝な顔で牟田を迎えた。ノンキャリアが訪ねるようなところではないからだ。しかし、局長室に来るように言ったのは恵谷《えや》忍《しのぶ》局長だった。

「局長は……」

「はあ、ちょっと」

秘書はためらいをみせた。牟田はかまわず局長室に入った。来客があるようだ。窓を背にした恵谷忍局長は客を相手に談笑しているところだった。客の顔に見覚えがあった。いや、テレビなどによく出ている世間では名の知れた男だ。もちろん直に接するのは初めてだ。用談がすんだようで、それでは、と客は立ち上がり、黙礼をすると、局長室を出て行こうとした。

「頭取」

恵谷局長が客を呼び止めた。

「こちらが牟田監理官です」

客は振り返りざま牟田の顔をみた。

「ほー。あなたが……」

男の目に好奇の色が浮かんでいた。その態度に自分は業界で、どのような評価を受けているかがわかった。

頭取と呼ばれた男は、改めて胸元から名刺を取り出し、長身を折り曲げるようにして牟田に差し出した。名刺には首都三洋銀行頭取とあった。押しも押されもせぬ首都三洋金融グループの総帥高島淳三郎だった。

「どうぞ、よろしく」

高島頭取の態度はあくまで鄭重だった。

自分の名刺を渡しながら、

（はて……）と牟田は思った。

まだ八時四十分。金融庁の記者クラブがにぎわうのは、十一時過ぎだ。新聞記者の目を意識してのことか。なるほど、うまい手を考えたものだ。早朝の局長室ならば密談の事実を秘匿《ひとく》できるというわけだ。

大銀行の頭取が秘書を伴わず、早朝、検査局長を訪ねてきたことの意味は……。脳裏に浮かぶ言葉は謀議だ。恵谷局長は陰謀が大好きだ。どんな密議を交わしていたのか、牟田には見当もつかなかった。局長室に呼んだのは、たぶん高島頭取に引き合わせるためだったような気がした。

（しかし、なんのために？）

牟田は訝りながら名刺を見た。

「ＣＦＪだね、今度は……」

恵谷局長は独り言を言った。その言葉にハッとさせられるものがあった。

（なるほど……）

と牟田はつぶやき、局長室を辞した。

2

九月三日午後六時半。読みさしの書類から目を離し早瀬圭吾は車窓をみた。黒雲に稲妻が光った。近くに落雷したのか、内臓をえぐるような地響きがした。早瀬は電光掲示板に目を移した。

電光掲示板のニュースは九州に上陸した台風が日本列島を蛇行しながら、本日午後、紀伊半島に再上陸し、中部地方一帯は雷を伴った豪雨となり、九月の雨量としては、観測史上の記録を作ったと伝えている。おかげで新大阪駅を午後二時四十九分に出た「のぞみ54A」は枇杷島と名古屋の中間あたりで三時間近くも立ち往生している。

「いったいどうなっているんや」

誰のせいでもないのはわかっているが乗客は苛立っていた。乗客の大半は日帰り出張のサラリーマンだ。新聞も週刊誌もあらかた読み終えたのだろう。閉じこめられた列車のなかではなす術もない。適切な情報を流さないことも苛立ちを強めている。車内のあちらこちらで頻繁に携帯の着メロが鳴っている。その度にデッキに出て、電話を受けている。いつ動くのか、電光掲示板は同じニュースしか伝えていない。わかっているのは、豪雨の影響でＪＲ東海道線は東京〜大阪間の全線で運転を見合わせていることだけだ。

ＣＦＪ銀行西宮支店に勤務していた早瀬圭吾が東京本部勤務の辞令を受けたのは、先週末のことだ。サラリーマンは辛いものだ。辞令ひとつでどこにでも飛ばされる。独り身とはいえ、四十を過ぎての転勤はつらいものがある。それにしても急な話だった。

「早瀬さん、電話……」

同僚の声に振り向き、電話に出ると支店長の村井からだった。すぐに支店長室に来てくれないかという。支店長室は二階にある。早瀬は急ぎ支店長室に向かった。審査書類に目を通していた村井は、老眼鏡を外し応接用のソファを指さした。

「まあ、そこに座ってや。急な話で申し訳ないが、東京本部異動の辞令が出た。正式には来週月曜の発令になる」

その言葉に早瀬は耳を疑った。すでに春の定期人事は終わっている。季節はずれの人事異動である。それに西宮支店に異動してまだ一年だ。普通なら三年だ。異動には早すぎるのである。

いや、そもそも、支店廻りの行員が本部勤務になるなど、これまで前例がなかった。銀行員としての経歴にしても、平凡なものだ。大阪や東京など、支店から支店へと転勤を重ねる支店廻りの行員だ。伏見支店から西宮支店に移ったのは三年前のことだ。西宮支店では中小企業向け融資審査担当。そんな経歴の男に本部勤務など、あり得ぬことだ。思わず早瀬は村井の顔を見ずにはいられなかった。村井は早瀬の顔をみて、大きく二度頷《うなず》いた。彼も同じ感慨を抱いているようで、深呼吸してから言葉を足した。

「高野さんからの直々の要請で、ね。是非君を本部に回して欲しいというんだ。そういうわけだから……まあ、身分は支店預りということだがね」

「高野常務からですか」

早瀬には心当たりがなかった。

通常なら本部への異動は、出世コースとみなされた。早瀬は一度も本部勤務の経験はなかったし、頼るべき知己もいなかった。本部勤務など希望しても、叶えられる立場にないのである。しかも本店執行役員直々の指名だというから、なおさらだ。

しかし、以前とは事情が異なる。本部の噂は小さな地方支店にまで伝わってくる。重役たちばかりか中間管理職を巻き込む峻烈な派閥抗争の噂だ。まさか自分が、そこにからむとは思わなかったが、普通ではない人事の話を聞かされ、早瀬は何か裏があるに相違ないと思った。

「ところで……」

村井は足を組み直し、改めて早瀬の顔をみながら言った。村井は中部銀行と合併する以前、東和銀行にあって一度は出世コースに乗りかけた男だ。しかし、地方支店に追いやられた、いまは西宮支店を最後に退職を待つ身である。噂では、彼も派閥抗争に巻き込まれ不遇をかこったとのことだ。

「高野さんとは、どこかでいっしょに仕事をしたことがあるのかね」

当然の質問だ。しかし、その言葉にどこか棘があった。

あのとき、早瀬は当惑した。高野隆行常務は旧大蔵省の接待汚職事件で、その責任を問われ勝田忠則頭取らが退陣したあと、頭取に就任した中西正輝の人脈に近い人物として知られる。支店廻りの行員にすれば、いわば雲上人だ。その高野常務が直々に声をかけてきたのだという。

高野常務が——。思い起こしてみても、思い当たることがなかった。唯一、間近に接したのは、新入社員研修のときだ。配属が決まるまでの三ヵ月間、同期入行百二十八人を六つのグループに分けて研修が実施された。学校を出たばかりの若者たちには、過酷ともいえるハードな研修だった。研修は早朝のランニングから始まり、金融実務の基礎や銀行法など、金融に関わる法律的な問題を学ぶほか、外部の専門家や行内の実務経験豊かな先輩たちを迎えての座学など、かなり高度な内容であったのを覚えている。

最後の仕上げがグループ討論だった。金融の専門知識など、仕事をやりながら覚えればいい。研修の最大の目的は、グループ討論にあった。そこで人物を見極めようという狙いが人事にあったからだ。そのとき早瀬たちのグループを指導したのが当時人事部にあった高野常務だった。指導教官の誘導は巧みで人間の生き方論から始まった討論は、次第に個人的な問題にまでおよんだ。

「実は……」

と、最初に切り出したのは同期の幣原剛志《しではらたけし》だった。幣原は最初から目立つ男だった。幣原は少年時代の思い出を話した。それは小動物虐待の話だった。そして幣原は泣いた。幣原の告白をきっかけに関西の名門大学を卒業した新入行員は、中学時代の万引きぐせを告白し、また別な同期は隠微な家族の秘密を暴露してみせた。ある同期は幼年のときに虐められた体験を話した。

「自分は生来の臆病者なのです」

名門大学出の新入行員は話し始めた。

「幼稚園のころから、そうだった」

おばあさんに伴われ散歩に出かけるたびに自分が入ることになる幼稚園を眺めた。

いざ自分がそこに入る段になると、中庭で遊んでいる子どもたちの中にどうしても入れず、そのまま帰ってしまった。翌日、早めに家を出て中庭に誰もいないことを確かめ、なんとか足を入れることができた。

しかし、遊戯が始まると、おじけづいて仲間の輪に加わることができずに、ブランコのそばで待っているおばあさんのところに走っていって、みんなを眺めることしかできなかったと告白した。誰にも触れられたくない過去があるものだ。それを引き出すのがグループ討論というわけだった。

「異質の世界に入っていくとき、戸惑いや抵抗感、躊躇《ちゅうちょ》、恐れ――。自分は意気地なしなのです」

と、彼は自分の深層心理を解剖してみせたのだった。

しかし、それはほんの序の口に過ぎなかった。順繰りに告白が続き、堪えられずに泣き出す者まであらわれた。新たな自己を発見するということで始まったグループ討論は思いもかけぬ方向に流れ始めていた。いまになって考えてみれば、あれは一種のマニュアルによる誘導であったのかもしれない。それに告白の中身も、少年なら誰でも犯す過ちで、たわいのない話ばかりだ。それが封じ込められた環境のなかで異様な雰囲気を醸し出したのだ。早瀬も他人には話したくない秘密の暴露を迫られたものだった。

「やめようや、こんなバカげたこと」

ぼそりと言った。早瀬の一言で、みんなは正気に返った。

「この三日間討論したことは、記録に残さない、そのつもりで……。しかし、これまでの新人研修では最高の出来だ。君たちのリーダーであったことを誇りに思う」

そう言って、高野は締めくくった。

グループ討論で得たのは、奇妙な一体感だった。早瀬の心に残ったのは違和感だけだった。あれから二十数年が経つ。仲間たちはバラバラに散った。同期の出世頭幣原は、いま東京本部企画部門にあって主席部員を務めている。その後高野は出世街道を歩み、いまはCFJ銀行の押しも押されもせぬ大重役としてにらみをきかせている。

早瀬は自分の立場というものを考えてみる。課長の肩書きはあるが、しかし、早瀬は相変わらずの支店廻りの行員である。高野と交わしていた年賀状もいつしか途絶えていた。もやは高野は雲上人なのだ。重役の椅子に座る高野が、そんな末端の行員の名前を覚えている方が不思議なぐらいだ。エリート揃いの本部なら、有能な人材が山ほどいるのにどうして声をかけてきたのか、村井支店長が首をかしげるのは当然で、早瀬自身困惑するばかりだった。

「高野常務は研修担当だったんです」

「ほう、そうなの……」

納得したのか、しなかったのか、村井支店長は早瀬の説明に太った体を揺すり、小首を傾げた。あのとき村井支店長は、それ以上詮索めいた言葉を口にしなかった。いや、支店廻りの男のことなど、正直言えば、彼には関心がなかっただけのことであろう。

「ごくろうさんだね……」

村井支店長は最後に言った。

また稲妻が光った。

近くに落雷したのか、轟音が鳴り響き、わずかに車体が揺れたように感じられた。慌ただしい出立《しゅったつ》だった。後任者に仕事の引き継ぎを終えたのは二日前のことで、昨日は会議に続く会議。会議は昼食を摂りながらも続き、夜は支店の送別会。盛り上がりに欠けた送別会だったが、最後はカラオケというわけで午前様だった。

おかげでいささか飲み過ぎた。まあ、気楽な独身の身だ。離婚してからは、身の回りはいたって簡素だ。家具や家電製品はリサイクル店に売り払い、手荷物一つの身軽な出立だった。ふーとため息が漏れる。いささか感傷的な気分になっているのは、別れた女房の実家で暮らしている一人娘の雅美のことを思い出したからだった。

早いものだ。別れて三年。まだ小学四年のときだ。来春は中学に上がる。近頃はめっぽう大人びてきた。まあ、三ヵ月に一度逢うかどうかの娘だが、東京暮らしとなれば、年に一度逢えるかどうか……。そう思うと、胸に痛みを覚える。

酔いがまだ残っている。離婚して強くなったのは酒だけだ。こめかみのあたりを指で押さえ、時計を見る。もう二時間以上も閉じこめられている勘定だ。

「大変ご迷惑をおかけしています」

また同じ無内容なアナウンスだ。

「クソッたれ」

隣の席の男が怒りも露わに毒づいた。苛立つのも当然だ。車掌は情報らしい情報をまったく伝えないからだ。車内販売も中止。唯一の情報は電光掲示板のニュースだけだ。隣の男が携帯を手にしてしょっちゅう席を立つのが神経にさわる。どうせ列車は動かないとわかっているのに、それでもジッとしていられないのがサラリーマンというものだ。

また携帯の着メロが鳴った。まったく！　と隣の男の顔を盗み見た。それが自分の携帯であることに気づき、迂闊にもＯＦＦにしておかなかったことを悔いた。デッキに出、電話を受けた。また遠くで落雷らしい、豪雨が列車をたたきつけている。

「早瀬君か、いまどこなんだ」

幣原剛志は訊《き》いた。新人研修のときグループのまとめ役であった幣原は、面倒見のいい男で、同僚に対する目配りや気遣い、上司の意向をいち早くくみ取り、積極的に動くその姿勢など、その片鱗はグループミーティングのときにもあらわれていた。高野班二十四人が、退職した者を含め、いまでも年一回の集まりをもっているのは、幣原が幹事役を引き受けているからだった。

その幣原が今夜は久しぶりで在京同期を集め、早瀬の歓迎会を開く予定でいると電話をしてきたのは昨夜のことだ。

電話を受けたとき、早瀬はフッと思った。今度の人事にもしかして、幣原が絡んでいるのではないか――と。高野常務との関係や、いまの彼の地位ならそれも可能だ。しかし幣原は屈託なく笑い飛ばし、そんなことあるわけないじゃないか、と早瀬が口にした疑問を否定した。同期のことを常に気遣う幣原の友情には感謝もするが、早瀬にはうっとうしくもあった。

「いま名古屋の手前なんだ、こういう状態だからな、いつ動くかわからん……」

「何とかならんのか」

幣原は新人研修のときと少しも変わっていない。いつも無茶が通ると思っている男だ。

「無理だよ、全線がストップしていて、いつ復旧するかメドが立っていないからな」

「そうか、それもそうだよな」

幣原は、まあ、今夜は延期だが歓迎会は必ずやるから、と言うと電話を切った。やれやれ、とため息をつき、自席にもどると、これから名古屋駅に向かうとアナウンスしている。それでも、「のぞみ」はなかなか動かなかった。二時間後、ようやく「のぞみ」は動き出した。

大阪から名古屋まで八時間近くを要した勘定になる。構内はごったがえしている。それでも乗客たちは不満ももらさず、駅員の指示に従っている。電車が動くまで駅舎ですごそうとする者、早々と宿を見つけ、街に消えていく者など様々だ。しかし、早瀬には宿の手配もなく、それでも駅舎で一晩あかすのもためらわれる、どうしようか

——と、考えあぐねているとき、

「早瀬君、早瀬君じゃないか」

呼ぶ声に振り向くと、中島洋一郎が笑みを浮かべていた。梅田駅前支店以来だ。関西地域でいくつか支店長を務めた中島は、やはり東和銀行の出身で東和が中部銀行と合併したとき系列ノンバンクに移籍し、そこで取締役におさまっていると聞いている。薄い頭髪はすっかり白くなっていて、支店長時代の威厳はなかった。

「こんなところでお会いするとは……」

早瀬は恐縮の体《てい》で言った。

梅田駅前支店から伏見支店に移ったのはちょうど四年前だから、あれ以来の邂逅《かいこう》と

いうことになる。ずんぐりした体軀。細く優しげな目。銀行員らしい地味な服装。支店長と平行員という関係だから親しく接した記憶はない。それでも中島は、口元に笑みを浮かべ親しげな態度だ。

「とんだ災難だね。僕も今日中に東京に帰らなければならないんだが、これじゃ名古屋に一泊だね」

　中島は時計を見ながら言った。中島が移籍したノンバンクの本社は東京だ。彼の家族は奈良に居住している。単身赴任なのであろうか、身軽な出で立ちだ。

「宿の予約はあるのかね」

「いいえ、どうしようかと……」

　あいにく名古屋は未知の都市で不案内だった。予約もなしに泊まれる宿に心当たりはなかった。早瀬は、宿にあてのないことを正直に話した。

「それなら、ちょうどいいや。僕の知っているホテルがある。そこなら無理がきく。よかったら紹介してもいいのだが……」

「お願いします」

　早瀬は思わず頭を下げた。

　合併する前の東和銀行名古屋支店の法人部で副部長を務めていた中島には、名古屋は馴染みの土地らしい。すたすたと歩き出した中島は駅構内を出て、地下街に入った。

商店のシャッターはすべて下ろされ、人影はまばらで地下街は閑散としている。いま名古屋が旬だと言われるのに意外な印象だった。

「すぐ近くなんだ……」

中島はバッグを手にしただけの軽装だから軽やかな歩みだ。早瀬の方は、ビジネスバッグに、ノートパソコンや書類がぎっしりと入っている。重い手荷物を抱えて、追いつくのに息が切れそうだ。地下街の階段を上り切ったところで、中島は指さした。

「あそこなんだ」

指さす方向を見ると、なるほど、ホテルがみえた。駅前のシティホテルだ。回転ドアを抜けると、正面右手にフロントがあった。フロントはごった返している。いずれも移動の足を失い、急遽、ホテルに押し掛けたひとたちだ。顔なじみらしい。ホテルマンは満面に笑みを浮かべ中島を迎えた。

「二人なんだが、空いているかね」

ホテルは満室のようだ。しかし、フロントマネージャーは部下に指示を出したあと、こちらさまがご一緒の方ですね、いま用意させていますから、と言いながら二人をロビーのソファに案内した。

「中島さんにはいろいろとお世話になっているんですよ。支配人の村上と申します。どうぞ、よろしくお願いします」

村上は名刺を差し出した。

「早瀬です」

「ほー、ＣＦＪ銀行ですか。以前、ミツワ住宅に勤めておりましてね、中島さんとは、その時以来、お付き合いをさせていただいております」

村上は受け取った名刺をしげしげと見ながら言った。

「そうでしたか……」

早瀬はその話を聞き、中島との関係がわかった。東和銀行時代にミツワ住宅を担当したのが中島で、村上がミツワ側のカウンターパートだったことは容易に想像がつく。ミツワ住宅はバブルでつまずきいま再建途中だが、彼もまたリストラで、なれないホテル業に転職したのであろう。

「いよいよ整理ですかな、ミツワも」

村上は眉間にシワをよせ顎《あご》をなでた。額に深い縦皺《たてじわ》が浮かんでいる。彼にも古巣が心配なのだ。整理とは銀行が所有する債権を、産業再生機構に売却することを意味し、買い受けた産業再生機構は、事業を細分化し、切り売りすることになるのだ。

「まだ、わからんが、当局の考えは、強制整理だろうな……」

ＣＦＪグループは巨額の大口債権を抱えており、ミツワ住宅も、そのひとつだ。バブル崩壊で痛手を被ったミツワ住宅など、大口与信をすべて不良債権にカウントし、金融当局は一気に不良債権を処理すべく銀行を指導している。大口与信管理を強化するというのが名目で、そうするのは、不良債権一掃を小村内閣が重要政策課題に掲げているからだった。平成十五年度決算が終わった現在、そんなこんなで銀行は振り回されている。

「そうですね」

と村上はため息をもらした。

「支配人、お部屋の用意ができました」

ベルボーイがカギを持って現れた。

「それでは……」

ベルボーイから受け取ったカギを渡しながら村上は、エレベータに乗り込む二人に深々と頭を下げた。

「彼も変わったたな、ミツワでは重役間違いなしと言われた男が、ホテルのフロントマンとは。同じ営業でもな……。俺にはできるかどうか、まあ、しかし、家族を養うためには贅沢《ぜいたく》はいえないやな、やるしかないんだね、われわれサラリーマンは……」

「はあ……」

早瀬は答えに窮《きゅう》した。早瀬は気楽な独り身だ。しかし、その言葉の深刻な意味合いが痛いほどよくわかる。いま産業界には、リストラの大嵐が吹きまくり、いつ退職勧告を受けるか、戦々恐々で、もはや他人事ではなくなっている。それは巨大銀行とても例外ではなくなった。いったん職を失えば次の仕事を見つけるのは至難だ。ようやく見つけても、給料は従前の半分以下というのが相場というもので住宅ローンを抱える家族持ちには、まさしく恐怖の事態である。

エレベータは十四階で止まった。二人とも同じフロアだった。エレベータホールを右に曲がったところが早瀬の部屋で、中島にはその先の角部屋が用意されていた。村上が気を利かせてくれたのだ。

「なんだか飲みたい気分だな。最上階にバーがある。よかったら、一杯やらないか」

「ご一緒させていただきます」

「それじゃ、三十分後……」

シャワーを浴び、早瀬は約束の時間よりも五分ほど早く部屋を出た。バーにはまだ中島の姿はなかった。照明は落とされ、カウンターの向こうに窓が開けている。もうすでに嵐はおさまり、台風一過の夜空には、流れゆく雲間に下弦《かげん》の月が浮かんでいる。

「待たせてしまったかな」

ビールを注文していると、背後から中島が声をかけてきた。ポロシャツ姿のラフな出で立ちである。シャワーを浴びてきたのか頭髪が濡れている。その頭髪が透けていて、いやに老けて見えた。

「ビールね、同じものを……」

注文を終えると、中島は元気だったかな、と訊いた。

「ええ、おかげさまで」

「そう、そんならいいや、元気なら」

そう言って、手にしたビールを上げ乾杯する仕草をした。二人が向き合った席から、名古屋の夜景がみえる。中島は無言で、台風一過の夜景に見入っていた。勢いよく雲が流れていき、下弦の月が雲間に消えた。中島は姿勢を変えて不意に訊いた。

「それで東京には出張かい？」

「いいえ、転勤なんです。短期ですけど……」

「ほう。転勤ね、こんな時期の転勤とは珍しいじゃないか。今度はどこかね」

「本部です。東京の本部です」

「そりゃあ、おめでとう」

中島はまたビールを上げた。言葉に皮肉な響きはなかった。

「いやあ、本部は難しいところだと聞いています。喜べるような話じゃないんじゃないですか……」

「気が進まんのかね、本部が」

「何となく……」

「わかるな、なんとなく」

中島はにっこりと笑った。中島は早瀬の行内経歴を知っている。中島は支店長として早瀬の人事カードをみていたからだ。中島にもわかっているのだ。四十過ぎまでもっぱら支店廻りを続けてきた行員が本部勤務に回されることの、不安や気苦労、憂患、そして陰鬱な気分を。

「職場はすっかりアメリカナイズされちまった。人間関係はぎすぎすして、年寄りには住みにくい職場だね、とくに本部はな」

中島は独り言のように言う。

早瀬は中島の顔をみた。戦後生まれの五十六歳。中島が銀行員として、どんな人生を歩んできたのか、子細《しさい》は知らない。わかっているのは、若い時分に本部勤務があったらしいこと、その後支店に転出し、名古屋支店で法人部副部長を務めたあと、梅田駅前支店などいくつか支店長を務め、子会社に転出したことからみて、まあまあのサラリーマン人生だったと想像できることぐらいだ。いまは系列ノンバンクの取締役という。そこで取締役を二期務めれば、あとはお払い箱。昔なら七十過ぎまで面倒を見てくれたものだが、銀行にはゆとりがないのだ。

「銀行は変わったね、いや、本当に変わってしまった。僕らが入行したときには、考えられないことをやっている。いや、まったくアメリカ的で実にドライだ。銀行は自らの社会的役割を放棄している。どう思う、この銀行の現状を、早瀬君は？」

「………」

早瀬は応えようがなかった。日々の業務に追われ、そんな風に自分の属する組織を考えてみなかった。二杯目のビールをオーダーしたあと、中島は続けた。

「ミツワも切り売りされそうだね。いや、ミツワだけじゃない、サンエイや西京など問題企業はすべて産業再生機構送りになりそうだ。問題企業の処理を終えれば、ＣＦＪは解体されるかもしれない……」

「ＣＦＪが解体される、と……」

「そう、解体だ」

早瀬は思わず中島の顔をみた。

3

ＣＦＪ銀行東京本部の取締役常務の部屋は企画部門が入っている十八階の奥にあった。一応個室の体裁をとっているが、ドアはいつも開け放されている。それは部屋の主高野隆行のマインドでもある。

しかし、今朝は少し様子が違っている。高野隆行は珍しく執務室のドアを閉め切り、人事カードをめくっていた。

「ふー」

高野はため息を漏らした。机には百枚を超える履歴書が並んでいる。高野が選んだ行員だ。高野が手にしているのは、早瀬圭吾と書かれたカードであった。行内経歴が詳細に記されている。可もなく不可もなく典型的な支店廻りの行員だ。高野は、しばらくそのカードを見つめた。

早瀬のカードが高野常務の机に載ったのにはわけがある。高野の腹心幣原剛志の推挙によるものだ。覚えていますか、と幣原は訊いた。高野には記憶の外だった。確かに人事部に在籍していたとき、新人研修を担当した記憶はあるが、まあ、その他大勢の新入行員などいちいち覚えているはずもない。

「役に立つヤツですよ……」

幣原の話から二十年前の、ひとりの男の風貌を思い出した。中肉中背のさえない男という印象が残っている。出た大学も関西の一流半という評価の大学だ。たぶん運動部出のバカだろう。こういう経歴の男は生涯支店廻りが通り相場だ。本部勤務になるなどあり得ない。しかし、幣原にいわれてみて高野は思い直した。

あのとき、実は高野自身もことのなりゆきに困惑していた。自己発見・自己啓発という名のゲームは、予想を超えて奇妙な方向に流れ始めたからだ。よく宗教団体が使う人間の心を弄《もてあそ》ぶ、あの手法。高野は新しもの好きだ。人心掌握の斬新な手法に思え、だからその手法を取り入れた研修を試みたのであった。

最初、効果的であるようにみえた。しかし、予想外の方向に流れ出し、高野は当惑した。流れを変えたのが、あの男の一言だった。よくいえば、冷静沈着な男だ。研修生の間からホッとため息がもれ、救われたと思ったのは、研修生だけではなかった。実は、高野自身も動揺していた。どう収拾を図るか、その収拾法をまったく用意していなかったからだ。あの一言で、研修生が正気にもどったことに、ホッとしたあのときの自分を覚えている。

もちろんまっとうな人事担当者ならば禁じ手である。しかし、高野は必要とあらば何でもやる男だ。あのときも研修成果を急いだのだ。いまも、そうだ。

（これは戦争だ……）

金融庁を相手にした戦争だ。絶対に勝たねばならぬ戦争だ。戦争に勝つには、屁理屈ばかり言う本部勤務の青白いエリートじゃ勝負にならない。必要なのは少々乱暴だが、行動力のある連中だ。

高野は人事カードに載っているひとりひとりの顔写真を見ながら考えた。戦争ならば禁じ手も許される。コンプライアンスなどという考え方は、これっぽっちもない。このＣＦＪ銀行を守るため、何でもやってのけるつもりだ。いまの高野の頭にあるのは、それだけだ。

ドアをたたく音がする。常務室に現れたのは企画部の幣原剛志だった。高級生地で仕立てたグレーのスーツにカラーのワイシャツ姿。ネクタイは流行のブランド物できっちりと決めている。いかにも一流銀行のバンカーという出で立ち。旧東和銀行から、人事、総務、外国為替、企画など本部のエリートコースを歩み、自他ともに高野の腹心と認められる男だ。幣原は軽く黙礼してから上司の前に置かれた椅子を引き、手にした資料を示した。

「常務……。検査が入るのは、一ヵ月後ということのようです。今度は問題案件の洗い出しが中心のようですが……」

問題案件とは大口融資先のことを指す。

高野は机におかれた資料を、黙って読み始めた。そこには金融庁検査局が通告してきた検査スケジュールと問題案件の一覧表が記されている。問題案件の多くは、デフレ不況のもとで経営難に陥っている大企業に対する大口融資だ。

「うーん、厄介だな。今度は……」

高野は顔をしかめた。

金融庁による検査。今度の場合は、特別検査だ。つまり大口与信の検査であり、具体的にいえば、総合大手スーパーのサンエイ、中堅総合商社日洋グループ、住宅メーカーのミツワ、外食産業の西京産業などが対象となる検査だ。いずれも、与信の規模が大きく問題企業ばかりだ。ちなみにサンエイと日洋グループの両社を合わせただけで、不良債権の規模は四兆円近くになる。

それを解決せよ、と金融庁は常々いってきた。そうはいいながらも、これまではほぼ銀行側の言い分を認めていた。だが、今度の場合は、違っているように高野には思えた。検査の事前の通告もない。慣例からいえば、異常なことである。市場原理主義者の動きがにわかに活発になっているのも気にかかる。連中はマスコミを使い世論を巧みに誘導しながらじわじわと攻め寄ってきている。金融庁はすでに市場原理主義者への抵抗力を失っているようにも見える。いや、市場原理主義者の強硬論に相乗りする格好で次々と厳しい要求を突きつけてきている。金融庁は従前の方針を変えたようにも思えた。

資料を読み終え、高野はしばらく考え、指先で机をたたいた。そのあと、本店にあってはもっとも信頼できる部下に訊いた。

「現場の大将は誰になる?」

「さあ、そこまでは……。はっきりとはわかりませんが、牟田検査監理官……。彼が担当する可能性はあると思います」

幣原は上司の質問に答えた。現場の大将とは、問題企業を対象とする特別検査を指揮する現場の金融庁統括検査官のことだ。その名前を聞き、悪い予感が胸に浮かんだ。

「牟田か……」

牟田要造――。あの男には苦い思いがある。七年前のことだ。当時マスコミ紙上をにぎわしたのは旧大蔵官僚のスキャンダルだった。要するに銀行の過剰接待が問題となり、それが刑事事件に発展し、逮捕直前に二名のノンキャリアの検査官が自殺した。

警視庁と検察庁による合同捜査チームが発足し、内定捜査が始まったのは、それより半年前のことだった。

あのとき高野は、検察庁から呼び出しを受けた。いわゆる「MOF担」の、すなわち、旧東和銀行で旧大蔵省を担当する企画部員であったからだ。検察官は任意の事情聴取だと言った。最初、訊かれたのは、旧大蔵官僚と銀行のつき合いの一般的な事柄であった。時間が経つにつれ、次々と個人名を上げ、その関係を訊いた。いずれも旧大蔵省検査部局の人間だった。

とくに詳しく訊かれたのは、統括検査官の成原という男についてだった。高野は問われるままに答えた。面識はあるが、たいしたつき合いがなかったし、検察の狙いは主計局にあると思っていたからだった。まあ、検査部局のほとんどはノンキャリアであり、まさか、ノンキャリアに飛び火するとは考えもしなかった。

検察が検査部局に対する事情聴取に動き出すのは、その直後だ。関係者の間に「検察に売ったのは、東和の高野らしい」という噂が流れた。高野には身に覚えはなかった。旧大蔵官僚の逮捕に結びつくような供述はしていなかった。まさか事件がノンキャリアの検査官逮捕に発展するとは思っていなかったのだ。

ついに事件は、旧大蔵省の現職検査官二名が検察官の事情聴取を受けた直後に自殺し、現職の若いキャリアが逮捕されるに及んだ。検察に売ったのは高野ではないかと、旧大蔵官僚は高野を疑った。とくにノンキャリアの星とでもいうべき、統括検査官を失った彼らからは憎悪の目を向けられた。

通夜の席だった。実務的な問題を話し合う会議の場で一緒になったに過ぎない相手だったが、高野は通夜に出向いたのだった。高野の姿を認め、つかつかと寄ってきたのは牟田検査官だった。いきなり胸ぐらをつかみ、

「よくまあ、こんな席に顔を出せたものですな。よくもまあ。このことはしっかりと覚えておきますからな……」

そう言った、あの男の目をいまでも忘れることができない。

いま、あの牟田は地方勤務から金融庁本庁にもどり、中小金融機関を担当する部門に移っていると聞いていた。地銀を相手にした検査で牟田は「鬼の検査官」の異名をとり、つぶした銀行は十指にあまると噂されている。その牟田が監理官に就任し、しかも第五部門長併任という。それにしても、季節はずれの人事ではある。

「牟田が、検査監理官に異動したということは確かなのか」

高野はいま一度同じ質問をした。検査局検査監理官。金融庁検査部門全体を統括する現場の最高ポストだ。

「はい。しかも彼は、第五部門長を兼務しているようです」

幣原は言った。

高野は手にした書類を机に投げ出し、虚空をにらんだ。中小企業を担当する検査部門から第五部門に異動した牟田。浅からぬ因縁の男だ。

大手行を担当するのが第五部門だ。検査部門全体を統括する検査監理官が第五部門長を兼務するとは異例。牟田が検査に乗り込んでくることの意味を考えると、高野は金融庁が抱く悪意の根深さを思わずにはいられなかった。

4

ＣＦＪ銀行の頭取中西正輝は、電話を終えてふっと考えごとをした。中川良幸の言った言葉の意味を、もう一度吟味してみた。

「どうですかな……」

「どうって、なんのことだ」

「竹内プランのことだよ」

電話をかけてきた中川良幸は、山東高井銀行の頭取だ。中川とはときおり連絡をとり合い、情報交換をしている。二人は、阪大経済学部の同期であり、かつてサッカー部に所属し、一緒に汗を流した仲間だ。卒業後、選んだ職業も同じ銀行であった。意図して隠しているわけではないが、同じ銀行業界にあっても、二人の関係について知る者は少なかった。

山東高井銀行の頭取を務める中川は、平時ならばとても頭取の職に就くなど考えられないことで、せいぜい部長どまりというのが業界の評価だ。まあ、中西にしても同じようなもので、秘書室長上がりで行内プロトコールのみに終始してきた。経歴からいうならば、凡庸なサラリーマンという意味では中西も同類であった。

その凡庸な男を頭取に押し上げたのは、銀行業界が巨額な不良債権を抱えて危機に追い込まれ、あげくに行内で内紛が起こり、激しい派閥抗争のあげく、次々と幹部たちが失脚したからであった。

しかし、本人は選ばれるべくして選ばれたと思っている。いまや堂々たる大頭取を気取っている。権力者は孤独だ。ときおり電話をかけてくるのは、いわば息抜きみたいなものだ。今朝の電話も、その類のものと思い、軽く受け流した。

「なにやら人を集めているらしい」

中川は声を潜めた。小村第二次内閣で金融担当相に就任した、竹内芳吉が就任後の記者会見で「不良債権を〇七年までに半減させる」と公言し、仲間を集めて『竹内金融再生プラン』なるものを、発表したのは先週末のことだ。中川はそのことを言ったのだ。銀行業界に対する公然たる挑戦とマスコミは書き立てている。

「できるんですかな」

中西は余裕たっぷりに応えた。その答えに中川は含み笑いをした。中川は滅多に笑わない男だ。頬骨が張った四角い顔は他人を威嚇するに十分な迫力があり、銀行家というよりは土建屋のオヤジという風貌で、凄味がある。実際、マスコミがつけたあだ名は「笑わぬ頭取」だ。その中川が珍しく電話で笑った。

「そうだな、その通り」

中川の言葉には、ある種の覚悟のような響きがあった。やれるものならやってみろや、とでもいうべき、居直りにも似た覚悟だ。

学者上がりの竹内芳吉金融担当相。銀行家にとっては不倶戴天《ふぐたいてん》の敵だ。政権与党の自民党内でも浮いた存在であり、肝心な銀行業務に精通しているわけではない。経済学者としても二流の男であり、独自の理論を創造したわけでも、明確なビジョンを持っているわけでもない。それでも油断がならぬと思うのは、竹内のバックで暗躍する市場原理主義者がいるからだ。ヤツは海の向こうの連中ともつながっている。厄介な男なのだ。

むろん、中川が電話をしてきたのは、そんな与太話をするためではなかった。二人の間には喫緊《きっきん》の課題があった。最初に持ちかけたのは中西の方で、それは今期決算を終えるまでに解決しておかなければならない経営上の重大問題だった。ありていに言えば、今期決算で資本不足に陥る恐れがあり、それを穴埋めするため、ＣＦＪ金融グループ傘下のＣＦＪ信託銀行の売却話を持ちかけたのだった。もちろん、二人だけの内密な話だ。まだ取締役会に諮《はか》っているわけではない。幸いうるさいマスコミも気づいている気配はなかった。

話が出て、半月近くが経つ。売却条件や価格もすでに提示済みだ。二千億円――というのが条件で、同じく山東高井金融グループの傘下にある高井信託銀行と合併するのが、この商談の骨子だ。しかし、話が一向に進まないのは、新たな条件を出してきたからだ。

「どうだ、いっそのこと……」

と、先日、都内のホテルで逢ったとき中川は切り出した。中川は例の笑わぬ顔でＣＦＪと山東高井とが合併して世界最強の金融グループを創ろうと説くのであった。山東高井と合併すれば、確かに世界市場で五指に数えられる資産を持つ巨大な金融グループが誕生する。時代の形勢は、中川の言うように巨大金融コングロマリット形成の方向にある。

（しかし……）

中西はためらいを覚えた。君が代表権を持つ会長で、僕は新会社の頭取という条件ではどうか、と中川はいう。これまた、露骨ないいようであり、人事の話まで持ち出し、都合よくことを運ぼうとする魂胆なのだ。中西は中川をライバル視している。ライバルの軍門に降るのを、潔《いさぎよ》しとしない微妙な心理が、返事をためらわせるのだった。この男にも名門東和銀行出の頭取としての、矜持《きょうじ》というものがある。

しかし、それだけが理由ではない。よくよく彼我の力関係を考えざるを得ないのだ。銀行業界の実情は合併に合併を繰り返しながらいま四大金融グループ・プラスαの状態にある。このうちＣＦＪグループについて言えば四大金融グループから脱落寸前の経営状態だ。山東高井との力関係は見えている。現状での合併ではよくても一対九の比率。いや実情はもっと悪い、圧倒的に不利な立場にある。

現状では事実上の吸収合併だ。主導権を握るのは明らかに山東高井側だ。少なくとも五分五分の線まで持って行きたい、そうでなければ、あとで惨めな思いをさせられる。この間の銀行業界再編で、そうした事例をいやというほど見てきている。ためらいを覚えるのはそのことだ。いくら大学以来の旧知の仲とはいえ、そこは冷厳なビジネスの世界だ。だから中西は返事を保留しているのだった。

「どうなんだ……」

と、今日もまた電話で督促してきた。

「急ぎなさんなよ」

執拗に迫る中川を中西は軽くいなした。それは近い将来に考えるべきこと、いまはともかく対等に渡り合える体力をつけることが先決だ。この話、それからでも遅くはない、中西はそう考えている。無理強いは得策でないと中川もさとったようだ。

「しかし……」

と、中川は急に話題を変えた。

「竹内のヤツ……。案外、本気なのかもしれんな。いずれにしても、一波乱ありそうな気配だ。無事じゃすまんかもしれん。なにやら特別検査の噂もあるしな。まあ、用心にこしたことはないだろう」

中西は窓外に目を移した。もたもたしていると、おまえの銀行はねらい打ちにされるぞ、と脅しをかけてきたようにも聞こえる。他の金融グループに比較し、ＣＦＪの財務内容は明らかに劣位《れつい》だ。なるほど、市場原理主義者がねらいを定めるなら、ＣＦＪ銀行は格好のターゲットだ。そう考えると、中西は落ち着かない気分になってくるのだった。

ＣＦＪ銀行は東京、大阪、名古屋に本部を持ち従業員が二万人を超え総資産百兆円を超える巨大銀行だ。その巨大銀行が一挙に泡沫として消えゆく悪夢。この十年の銀行業界の動乱を振り返ってみるなら、不沈といわれた巨大銀行が次々と沈んでいった。決してＣＦＪとて、例外でない。可能性は十分あり得るのだ。

台風が運んできた南太平洋の熱気が、東京をすっぽりと包み、その日の午後も気温は急上昇を続け、温度計は二十八度を上回っている。無事じゃすまん——。その言葉が脳裏に残響する。手洗いに立ち、鏡の前でネクタイに手をやり、顔をのぞいてみる。ずいぶんと白髪が増えた。頭取に就任して二年目。それにしても老けたものだ。激務の痕跡がありありと残る顔だ。執務机に戻り、一呼吸おいてから秘書に電話をした。

「秘書室長を……」

向原正男秘書室長は、時間をおかずに頭取室に現れた。向原は痩身猫背の、陰気な雰囲気の、いかにも裏方の仕事が似合いそうな男だ。その貧相な風体だけで判断するなら、大きな見誤りを犯す。老獪さにかけては、前頭取の勝田忠則すら舌を巻くほどで、取締役たちは恐れを抱いている。

実際、彼が行内でつけられたあだ名は「大目付」なのである。大目付とはありていにいえば行内スパイの元締めだ。秘書室の頂点に立ち、重役たちの交際費の使途や、行きつけの料亭など私的な行状にいたるまで、行内のあらゆる情報を握り、そのあだ名のとおり、この銀行の重役たちを自在に操っているのだ。この巨大金融グループの宿痾《しゅくあ》は、まさに秘書室が必要以上の権力を握っていることだ。実際、人事に介入するわ、重要決定事項にもクチバシを入れるわ、しかも百人を超える大所帯で、ミニ本社の機能を持つ。その頂点に立つのが、向原なのである。しかし、立ち居振る舞いはあくまで控えめで能吏のそれである。

向原を秘書室長に抜擢《ばってき》し、秘書室の専横を許してきたのは、他ならぬ中西自身だ。いや向原は中西ら歴代頭取のやり口をまねているだけなのかもしれない。中西頭取も、その前任の勝田頭取も秘書室長を務め、やりたい放題だった。因果は巡るというべきか、その中西にしてからが、ちかごろでは向原をもてあまし気味だ。けれども向原と秘書室を重用したあまり、彼らを抜きには何事もことが決まらず動かずの現実がある。

もうひとつ、秘書室が不相応な権限を握っている根拠は、OB人事を握っていることにある。頭取に上り詰めない限り、取締役であっても、退職後は関連企業や取引先に天下っていく。とくに派閥抗争の末、銀行から追いやられた幹部をどう処遇するかは、執行部にとっては重大問題だ。下手に処遇すれば内紛が表沙汰になるからで、それを防ぐには適当なポストを用意する必要がある。そのOBたちの人事権を握るのが秘書室であり、銀行を退職した後も、彼らは秘書室長に頭が上がらないのだ。

ゆえにこの巨大金融グループは向原を中心に廻っている。ロボット頭取などと陰口をたたかれても、否応なく向原秘書室長を頼りにせざるを得ないのである。

「はあ……」

と、両手を組み、向原は猫背をさらにまるめ頭取の前に立った。その改まった態度はさらに慇懃さを増す。芝居をやりおって、と心の内で毒づき、聞いた。

「いや、な。特別検査のことだ」

「それでしたら、高野クンがやっておりますが、それで、何か……」

高野常務は向原の三年先輩であり、しかも高野常務は、行内では一目も二目もおかれている将来の頭取候補との評判を取る男だ。その先輩をクン付けで呼ぶところにも、向原の行内の位置が浮かび上がる。いや、向原は高野をライバルとみなしている節がある。


特別検査――。

この情報を中西が耳にしたのは、数日前のことだ。けれども金融庁検査局からは何の連絡もなかった。いわば抜き打ちの特別検査だ。もちろん、それらの情報を収集する任にあたるのは、本来企画部なのだが、実をいうと秘書室が一歩先んじてつかんでいた。そんなことなどそぶりにも見せず、向原は他人事のようにいうのだった。

金融庁検査は、三ヵ月を超える長丁場となり、通常ならば企画部・審査部が対応にあたるのだが、CFJの特殊性は秘書室が実質差配していることだ。業務執行上の、この二重構造を許しているのは、中西頭取の競わせながら支配するという経営手法によるものだ。もっとも、そう思っているのは、本人だけで実際には秘書室の専横なのだ。

総勢百二十人の秘書室は事実上のミニ本社の機能を持っていながら、その業務上の性格からして責任はいっさいとらない。まことに都合のいい仕組みだ。責任を負わされるのは常に現業部門だ。

「困った問題が一つあります」

向原は執務机前の椅子を引き、腰を下ろしながら言った。

「なんだね、その問題というのは……」

「検査官のことです」

「検査官って?」

「実は……。高野君との関係なんです」

少し間をおき、向原は検査官と高野常務の因果を話し始めた。秘書室長はさすがに早耳だ。話しぶりはあくまで慇懃だ。その慇懃無礼な向原の話を聞くうちに、中西頭取の顔が次第にこわばっていく。

「それじゃ、高野を検査業務から外すしかないじゃないか」

中西は憮然として言った。七年前の、あの大蔵官僚過剰接待事件に絡んだ噂のことを、中西は思い出したのだ。

「しかし、頭取……。いま高野君を担当から外すのはちょっと。世間がどういうか、それはまずいんじゃないですか」

その理由を、向原は説明した。

高野常務は困った立場にあるが、諸般の事情を考慮すれば、高野常務を外すわけにもいかない。高野が指揮を執り、金融庁検査に対応する以外にないというのだ。もっともな説明であり、一分の隙もない理屈だ。が、向原の説明を高野とのライバル関係に置き換えて考えてみれば別な意味合いが含まれていることがわかるはずだ。しかし、そんな思惑など少しも気づかず中西は素直にうなずいた。

「それも、そうだ。いま高野を外せば、噂話を認めたことになるか……」

また難題を抱え込んだという顔で中西は天井を仰ぎ見て嘆息を漏らした。

第二章　金融庁検査対応マニュアル

1

——東京の本部というのはたいしたものだ。

支店勤務の経験しかない早瀬圭吾にとって、みるもの聞くもの、すべてが驚きだった。見渡せば、働いているのは異邦人のような連中ばかりだ。出社から退社するまですべての行員の行動を、コンピュータや監視カメラが管理している。

「職場は、すっかりアメリカナイズされてしまった」

中島洋一郎の言葉が、より現実味を帯びてよみがえる。

最初は感心した。それが本部勤務二日目になって、早瀬は別な感慨を抱く。工場ではトイレに立つ時間まで管理職がストップウォッチで計るという話を聞いたことがあるが、それと同じことで、まったく行員を信用していない管理システムであることを、改めて思い知らされる。形容のし難い圧迫感がある。まあ、不祥事続きの銀行のことだ。

「それもしかたがないのかもな……」

ひとりごちているところに、同期の出世頭が入ってきた。そこは企画部門の管理下にある会議室を改装し、臨時につくられた「特別接応チーム」の本拠だ。会議室などというよりも物置といった方がぴったりだ。部屋の主たちはいずれも本部行員とは肌合いが違い、本部の連中は「別荘」とか「別宅」などと呼び、別宅の人間をみると、彼らは意味ありげな笑みを浮かべる。

特別接応チームが早瀬の新しい職場だ。中央に大テーブルが置かれ、それぞれは大テーブルで仕事をする設《しつら》えだ。部屋はがらんとしている。メンバー全員が顔をそろえるのは来週初めと聞かされている。

「早瀬！」

幣原剛志は支店廻りの同期を呼びすてにして、真向かいの椅子に腰を下ろし長い足をくみ上げる。一目で高級ブランドとわかるネクタイに手をやった。

「今夜、在京の同期が集まる」

「同期が集まるって？」

「歓迎会だ、早瀬の上京を祝っての歓迎会というわけだ」

「歓迎会のことはどうでもいいけど、いったいなんの仕事をすればいいんや」

応接をひっくり返し、接応という。そういう言葉があったかどうかはわからないが、同じ意味だと理解しても、誰をどのように接応するのか、見当もつかないことだ。辞令には「秘書室付け調査役」とあるのだが、高野常務執行役員が上司というのは、どういうことか。

「おいおいわかるさ。それでひとつ頼みたいことがある」

「頼み？　中身にもよるな」

「簡単なことさ。牟田要造——。調べてもらいたいんだ」

「どういう人間や、牟田要造って」

「ウチの検査を担当する検査監理官だ」

「それが、俺の仕事か」

「違う。おまえの本部での仕事は、そのうちわかるさ。個人的に頼みたいのだ」

「個人的にって？」

「引き受けてくれるなら中身を話す」

「話は逆やろ。中身も知らずに引き受けられんやろ。業務外となればなおさらや」

「無理にとはいわん。同期のよしみで頼んでいるんだ」

「断る……。俺は業務外のことはやらない主義やからな」

幣原は携帯端末をスティックでなぞっている。たぶん、日程をみているのだろう。

しばらく携帯端末をいじっていたが、不意に顔を上げ、

「わかった。いまの話はなかったことにしてくれんか。それより歓迎会、今夜だが、先約でもあるか」

「いや、別に……」

「それなら決まりだ。それにしても、残念だね、早瀬君……。もう少し役に立ってもらおうと思っていたんだよ」

幣原は口元に皮肉な笑みを浮かべて言った。

「なんや、その言いぐさ」

「すまん、これから会議なんだ。議論をしている暇はないんだ。場所と時間は秘書から伝えさせる。まあ、今夜は同期のよしみということで、楽しくやろうじゃないか」

幣原は余韻も残さず出ていった。無性に腹が立つ。大テーブルに戻って気分を取り直し、早瀬は読みさしの資料を読み始めた。

「これを読んでおいてくれるか」

転勤の挨拶を、と高野常務を訪ねたとき渡された資料だ。夕刻まで熱心に読み続けた。読み終え、早瀬は窓辺に立った。皇居の杜が遠望できる。皇居の杜は夕日に染まっている。もう秋の気配がする。

最初の頁に「読み終えたらシュレッダーで廃棄処分にすること」とあり、部外秘のハンコが仰々《ぎょうぎょう》しく押してある。

こんなものを何のためにつくったのか。近く金融庁の検査が入るらしい、そんな噂が流れている。検査官を相手にするときの、いわば対応マニュアル、検査官撃退教本というべきものであるのかもしれない。金融庁に検査マニュアルがあるように、銀行側にも対抗マニュアルがあるわけだ。どこか違法性の臭いが漂う対抗マニュアル。不意に思い出されたのは中島洋一郎が言っていた言葉だ。

「問題企業はすべて産業再生機構送りになりそうだ」

ということは、特別検査に対応するときのマニュアルということになる。なぜずぶの素人の自分なのか、早瀬にはわからなかった。

通常、金融庁検査に立ち会うのは、審査部門の担当者だ。必要に応じ、営業部門の担当者が立ち会う場合もある。金融庁と折衝しながら、行内部門間の調整にあたるのが企画部だ。今度の場合は、通常検査とは異なり、大口融資先を対象にする特別検査であるという。であるならば、なおさら早瀬のような支店廻りの行員では手にあまる。

俺を呼んだのは、汚れ仕事をさせるためか……、あいつなら考えそうだ。もちろん、支店廻りの行員にも銀行業界に何が起こっているかはわかっている。

銀行の自己査定があまく、決算直後に行う通常検査では対応が後手にまわるとの世論の批判を受けて、問題企業の絞り込みや、大口融資先の資産査定を行い、債務区分の適否を決定するのが特別検査だ。

特別検査で銀行を締め上げるようになったのは、学者上がりの竹内芳吉が金融担当相に就任すると同時に『金融再生プラン』を公表し、主要行の貸出債権に占める不良債権比率を半分以下にすると宣言してからだった。不良債権を隠す銀行は、いまや世間の敵役であり、その上に銀行は貸し渋りを批判されている。その銀行を締め上げる竹内が率いる金融庁は正義の味方。マスコミを味方につけ、そんなイメージをつくりあげ、銀行を窮地に追い込んでいる。

とりわけ、ゆうか金融グループが特別検査の結果、事実上の国有化に追い込まれたことは大きな衝撃をあたえた。どこの金融グループも同じような経営状態にあり、金融庁の匙加減のいかんで国有化に追い込まれる可能性があるからだ。支店廻りの行員にも、その程度の知識はある。いや、地方廻りであるからこそ、銀行がおかれている状況を鳥瞰的にみられるのかもしれない。早瀬はそんな風に考えたときはじめて、秘書室付け調査役の果たすべき役割がみえてくるように思えた。

机にもどり、もう一度マニュアルを手にしてみたところで、早瀬は確信を持った。どうやら自分の想像はあたっているように思えてくるのだ。マニュアルをシュレッダーに差し込みながら時計をみる。六時五分前。ドアをたたく音がする。細身の女性だった。

「幣原審査役から……」

彼女は一枚のメモを手にしていた。本部主席部員というのは、秘書付きなのか。地方に出れば、支店長ですら秘書を抱えるなど望みようもないというのに、身分が審査役の本部主席部員は別枠の扱いというわけだ。

ネームプレートには企画部・峰田美津子と書いてある。紺のパンツにVネックのセーター。年齢は三十を出たか出ないか、ほどよい膨らみの胸元にはプラチナのネックレスが光っている。支店にはいないタイプの女性だ。

「そりゃ、どうも……」

メモを受け取り、早瀬は頭を下げた。彼女はにっこり笑うと、踵《きびす》を返した。早瀬は峰田の後ろ姿をみながら感嘆した。

（美形だ……）

早瀬は大手町から銀座に出た。東京は変わった。汐留の方向をみると、建設中の高層ビルが幾棟も姿をみせていて、銀座の風景を台無しにしている。たぶん、建設資金はプロジェクトファイナンスなどという手法で銀行が用立てたのだろう。空き室の増加に悩む中小の貸しビル業者から債権をむしり取り、一方では巨大貸しビル業者に巨額な資金を融資しビル建設を急がせる銀行。そう考えると、早瀬は複雑な気分になるのだった。

幣原の秘書、峰田美津子から渡された地図をみる。銀座というよりも、新橋といった方がわかりやすい場所だった。出席者は早瀬を含めて五人。同期のうち東京本部で働いているのは幣原の他二名で、残りは都心部の支店で働いている。すると、百二十八人の同期のうち取締役の望みが叶うのは、幣原を含めたったの三人というわけだ。

そんなことを考えているうちに目的の場所についた。

「月丘……」

と、店の看板にはある。

エレベータで三階フロアへ。町家風づくりの格子戸を引き、足を踏み入れると、別世界が開けた。玄関に続く小径には飛び石が敷かれていて、とても鉄筋ビルの中とは思えない幽玄の世界を演出している。

「幣原さまからうかがっています」

案内されたのは小座敷だった。まだ同期の姿はない。仲居が下がったあと、部屋を見渡す。豪勢なつくりだ。

（贅沢な……）

不愉快な気分になってくる。

「よう！　早瀬」

すっかり薄くなった頭髪を掻き上げながら、姿をみせたのは有馬淳一だ。例の新人研修のとき、一人じゃ何にもできない、生来の臆病者といって泣いた男だ。いま都内の支店で副支店長を務めている。体つきはすっかり丸くなり、いかにも神経質そうだったかつての面影はない。道ですれ違っても気づくことはあるまい。それほどの変わりようだ。

「茶を飲んでいるのか」

どっかりと胡座を組み、仲居さん、ビールと大声を上げた。入行して二十数年。人間は変わるものだと、有馬の顔をみながら早瀬は思うのだった。

「で、本部では何をやるんだ……」

「さあ、ね」

早瀬はビールを一気に飲み干し、首をかしげた。

「さあって、どういうことだ。自分のことだろうよ」

早瀬は新しい名刺を渡した。

「ふん……。秘書室付け調査役か」

有馬は首をひねっている。

「実際には高野常務の下で働くらしい」

「へえ、そうなの」

訊いた有馬も首をかしげている。

玄関の方がにぎやかだ。

次々と同期が顔をみせた。いずれも、あのとき以来だ。しかし、同期に招集をかけた肝心な幣原の姿はなかった。

「東京本部はどうかね」

伊藤均は懐かしげに訊いた。彼もまたあのとき、他人には話したくない秘密の暴露を迫られた一人だった。彼は、自他とも認める秀才であり、いまはコンプライアンス部に籍を置く、同期では数少ない本部要員だ。下ぶくれの顔に昔の面影を残す。

「遅くなっちゃった」

息を弾ませ座敷に入ってきたのは保科弘子《ほしなひろこ》だ。彼女も本部づめの一人だが、金融商品の企画を担当する専門職の扱いと聞く。

「老けたね、早瀬君……」

保科は伊藤が注いだビールを受けながらため口をきいた。ショートカットにパンツ姿。年相応の女の貫禄がある。東京本部でもまれ、鍛えられたという風情だ。

「すまん……」

最後に姿を見せたのは、今夜の会合主催者、幣原剛志だった。在京の同期は幣原に一目も二目もおいているのが、一目でわかる。驚いたのは、秀才伊藤が幣原をさかんにヨイショしていることだ。

二十余年の歳月を経るなかで、同じスタートラインに立っていたはずの仲間にも、すでに上下関係ができているようだった。

「まあ、再会を祝して……」

伊藤の発声で乾杯。

「本部では何をするの？」

隣に座った保科弘子が無粋なことを訊いた。どこにいても女は無遠慮である。

「さあ、ね」

と早瀬は幣原の方をみた。

「さあねって、どういうこと？　幣原君の人事というわけなの？」

女は遠慮がない。彼女は昔のままに同期の出世頭を「クン」づけで呼んでいる。

「俺には人事権などない」

幣原はとぼけてみせ、さりげなく話題を変えた。幣原は新入社員のときから常に話題の中心に座る男だ。同期のエリートが持ち出したのは重役たちの噂話だった。

「勝田顧問、またスコアを上げたそうだ」

企画部門の審査役にすぎぬ幣原が、なぜ前頭取の些事《さじ》まで知っているのか、聞きようによっては、銀行長老との浅からぬ交友関係を言外に誇示しているようにも聞こえる。

「ほう。そりゃあすごい。勝田顧問は七十を超えられましたかな。七十を過ぎての、スコアの更新ですか」

すかさず合いの手を入れたのは、伊藤だった。雲上人たちの風聞を、貶《おとし》めない程度に上手に語る幣原。なるほど評判通りの能吏だ。持ち上げては少しだけ落とす、話の端々から知りうるのは、雲上人たちの、考えている以上に複雑な人間関係だ。

「あっ、こんな時間か……。今夜はもうひとつ野暮用があってね。すまん、勘定は済ませておくので、適当にやってや」

時計をみながら幣原は立ち上がった。自分で同期を集めておいて途中退座。なんとも失敬な振る舞いだが、それでも同期たちはもみ手の姿勢だ。伊藤なんぞは、玄関まで見送りに出る始末だ。幣原が途中退座したあと座が白けるのは仕方のないことだ。

「今夜はありがとう。これで失礼するよ」

早瀬は立ち上がった。

「私も……」

保科も続いた。残された二人は気にとめることもなく、なにやら複雑な行内事情を話し始めていた。外に出た。ムッと熱気が全身を覆う。地球温暖化というが、今年も酷暑が続いている。

「早瀬君、どちらなの」

「千駄木のウィークリーマンション。しばらくは仮住まいのつもりだ」

「あらそう。偶然ね、私、根津なの、千代田線で千駄木のひとつ手前のね。根津ってわかるわよね」

「ああ、だいたいは……」

二人は並んで歩く格好になった。横顔をみるでもなくみると、思っていたより美形なのだと早瀬は思った。銀座四丁目の交差点を左に曲がり、山手線のガードを抜けて日比谷に出ればもう地下鉄千代田線日比谷駅だ。車内は意外にもすいていた。

「まだこんな時間……」

保科は時計をみながら言った。早瀬も時計をみる。十時十五分。ウィークリーマンションぐらしでの独り身の男には、まだ宵《よい》の口というところだ。

「よかったら、根津で飲み直しをしない。あいつらといっしょじゃ飲んだ気もしない」

今夜の会合……。彼女にも含むところがあったらしい。早瀬も同感だった。

「悪くないね……」

早瀬は嬉しい気分になった。二人は地下鉄千代田線の根津駅で降りた。急勾配の階段を息を弾ませ、上り終えると、いきなり不忍《しのばず》通りが現れた。不忍通りを渡り、裏路地に入ると、小さな飲み屋が軒を並べていて、彼女には馴染みらしく迷いもせず一軒のバーにつかつかと入った。十五人も座ればいっぱいになるL字型のカウンターだけ。客の相手をするのはバーテンダー一人だ。照明を落とした店内には先客が二人いるだけだった。

「いらっしゃい」

まだ三十代の前半か。黒のシャツに定番通りのブラックの蝶ネクタイ。気取りやなのか、それともパフォーマンスなのか、バーテンダーはグラスを磨きながらにこりともせずに訊いた。

「いつもので？　……」

無愛想《ぶあいそう》なのは生来のものなのだろうが、関西なら間違いなく客足が遠退く。それでも東京では、何がおもしろいのか、こういう類の店が繁盛しているというから驚きだ。バーテンダーは棚からウィスキーのボトルを引き出し、水割りを作った。早瀬も同じものを注文した。

「お疲れさまでした」

「お互いに……」

二人はグラスを目線まで上げ、乾杯の仕草をした。

「それで、東京では何をするの？」

保科は先ほど月丘で訊いたことを、今一度早瀬に訊いた。

「さあ、ね……」

早瀬は作ったばっかりの名刺を差し出しながら、言った。バーテンダーは常連客がつれてきた相方の存在などまるで気にもとめず飽きもせずグラスを磨き続けている。

保科はしげしげと名刺をみている。

「さあ、ねって、あなたのことでしょう。秘書室付け調査役。どういうことなの、聞いたことないわね」

「俺にもわからんのや。身分は秘書室付けだけど、高野常務のもとで働く、っていうことのようだけどね」

「幣原君なら仕組みそうなことね」

「あの野郎、ろくに説明もしないで、早々と退散しやがって、まったく！」

早瀬は毒づいた。

ほほっと保科は笑い、ウィスキーを一口含み、首をかしげて考える仕草をした。

「ね、早瀬君、覚えている？」

「何を、だい」

「新人研修のときのこと」

「ああ、覚えているよ。なんだか後味の悪い研修やったね」

「そう……。私は女性だから別のグループにいたけど、あとで聞いたの。本当はあれ、幣原君が仕掛けたっていうこと」

「本当か、その話……」

「提案したのが幣原君。ちょうど、高野常務が同じようなことを考えていたらしいの、そんなことから、提案に乗ったらしいのよ。あなた、油断ならないわよ、あいつは。用心しなくっちゃ」

「用心するといっても、な」

早瀬はグラスを見つめながら言った。所詮はしがないサラリーマン。上の命令とあれば否応なく命令に従うだけだが、しかし、あっちこっちから人を集めて何をやらせるつもりなのか――。合点のいかぬことであった。

「まあ、接応チームというところに所属するらしいんや。つまり検査官たちへの対応をやるみたいやけど」

「検査だったら、普通は審査部門と企画部門の仕事なんでしょう、違うの……」

保科の言う通りだ。

「普通なら、窓口はそうやろな」

「きっと何かあると思うわ」

保科は断定的に言った。

軀を動かすたびに椅子が泣く。バーは椅子が命というのだが、どうやら安普請のようで目が慣れてくると、不具合が目に入る。しかし、悠然と構えるバーテンダー。相変わらずの無愛想な顔で磨き上げたグラスをかざしてみている。そこに常連らしい中年の客が入ってきて、ちらっと、早瀬の方を見やり、そこが彼の定席なのか、無言のまま奥の席に陣取った。ジャーナリスト風の男だ。

保科は声を潜め続けた。

「特別検査の受け入れで、上の方がもめているみたいなのよ」

（はて……）

重役たちの複雑な人間関係からすれば、派閥抗争が起こってても不思議ではないが、特別検査の受け入れでもめるとはどういうことか、早瀬には解せぬことだった。

2

十月十六日の午前十時。霞が関合同庁舎の金融庁検査局大会議室では、新しく検査監理官に就任した牟田要造が、部下の検査官を前にして訓辞《くんじ》を行っていた。訓辞を受けているのは、今回実施の特別検査のために臨時に特別班が組織され、そこに編入された検査官たちだった。

役人はポストで仕事をするという喩《たと》えがある。検査監理官の椅子に座った牟田要造は一回り人間が大きくなったように見えた。ポストが彼を大きくみせているのだ。牟田は居並ぶ部下を睥睨《へいげい》した。

総勢六十余人。他省庁や他部門から応援できている連中もいる。年齢も経歴もバラバラで検査部門のプロパーだけではない。いつもよりも大がかりな編成となったのは、恵谷検査局長の直々の指示によるものだった。

「不良債権の一掃……。これが我々に課せられた国家的な要請であります。ご承知のように昨日……」

そこで牟田はいったん言葉を切り、会議室に集まる部下を見渡した。顧問弁護士、公認会計士らが、プロパーの検査部員とともに新しい指揮官である牟田監理官の顔を凝視している。弁護士や会計士など有資格者すらも鬼の検査官の異名を取る、この男を畏怖し、一目置いている。

金融庁職員を名乗っているが、小太りの男は検察庁から出向してきた検察官。警視庁からは現職の警視の顔も見える。彼は経済事犯の捜査のベテランだ。彼もまた、金融庁に出向する形をとっているのだ。まるで犯罪捜査の陣容だ。

凄腕の検査官、鬼の検査官と呼ばれ、監理官でありながら、大手行担当を併任する男。そこに金融庁幹部たちが牟田に託す並々ならぬ期待がみえる。

すなわち、この男を投入した段階で、今度の特別検査は事件化の様相を帯びているのだ。特別検査は大手行の大口融資先が対象と説明されている。しかし、対象大手行は一行あるいは二行に限定されるのではないか、検査官たちの間に、そんな噂が流れている。そもそも今回の特別検査は、大手流通マイケルが通常検査の直後、経営破綻を来したことから、市場原理主義者が金融庁を批判し、そこに相乗りするマスコミが一斉に金融庁をたたきはじめたため実施されることになったのだ。

「過日、竹内大臣は金融再生プランを発表された。それによりますと、〇七年度までに不良債権を一掃し、金融を正常化する、そう宣言された。我々は目標達成のため、粛々と検査を実施するのみです……」

訓辞の内容は抽象的で、その大半は竹内プランからの引用であり、さしたる意味があるようには思えない。それでも、会議室にいる男も女も監理官が何を言わんとしているのかは先刻承知だった。四大金融グループのうちひとつ以上の巨大金融グループが今度の特別検査の結果如何で、市場から姿を消す可能性のあることを……。

あるものは身震いをし、あるものは頬を紅潮させ、監理官の次の言葉を待っている。野心家ぞろいの有資格者にとっては、最後のチャンスとなるかもしれない。というのも、金融庁が行う金融検査のうち、「特別検査」と銘打ち、実施するのはこれが最後になると、噂されているからだった。

庁内では外人部隊と呼ばれる有資格者たちの多くは、中途採用組だ。彼らの待遇は世間が考える以上の安月給だ。もちろん、彼らが安月給に甘んじるには理由がある。まずは戦果を上げ、名を業界に知らしめることだ。さすれば、外銀やコンサル企業から驚くような高給で迎えられる。つまり、彼らにとっての金融庁というのは、キャリアパスのひとつの過程に過ぎないのである。公認会計士の資格を持つ安田政夫も、そんな野心家の一人であり、先ほどから監理官の話を一言一句聞き漏らすまいと、構えた姿勢で壇上の監理官を見つめていた。

庁内に牟田監理官にまつわる奇妙な噂話がある。ＣＦＪ銀行に抱く個人的な怨念だ。東和系の人間は絶対に許さない、とも公言しているとのことだ。真偽はわからないが、安田は同僚から聞いている。

安田はまだ三十五歳だ。大手の公認会計士事務所から、公募に応じ、金融庁に入庁したのは二年前のことだ。公認会計士としてはいま曲がり角だ。飛躍のチャンスがいま訪れようとしている。検査官として現場で経験を積めば業界内の評価は一気に上がる。金融検査官として得る情報や人脈。それは公認会計士にとって考える以上の財産となる。あと三年の辛抱。安田は、そう考えている。

（検査の標的はどこか……）

検査官なら誰もが注目する一点。幹部たちはすでに対象金融グループの絞り込みを終えているはずだ。壇上に立つ牟田監理官は一枚の紙を手にしてみせた。検査対象となる銀行の名前が、記されているのか。

「世の中には、許されることと、許されないことがあります」

牟田監理官の口上はなかなかたいしたものだ。会議室を見渡し、一呼吸おいた。部下たちは固唾《かたず》をのみ、次の言葉を待っている。

対象になるのは、どこか。経営実態は、どこも似たようなもので、どこが破綻認定されてもおかしくない状態の各巨大金融グループ。ただわかっているのは、首都三洋金融グループだけは例外であるらしいということだけだ。咳払いひとつ聞こえてこない。牟田監理官は、続けた。

「例えば、サンエイです。サンエイを許せば信任を失うことになります。ですから厳しく査定しなければなりません。サンエイの事例は、金融業界に教訓を与えるはずです。もはやデタラメはできない——と」

ほー、とため息が漏れた。

特別検査のターゲットを、牟田監理官はようやく明かしたのだ。

やはりそうか——と、誰もが思った。検査対象は因縁の深い相手だ。噂は本当で、会議室にいる誰もが牟田監理官とＣＦＪとの確執を思い知ったのだった。

サンエイの主力銀行は、いうまでもなくＣＦＪ銀行である。ＣＦＪ銀行は東和銀行と中部銀行とが合併し、セントラル・ファイナンス・ホールディング（ＣＦＨ）を持ち株会社として新たに発足した合併銀行だ。

収益力はすこぶる高いが、しかし、その分だけ多くの不良債権を抱え、問題の多い銀行だ。中小企業向け融資の多いことも、不良債権問題を深刻にさせている。突っつけば、いくらでも問題は出てくる。たびたび金融庁に楯突き、関係は最悪だ。しきりに噂される牟田監理官とCFJの関係。牟田が抱く怨念は、相当に根深いものであるらしい、との噂もある——。それらを勘案し、

（なるほど……）

検査官らは監理官の言葉にうなずいた。

手順からいえば、まず情報・資料の収集から作業は始まり、何が問題になるか、大まかな見当をつけたあと、いよいよ敵の本丸に乗り込む。敵の本丸に乗り込むのはたいていは金融庁検査部門のプロパーだ。プロパーたちは、切り込み部隊であり、相手方と切った張ったの壮絶な戦いを演じる。いわば検査の花形だが、その切り込み部隊を、本庁の本陣で指揮するのが牟田監理官だ。

しかし、CFJ銀行も必死で抵抗するだろう。決して言いなりにはならない、手強い相手だ。彼らにも生き死にがかかる重大問題であるからだ。

特別検査は、融資先企業のレーティングに絞られる。すなわち、融資先企業の債務者区分の評価だ。安田ら外人部隊は、純粋な銀行会計の観点から、情報・資料の収集と資料の分析にあたり、裏方で検査を支える。地味だが、重要な仕事だ。少なくとも本人たちはそう思っている。実態は少しばかり違っている。すでにターゲットは絞ら

れ、回答も用意されている。彼らの仕事は、金融庁幹部が引き出した「回答」に齟齬《そご》が生じないように、理屈上の補強をするのが本当の仕事なのである。つまり先に結論ありきの、特別検査。そのセオリーを準備することだ。

訓辞は十五分ほどで終わった。

資料との格闘が始まる——とつぶやき、安田は思わず武者震いをした。興奮を抑えられずにいるのは、安田だけではない。他の検査官たちも興奮を隠せないでいる。

「いよいよですな……」

会議室の出口で一緒になったプロパーの検査官が安田の肩をたたいた。彼は、検査部門にあって庶務全般を担当する男で、三十代半ばでまだ係長というのは、ノンキャリアということだ。彼は外人部隊に対し、妙に優しかったが、なぜかプロパーの間では浮いた存在だった。やはり、プロパーの花形は前線に乗り込む切り込み部隊なのだ。

安田は仕事場に戻った。仕事場は通称「飯場」と呼ばれる部屋だ。部外者立ち入り禁止に指定された、庁内の人間でも許可がなければ入ることができない機密指定の部屋だ。部屋の中央に大きな長方形のテーブルが置かれていて、壁際の棚には「〇秘」や「極秘」のスタンプが押された資料がファイルされている。銀行の経営内容を示す資料であり、いずれもデジタル化され、コンピュータに保存されている。しかし、ハードコピーで保管するのは官僚たちの倣い性で、企業別にキチンと整理され、キャビネットに収まっている。安田はキャビネットを開き、そこから一冊の分厚い資料を引き出した。

表題には『サンエイ』とだけ、簡素に書かれている。そのファイルは金融庁が権力行使をして集めてきた極秘資料だ。一冊のファイルだけで厚さは三十センチを超える。ずっしりと手首に重みが加わる。

安田が自席につき、資料の検討をし始めたとき、牟田監理官は恵谷局長から呼び出しを受け、局長室に入った。恵谷局長は電話中だった。牟田の姿を認めると、指でソファを示し少し待てと合図を送った。

恵谷局長は、牟田よりも三歳年下のキャリア官僚である。三歳下の男は、すでに局長職にあり、牟田が退官するころには、用意された長官の椅子に座る。牟田はソファに腰を下ろした。恵谷局長は気にもとめず長電話をしている。キャリアとノンキャリアの差異。ノンキャリアが屈辱を感じるのは、こういうときだ。

「どうかね、みんなの様子は？」

電話を終えると、向かいのソファに座り、高々と足をくみ上げ、訊いた。

「張り切っています」

「そうか、それはいい。わかっていると思うが、検査には私心は無用。厳正中立の立場でやって欲しい。それで、手順の方はどうなっている？」

恵谷局長は秘書が持ってきたコーヒーカップを手にして、厳正な検査が必要だと幾度も繰り返している。シナリオを考え、そのシナリオにもとづきことを運ぶため、ノンキャリアを手駒のように使うキャリアたち。牟田はわかっていた。局長が呼んだ理由が……。彼も庁内に流れている噂を気にしているのだ。

「リベンジではない。やるのは、国民の声に応えるアベンジだ。あえていうなら、公憤だろう」

恵谷局長は聞いた風な言葉を口にした。リベンジもアベンジも、復讐を意味する言葉だが、リベンジは私怨を晴らすことを意味し、アベンジは公憤であり、公の立場に立つ制裁を意味する言葉だ。

その言葉を聞き、牟田は、監理官就任辞令を受けた火曜の朝、局長室でみた情景を思い出した。早朝に検査局長を訪ねた、首都三洋銀行の頭取・高島淳三郎と密議を交わしていた恵谷局長の姿を……。そして、どういう魂胆で自分を高島頭取に紹介したのか、その意味を牟田は考えた。

今度の特別検査では、事前に四大金融グループが対象となると局議で説明されていた。マイケルの金融庁検査に遺漏があった、との批判を受け、緊急に実施するとも説明された。それは事実の一面を説明したに過ぎない。実態は内閣改造で金融担当大臣に抜擢された竹内芳吉の発議により決定されたもので、不良債権の一掃を掲げる竹内プランにもとづき、特別検査は実施されるのだ。その説明でもなお真実の半分を説明しているに過ぎない。金融庁幹部が描くシナリオ。それは特別検査を通じ、一気に業界再編に持ち込むのが、狙いなのである。

金融業界の大再編――。ひとつあるいは二つの銀行を特別検査で破綻に追い込み、破綻に追い込まれた銀行を救済する形で金融業界を大再編する――今度の特別検査の隠された目的は、そこにあるのではないか、と牟田は思っている。

だから、私怨は困る――と局長はいうのであろう。しかし、同時に私怨は特別検査のバネになるとも考えているのが、牟田にはよくわかる。自分を監理官に就任させたのも、そうした意味からであろうと理解している。

「よくわかりました」

牟田監理官はテーブルに両手をつき、頭を下げた。その姿を見て、三歳年下の恵谷局長は満足げに笑みを浮かべるのだった。

3

早瀬圭吾が東京本社で働きだし、二週間目になる。この間に二つの大型台風が発生して、台風が過ぎ去るたびに熱風を運んできて東京は連日猛暑が続いている。今日で真夏日をさらに更新したとテレビニュースは伝えていた。いやあ、まったく暑い。冷暖房自動調整の近代的なオフィスのはずなのに熱波はビルの内部にまで浸透してくる。

企画部が用意した別室に、予定のメンバー全員が顔をそろえたのは先週末のことだ。当初は十人前後と言われていたのが、蓋を開けてみると、何と六十人に近い大所帯になっていた。任務が終われば、元の職場に戻ると改めて言い渡された。いわば臨時のプロジェクトチームというわけである。

「長くて半年。短ければ、三ヵ月」

先週、全員が顔をそろえたところで、挨拶に立った高野常務が言った。臨時のチームは一チーム十人ずつ、六つのチームが編成された。早瀬が配属されたのは、第三チームで、どういうわけか、早瀬はチームリーダーに指名された。チームは雑多な連中で構成されている。

早瀬と同類の地方支店から転勤してきた者や、大阪本部から異動してきた者。聞いてみれば職種も行内経歴もバラバラだ。全員に共通するのは、とても出世は望めず、どうみても厄介者ばかりだ。その証拠に、企画部の連中などは、この部屋を「ゴミ捨て」などとさげすんでいる。「別荘」は「ゴミ捨て場」に格下げされたというわけだ。

仕事は金融庁特別検査の接応と説明されているのだが、やっていることといえば、接応マニュアルを読まされ、それが一段落すると今度はデータの読み込みだ。企画部は大量の書類を集めてきている。その膨大な資料を仕分けしたり段ボールにつめたりする、つまり接応チームの仕事は、肉体労働である。ときには審査部に出向き、エリートたちの監督のもと、同じような肉体労働に従事する。それが意味をなす仕事であるのかどうか、誰にもわからなかった。

「チームリーダー」

などと呼ぶ者は誰もいない。作業者の一人に過ぎないのだから、それも当然である。

その日も朝からデータの読み込みだ。朝早くから読まされているのは問題企業サンエイの財務諸表であり、再建計画に基づく幾つかのシミュレーションである。他のチームはやはり問題企業の詳細な勉強を始めている。つまり、特別検査に対応するための理論武装を、やっているわけだ。しかし、自分たちの仕事の意味を、誰も正確には理解していなかった。それも当然のことで早瀬たちは手駒に過ぎず、実際に仕事を差配するのは若い企画部員であるからだ。

「もう正午か……」

隣の席の厚田《あつた》がひとりごちた。彼は大阪本部調査部からきた男で、訊いてみると、一度も支店勤務の経験がないというから驚いた。東和銀行に入って以来、ずっと調査部勤務という。背が高く細身で神経質な印象の男だが、案外肝っ玉が座っている。

「適当にやりましょうや」

などと、企画部の上司の前でも平気でいう男である。臨時のプロジェクトチームに回されたのは、そんな性格のためなのか、上に立つ者には使いづらい相手だ。早瀬は時計をみた。言われてみればなるほど昼時である。

「早瀬さん、いきましょうや」

厚田は立ち上がった。早瀬も続いた。厚田は背を揺らすようにして歩く。その姿はユーモラスでもある。

早瀬よりも、三つ年上だ。しかし厚田は誰に対しても、さん付けで呼ぶ。それがたとえ高野常務に対しても、である。食堂は本部ビルの十一階にある。しかし、厚田は最上階の役員用の食堂に向かった。

「あの……」

見慣れぬ顔を見て係員がとがめた。

「お客さん」

と、早瀬の方を振り返った。幹部社員がお客を接遇するとき、この役員食堂の使用は許される。早瀬をお客にしたてて厚田は平然と入っていく。役員食堂はすいている。窓側の席を占めると、メニューを見始めた。堂々とした悪びれない態度だ。しかし、早瀬にはどうにも居心地が悪い——。

「豪勢なものだね、それでこの値段……」

厚田はメニューを指先でコツンとたたき、シーフードのカレーライスを注文した。

「ところで……」

厚田は水を飲みながら、言った。

銀行に入って、こういうタイプは初めてである。最初はとまどったが、気心が知れてくると、どうやらいい人間であるらしいことがわかってきた。厚田は続けた。

「どう思う、いまの作業？」

「どうって……」

「陋規《ろうき》という言葉がある。まあ、清規に照らせば違法だが、慣行としては許される、そういう意味。いまの作業、陋規では許されるかもしれない。金融庁が問題にしなければ、という話だがね」

早瀬は理解しかねた。

待つことなくウェートレスがカレーライスを運んできた。胡椒の使い方はいまひとつだが、エビやアワビをふんだんに使った贅沢なシーフードカレーだ。野菜サラダもついている。しかし、厚田は不満らしい。一口食べて口をゆがめた。

「こういうのを出していても、誰も文句いわんのかね、頭取はじめ役員というのは鈍感だからな」

食べ残しの皿を押しやり厚田は言った。

「結構、いけると思いますが……。厚田さんはだめですか」

「だめだね、こりゃあだめだ。いまの作業のことだけど……。臭ってくるんだな、どうも、危ない臭いがする」

そう言い終えたとき、背後から声をかける者があった。振り向くと、そこに中島洋一郎が連れと一緒にいた。連れは六十代前半というところか、申し分のない立派な紳士だ。厚田には旧知の人物なのか、立ち上がり低頭した。その初老の男が厚田に訊いた。

「東京に勤務先が変わったのかね」

「はあ、臨時ですけど……」

「臨時？　どういうことかね」

厚田は畏《かしこ》まった姿勢で、簡単に事情を話した。男は少し難しい顔をつくり、

「なるほど、そういうことか。東京にいるのなら遊びにきなさい」

「はい」

「じゃあ、連絡をまっている」

二人のやりとりを、中島は頬に笑みを浮かべて聞いている。

「それじゃ、早瀬君、また……」

そう言い残すと、中島は連れとともにウェーターに案内され、ＶＩＰルームの方に

向かった。早瀬はどこかで見たか、あるいは会ったような気がしたが、その人の名を思い出せなかった。

「どなた、でしたか……」

「副頭取やった、松原さんですよ」

ああ、そうだった。早瀬は思い出した。松原宗之元副頭取。東和系の行員の間でもっとも信頼されていた人物だった。その彼が銀行を追われたのは、現頭取との派閥抗争に敗れたからで、いまは系列ノンバンクの子会社にいる。そう言えば、中島も同じ系列ノンバンクの取締役だ。それにしても不思議なのは厚田の態度だ。上に対しては傲慢ともいえる態度なのに、松原には格別に鄭重だった。

「昔、仕えたことがあるんですよ、ずいぶん昔の話だけどな……。ああいう人を、追い出しちゃ、この銀行もおしまいですわな。ところで、お連れのお方はどなたさんでしたか？」

「昔の上司……。中島さんです」

「中島さん。そうでしたか、噂には聞いていましたよ。確か梅田駅前支店長をされておられた方ですな。立派な銀行員だったそうですね」

そう言って、厚田はＶＩＰルームに向かう二人の後ろ姿に軽く頭を下げた。

この銀行では、辞めた人間が古巣を訪ねるのは珍しいことだ。松原は気位の高い人間とも聞いている。まして松原には遺恨の残る東京本部だ。

「珍しいこともあるんですな」

早瀬は首をひねった。

「松原さんも、追いつめられているんでしょうな」

厚田は解説をした。

松原が社長を務めているのはアプリオという系列ノンバンクだ。そのノンバンクも、業績不振と不良債権を抱えて苦労を強いられている。子どもさえ情け容赦なく切り捨てる親会社。親会社の金融支援がなければおしまいだ。そのため親元を訪ねたのではないか、と厚田は言うのだった。

対応するのは、たぶん部長級の執行役員だろう。かつての部下に頭を下げ、支援を懇請する元副頭取。その穏やかならざる心中を考えれば、早瀬は複雑な気分にさせられるのだった。

もともと、松原は企画部門が長く旧大蔵省とも良好な関係を結び、これからの都銀はどうあるべきか、明確なビジョンを持ち、合併相手の旧中部系の信任も厚く、東和系の人間ならずとも、誰もが将来の頭取候補とみなしていた。

松原が頭取になっていたならば、ＣＦＪ銀行も少しはましになっていたかも知れないと東和系の行員ならば誰でも思う。評判もよく実力もある松原に恐れをなし、アプリオに追いやったのが、現頭取の中西正輝だ。能力ではなくて、好き嫌いや派閥で人事を決める悪しき企業風土病が蔓延し、若い連中まで悪乗りし、合併相手の中部系行員を罵り、派閥抗争に荷担する始末だ。困ったこと——と保科弘子も同じことを言っていた。

「まったくだ、ね……」

そう言って、厚田は声を潜めて東和銀行の長い派閥抗争の歴史を話し始めた。もちろん早瀬には知っていることもあったが、その多くは初めて聞く話であった。

抗争の始まり——。

「四年前の四月のことだった。奴らは銀行の疫病神だ……。奴らが銀行をだめにしたんだ。A級戦犯だよ」

厚田は断罪した。銀行幹部に対する厚田の評価は辛辣だ。独特の関西の言葉で諧謔を弄ぶかの、その語りは妙な説得力がある。

「なかでも勝田と渡瀬は……」

その二人が諸悪の根源というのだ。周囲を巻き込んだ二人の権力闘争は、早瀬が勤務するような地方の支店にまで及んだ。政権交代のたびに有能な人材が経営中枢から放逐された。中島元支店長も割を食った一人なのだろう。

「加えて言えば寺町《てらまち》祥蔵《しょうぞう》……」

その三人がA級戦犯だというのだ。いずれも頭取や会長経験者だ。

この間、銀行業界は旧財閥系を中心に大手都銀の合併が相次ぐなど業界再編に向け急展開を遂げる。時代は変わったのである。しかし、寺町は無策だった。提携すべき相手を見いだせず業界再編に乗り遅れた。

そのさなかにサンエイや西京などの大口融資先が軒並み経営不振に陥る。金融庁からは大口融資を不良債権として処理するよう迫られ、〇一年度の決算は処理損失が二兆円に膨らんだ。頭取としての力量不足が露呈したのだ。寺町は、責任を問われ、退任に追い込まれる。後任人事をめぐり、またも勝田、渡瀬の抗争が再燃する。

こういうとき実力者は敬遠され、有能な人材が次々と排除されていく。そこで頭取の指名を受けたのが勝田頭取時代に秘書室長を務めた中西正輝だった。勝田がまたもごり押ししたからだ。

「諸悪の根源はやはり勝田だ。しかし、公正にみるなら、勝田は実力者と呼ばれるにふさわしい仕事もやった」

厚田の言葉にうなずいた。なるほど、そうかも知れないと早瀬は思うからだ。勝田を派閥抗争の元凶と非難するのは、酷というものである。総務、企画、秘書室と渡り歩く中で出世を重ね、頭取の椅子を占めた先輩頭取たちとは異なり、勝田は実力でのし上がった男だ。公正を期すならば、勝田は改革派の大将に担がれての、頭取だった。

しかし、皮肉なことに、行内改革を旗印に掲げ頭取になった勝田も、東和銀行の宿痾とでもいうべき派閥の呪縛から逃れることができず、自らも派閥を作り、その罠に呪縛されたのである。勝田が持ち出した派閥形成の手口は学閥であった。京大出を秘書室など周辺に集め、重用したのである。

勝田が頭取を退任して四年。その後、頭取は中西に変わったが、周囲に腹心を集めての秘書室専横の経営体制は、少しも変わっていない。勝田が残したのは悪しき派閥支配だけである。

「権力闘争に敗れた者は本部を追われる。そのＯＢの面倒をみるのが秘書室。秘書室の力の源泉は、そこにある。でもな、考えてみれば、案外、派閥抗争っていうのは、ＣＦＪ銀行のエネルギー源になっているのかもしれない」

厚田は逆説をいい、皮肉な笑いを浮かべて、

「ところで……」

と、話の続きを始めた。

「金融庁との緊迫した関係。これまでは目こぼしされ、慣行として許されてきたことも見直す必要があるかもしれんな、いや、そればかりか、些細なことに注文をつけ、追及される可能性がある。つまり、金融庁は清規でくる、陋規を許さずの清規というわけだ。しかし、まったく危機感がない」

東京本部で働いた、この二週間の印象を言えば、厚田のいう通りだと思う。確かに大きな危機に直面している。

「徹底抗戦なのか、それとも恭順なのか、方針を決めないといかん。しかし、中途半端な態度で特別検査を受け入れようとしている。能吏と言われる高野常務にしてからも、よくわかっていない」

厚田の独演は続く。時計は一時半を廻っている。もうとっくに昼休みの時間は過ぎている。役員食堂から人影が消えている。しかし厚田は悠然としたもので、まあ、ビールの一杯ぐらいは許されるだろうと、コップにビールをつぎ足す。二人を気にする者など誰もいない。まあ、仕事といっても、データの読み込みだけだ。急ぐ必要もなかろう、というのが厚田の言い分である。

厚田が予想するのは、これまで以上に厳しい検査攻勢だ。下手をすると、この検査で巨大金融グループは破綻に追い込まれる。しかし、銀行幹部たちには、まるで危機感がないと厚田は批判する。

「マイケルが破綻して以後、金融庁は検査方針を変えた。より厳しく、ね。その上に金融庁との関係は最悪……」

「どういうことです？　金融庁との関係が最悪というのは……」

「問題は高野さんですよ」

厚田は高野と金融庁との抜き差しならぬ関係を話した。そんなわけで金融庁との関係はおかしくなった。関係がおかしくなったのに関係を修復する努力もしなかった。それどころか金融庁と唯一、太いパイプを持つ松原を外に追いやった。その代役の高野常務は、金融庁からにらまれている。

「少なくとも、金融庁――。中でも検査局は目の敵にしている。その高野さんが、受け手となるのだから最悪だね」

早瀬は厚田の言っていることの意味を考えた。確かに内情に精通している男だ。

（しかし……）

と、早瀬は考える。厚田は実に頭のいい男だが、言っていることは評論家だ。厚田の話を聞いているうちに怒りに似た苛立ちを覚えた。評論家じゃ困るのである。

「なんや、ボンヤリして早瀬さん。こんな話興味はないのか」

早瀬はキッと表情を引き締め、厚田の顔を見ながら言った。

「話のおおよそはわかった。けれど、俺たちはどうすりゃあいいんです？」

「どうするって？」

能弁家の厚田が怯んだ。

「そこまでわかっているんなら、対抗策を考えるべきじゃないの……。徹底抗戦なら何をすべきか、恭順なら何をすべきか……。厚田さんは、どうすべきだと思います？」

「どうするって？　……」

「自分たちには、権限がないというんだろう……。そんなことはわかっているよ。しかし、何もできないというんですか。それじゃ厚田さんが批判する重役たちと同じじゃないですか」

「………」

厚田は目を伏せ、黙り込んだ。

4

六十余年の人生を振り返ってみて、中西正輝はいまが正念場だと思う。中興の祖と呼ばれるような銀行経営者として、この銀行の歴史に名を刻めるかどうか、いま厳しい試練を受けている、そんな風にちかごろ、考えるようになっている。

しかし、頭を悩ませるのはいつも些事なのだ。経営の現実を直視するなら、銀行の歴史に名を刻むなど妄想に過ぎぬ。当期中間決算の予想値は惨憺たるもので、それを先輩頭取たちに、どう説明すればよいか、そんなことで頭を悩ませているのだ。

とりあえずは今期決算だ。なにせ、不良債権の処理を迫られている。その上に金融庁が業務改善命令とか中小企業向け融資を増やせとか、無理難題を次々と吹っかけてくる。とりわけ不良債権処理で窮地に追い込まれ、困った立場にある。

とくにCFJ銀行は大口融資先が軒並み経営不振に陥り、いずれも格付けを急落させている。そこに特別検査の追い打ちだ。債務者区分を引き下げ、要求してくるのは、引当金の積み増しだ。引当金を積み増せば、資本が毀損する。ぐるぐる回しの悪循環。そんなわけで一人になると出るのはため息ばかりで、頭取に就任して以来、静謐《せいひつ》な日々を過ごすことなど無縁の日常である。

「それは頭取の責任じゃないか」

周囲から責められる。

とはいえ、頭取の意思で決められることは限られる。畢竟《ひっきょう》、頭取といえども、この巨大な組織にあってみれば部下に振り回され、勝田忠則元頭取らOBたちの経営介入に翻弄され、頭取など名ばかりで手駒のひとつに過ぎぬことを、いまさらながらに思い知らされる。

それでいながら重い責任を負わされる。粉飾決算だと騒がれれば、下手をすると、刑事責任を追及されかねない立場だ。いや、場合によっては、株主代表訴訟で身ぐるみはがされるリスクを背負っているのだ。脳裏をよぎるのは、破綻に追い込まれた長銀や日債銀の経営者たちの最後だ。マスコミに散々たたかれた上に衆人環視のもと、司直の手で獄舎に連行される哀れな姿。頭取などになってもなにひとついいことはなかった。

ねっとりと脂汗が首筋に流れ、考えれば考えるほど、憂鬱だ。悪夢は現実味を帯びてくる。どうもがいてみても、俺には中川良幸のような腹の括り方はできぬと、中西は悲観的になってくる。それでもいま決断せねばならぬと考え直し、広げたメモ用紙に中西は短いセンテンスを書き込む。

——特別検査の乗り切り。ＣＦＪ信託銀行売却、約二千億円。

その文字列をみながら考えた。

やはりＣＦＪ信託銀行は売却すべきかどうか、いまＣＦＪ信託の売却で迷いが生じているのだ。山東高井銀行の中川が出してきた条件は好条件というべきであろう。三月期決算では、二千億円の資金が必要だ。信託売却には約二千億円の値がついた。やはり好条件である。もう結論は出ているのに、それでも中西は迷っている。中川良幸の言葉がよみがえる。迷いが起こったのは、中川がＣＦＪ信託売却問題にことよせ、とんでもない条件をつけてきたからだ。

「どうかね……。いっそのこと、ＣＦＪと山東高井の合併——。信託合併と併せて検討すべきじゃないのか」

中川は合併を持ちかけたのだ。

合併——。頭取といえども、一人では決められることではない。ＣＦＪ信託売却ですらもOBたちがあれこれクチバシを入れ、一悶着起こりそうな気配だ。そんな事情を考えれば中西には本体の合併話など、口が裂けても切り出せない。

中部銀行と合併する以前、東和信託銀行と呼ばれたCFJ信託銀行は、グループの中では名門企業なのである。資産家を相手にしたアセットマネジメントや、金銭信託、証券信託、証券仲介業務、不動産などを中心に、最近では個人年金保険、個人向けローンを開発するなどの事業を展開し、CFJ信託銀行はグループの稼ぎ頭でもある。

その稼ぎ頭を売却してしまうのは、いかにもつらい。だが、背に腹は替えられない。資産を圧縮してみても、国際基準の資本比率を維持するには、やはり二千億円近くが不足するからだ。そういう理由で決めた信託売却だが、しかし、名門旧東和信託の売却にOBたちはどう言うか。それを考えると、悪夢を見ているような気分になる。予想されるのは強硬な反対論だ。

この男には、互いに否定しあう、矛盾した二つの心がある。一つは虚栄心に充ち満ちた心であり、マスコミなどに見せる顔だ。他方でサッカーで鍛えたスポーツマンの、その顔で豪快に笑い、銀行の経営理念を高邁に語ってみせる。しかし、それはこの人物の一面にしか過ぎぬ。もうひとつの顔とは小心翼々とした臆病者の顔だ。思い悩み、躊躇し、投げやりで、決断を鈍らせる心だ。

頭取室に独りこもるとき、その小心者の顔が浮き出る。この男の本質をいえばどこにでもいる凡庸な老年サラリーマンであり、小さなことに一喜一憂する小心者なのだ。頭取室をノックするものがある。

「頭取、お時間でございます」

半開きにしたドアに半身をいれ声をかけたのは頭取付け秘書だった。有名国立女子大出の総合職だ。中西は、小心者の顔を気づかれぬように、椅子の向きを変えた。

「そうか……」

と、中西は時計をみる。

今夜は夕食を摂りながら勝田顧問に中間決算を説明することになっている。明日は渡瀬元会長への説明だ。ＯＢへの礼儀を欠いては頭取は務まらぬ。ああ、とため息を漏らし中西は重い腰を上げた。

中西は背広に腕を通すと、姿見の前に立った。頭髪にも眉にも白髪がみえて、肌からは艶が失せて、じじむさい感じの老人の色が浮かんでいる。頭髪に櫛を入れ、ネクタイに手をやり、己の姿を確かめてから部屋を出た。

頭取付け秘書に導かれ、せかせかした足取りで、エレベータに向かう。いつもせかせかしているのは、ならい性だ。エレベータホールに慇懃実直という風な体で向原秘書室長が立っていた。

「ご一緒させていただきます」

向原は開いたエレベータに誘う。地下駐車場まで役員専用エレベータは直通で連絡されている。地下駐車場では運転手が後部座席のドアを開き、待っていた。自動ドアをくぐると、ムッとした外気が全身を包んだ。まったくかなわない暑さだ。クルマはＣＦＪ本店ビルを出ると、大手町を抜け日本橋の方向に向かって走り出した。

「勝田さんは、いまでもシングルでまわっているそうですな」

向原はそれとなくＯＢたちの近況を話し始めた。中西は目をつぶり、向原の話に聞き入る。さすがに詳しい。頭取経験者などＯＢたちの面倒を一手に引き受けているのが秘書室だ。ＯＢたちはそれぞれの閥に隠然たる力を持つ。そのＯＢたちの動静を、向原室長は詳しく把握している。彼は歴代秘書室長にならい、ＯＢたちの意向を体する格好をとりながら発言力を強めているのだ。

「信託の問題……」

中西はつぶやくように言った。

「はあ、そのことでしたら、すでに耳に入れておきましたので……」

何も心配はない、シナリオはできているという顔で、向原はさらりと言った。考えようでは、出過ぎた真似を——と、罵声のひとつも浴びせたいところだが、いまの中西にはその元気がなかった。

考えているのは勝田顧問のことだ。勝田が頭取時代に中西は秘書室長として仕えた。

この人物、その性きわめて狷介《けんかい》にして、本人に間近に仕えたものなら、圭角の多い人物であることを思い知るはずだ。中西は秘書室長として勝田顧問に長く親炙《しんしゃ》したものだが、いまでは立場が異なる。それなのに顧問に退いてからも、何かと経営や人事にクチバシを入れている勝田。彼には以前と同様にいまでも中西は秘書室長に過ぎぬのだ。

しかし、中西は内実はともあれ、紛れもなくＣＦＪ銀行のガバナンスを統括する頭取なのだ。立場が変わっているのに、関係の変化を認めない勝田顧問。中西もまた親交をつなぐべき努力を放棄しているのだから、二人の関係がギクシャクするのも当然だった。

二人を乗せたクルマは言問橋を渡り、左手にハンドルを切った。向島には勝田顧問がひいきにしている料亭があり、そこが今夜の会談の場所となる。高速道路沿いに走り、しばらくいくと、料亭街が現れた。いずれも目立たぬ造りの店だが、しかし、バブルの時代には繁盛した店ばかりだ。

クルマは一見仕舞《しも》た屋風の店の前で止まった。

向原室長は先に立ち、引き戸を開ける。石畳を踏みしめて玄関に向かう。よく手入れの行き届いた庭木がある。いらっしゃいませと二人を玄関先で迎えた下足番の爺さんが奥に向かって声をかける。すぐに顔なじみの女将が現れ、両手をつき、

「お待ちになっています」

と、二人を迎えた。

案内されたのは小さな中庭を抱えた数寄屋《すきや》造りの素朴な印象の部屋だ。まだ勝田顧問の姿はなかった。仲居が運んできた茶を啜《すす》っているところに、浴衣姿の勝田が現れた。風呂に入ったのか、額が艶々している。中西は端座して勝田を迎えた。勝田は当然のごとく床の間を背にして座った。今夜の主賓は勝田顧問。二人の旧部下の挨拶を鷹揚に受け、垂れ下がった大きな耳朶をいじった。

「まあ、楽にしてや」

そう言って、勝田は向原が差し出した杯を受ける。勝田は日本酒党であり、銘柄も伏見の銘酒と決まっている。勝田は週に二、三度の割合で本部顧問室に通ってくるが、滅多に顔を合わすことはない。

「お元気なご様子、安心致しました」

「そうでもないんだ、足腰が滅法弱くなってしもうてな。これなんか、まあ、週に三度が限度やな。弱くなった」

勝田は箸をつかみ、ゴルフのスイングをする真似をして、笑った。七十を超しての週に三度のゴルフ三昧。引退してなお、結構な身分というべきであろう。

「とんでもございません。ご謙遜を。まだシングルで廻っておられると聞き及びます。

たいしたものです」

どうして、こうも卑屈になるのか、と思いながらも、ついつまらぬ世辞を、中西は口にしてしまうのである。少々いりくんだ上下関係がそうさせる。中西のみえすいた世辞に勝田はまんざらでもないという風に頬を緩めた。その勝田に向原が、

「無粋なことで相済みませんが……」

畏まった姿勢で封書を示す。こういう場面では、向原は出すぎた真似はしない。それがこの男の狡猾《こうかつ》なところで、従順な秘書室長という顔で畏まっている。勝田はめがねをかけ直し、封書を開き、文書に見入る。しばらく考えてから勝田は訊いた。

「二千億円かね、あの名門が……。で、土肥君は承知しているのか」

売却額に不満を覚えたのか、額に深い皺がよる。承知しているのか、と訊いた相手の土肥とはCFJ信託の社長だ。勝田にとって、手下とでもいうべき相手であり、そのかつての部下にきちんとした挨拶をしているのか、と訊いているのである。中部銀行と合併した際にCFJグループ入りした名門の信託銀行であり、それぞれは対等な立場にある。その信託銀行の社長を務める土肥正勝の同意を抜きには、進まぬ話である。形式論としては、勝田の言う通りだ。しかし、勝田の言葉の意味は少し違っている。自分に相談なく勝手をやるな、と言っているのだ。

「いや、話はまだです」

「そりゃあ、順序が逆じゃないか」

「はあ、わかっておりますが、まず勝田顧問のご意見をうかがってから……。そんな次第でございます」

「ほー、そういうことか」

勝田は頰を緩めた。

彼にとっては手順が大事なのだ。順序が逆にでもなれば、せっかくの座が白け、不興を買うことは間違いない。旧東和銀行にとってみれば業績を倍増するなど、勝田は大功労者だ。その功労者をどう遇するかで、後継者はいつも頭を悩ましてきたものだ。いつまでも抜けない舅根性を丸出しに、傷口に塩をすり込むようなことを平気でする元頭取。扱いにいつも気苦労を強いられる。

しかし、今夜の勝田は上機嫌だった。相談という形で事前に報告を受け、彼は満足し機嫌をよくしたのだ。

彼の頭にあるのは、いつも行内の序列であり、顧問に退いたいまでも、その序列の頂点に立つのが自分だと思っている。勝田はいまでも気分は頭取なのだ。あの不祥事さえなければ、いまでも頭取でいられたものを、結果として勝田の経歴に傷をつけてしまった。その無念が権勢欲を刺激するのだった。

「まあ、ひとつどうだ」

勝田は上機嫌で杯を、かつての二人の部下に勧めながら、大きな耳朶をいじった。向原が不意に立ち上がり、障子を開けた。小さな箱庭はよく手入れされており、みる者を幽玄の世界に誘う見事な造りだった。

（ふー）

と、中西は安堵のため息をもらした。

中西が腐心しているのは今期決算。ＣＦＪ信託を二千億円で売却すれば、どうにか乗り切れる。そう考えると、気分が楽になってくる。

「ところで、信託売却の条件だけど……。買値のほかに、山東高井側は何か条件をつけているそうだね」

中西は不意打ちをくらった。

「はあ……。条件といいますと？」

「つまり合併話だ、山東高井との……」

勝田の言葉には怒気がある。手綱を緩め油断させ、逆襲する。勝田のいつものやり口である。

これは中川と二人だけの内密な話だ。それが勝田顧問に伝わっている。中西は向原の横顔をみた。近ごろ中川と頻繁に連絡を取り合っている。それを知るのは、秘書室だけである。向原が耳打ちしたに違いない。しかし向原は素知らぬ顔である。

「山東はいかん。いかん。やるんなら信託だけや、信託だけだ！」

ひときわ大きな声を出し、勝田は投げつけるように杯を置いた。顧問に退いてなお、経営の帷幄《いあく》は自分にあるとでも思っているような言い方である。

思い出したのだろう。大阪を舞台にした山東高井との壮絶な戦いを。戦いを指揮したのは勝田自身だった。かろうじて勝利をおさめたものの、深傷を負った。山東高井は逃げるとみせかけ、厄介な債権を押しつけてきたからだ。まことに油断のならぬ相手だ。

「いかん！」

勝田は一気にまくしたてた。

問題の多い大口融資先を抱え、山東高井との合併話を進めればあの中川頭取のこと、足下をみられ、事実上の吸収合併となる、そういう意味のことを繰り返した。

山東高井銀行との因縁。それを思えば勝田は山東高井との合併のことなど、メンツの上からも絶対に認められないのだ。いずれにせよ勝田には危殆《きたい》なことなのである。

（弱ったな……）

中西は杯をみつめ沈黙した。

第三章　自己査定全面否認

1

東京文京区の千駄木という街は、考えていた以上に広い。上野広小路から北東に向かって不忍通りに沿い、根津あたりから動坂下まで左右に細長く広がる街だ。下町なのに緑も豊かで、何よりもこの街に住む人たちは草花を愛し、ちょっと路地裏に足を踏み入れれば鉢植えの草木が軒下に並ぶ。それにここは寺町。境内には古木が茂り、それが緑豊かな街を作り上げているのだ。

「でもなあ……」

団子坂下の飲み屋『武蔵谷』で知り合った提灯屋の花岡《はなおか》忠輔《ちゅうすけ》は言う。平成の時代に入り街の様子はすっかり変わった。不忍通りに沿ってマンションがビッシリ建ち、千駄木の空は狭くなったと花岡は苦虫を噛みつぶす。花岡はときとして詩人のような文言を口にする。そう言えば不忍通りはどこもかしこも、マンション建設でにぎわっている。銀行員ならば誰でも知っていることだが、銀行は貸し剥がし・貸し渋りの一方で、日銀がじゃぶじゃぶ資金を流し込むものだから金余りなのである。その余剰の資金が市中に流れ、マンション建設に拍車をかけているのだ。

この街で暮らすようになって早一ヵ月余が経つ。夕食がてら立ち寄る馴染みの居酒屋もできた。馴染みの居酒屋ができれば、顔見知りも増える。まだウィークリーマンション暮らしだが、住んでみれば住みやすい街で、マンションを借りて永住するのも悪くないなあ、と近ごろ思うようになっている。

よい香りがする。キンモクセイの臭いだ。早瀬は不忍通りから団子坂を登り切り、鷗外図書館の前に出た。その手前を左に曲がると、小径がある。そこが藪《やぶ》下通りと呼ばれているのを知ったのはつい最近のことだ。

藪下通りには、小公園があり、崖下に広がる根津・谷中の町並みが一望できる。図書館は森鷗外の旧邸跡だ。昔は右手に上野の杜が広がり、その先に浅草寺の仏塔がみえ、さらに目をこらせば東京湾がみえたという。筑波山も雄姿を誇っていた。そうであるならば鷗外がここを終《つい》の棲家に選んだ理由もわかろうというものである。

いまはマンション群に阻まれ、昔の風景を思い描くのは困難である。図書館で調べてみると、藪下通りは昔ながらの自然道で、ちょうど武蔵野台地の突端に位置し、鷗外の生きた明治時代は文字通りの藪《やぶ》の道筋であったと記されていた。

キンモクセイの臭いに誘われ、藪下通りを南東の方向に下った。人が住んでいるのだろうか……。大正時代の色合いを残存する古びた邸宅がある。樹齢数百年というところだろうか、椎の古木が母屋にかかり、ここが東京都心に位置することを忘れさせる静寂な時空を作り出している。

古びた石段が続き、その正面に草庵を思わせるような門がある。風流人が住む邸宅の構えである。石段に病葉《わくらば》が落ちていて、人の住んでいる気配はない。ふとみると、小さな立て札があり、そこにこの邸宅はすでに売却され、近く取り壊しの予定であることが記されている。藪下通りを下りきると、木造アパートや長屋風の家並みが現れた。まっすぐいくと、その先に根津神社があることを地図で知っていた。

「カネは街の風景を壊しますな」

などと言ったのは、やはり近くの武蔵谷で知った江戸の昔から続く染物屋の主人増淵伸一郎である。元々は藍染めが専業だが、いまは染物屋を廃業し、江戸小物などを観光客などを相手に商売している男だ。通称はいまでも染物屋のシンチャンだ。この街はよそ者を受け入れる懐の深さがある。永住してもいいかなあ、と思うようになったのは、そんな人情に触れたからだ。

早瀬は根津神社を抜けて根津の観音通りに出た。観音通りとはいっても、別に観音様を祀っているわけではなさそうだ。、あったのはお稲荷様を祀る小さな祠《ほこら》で、それとても駐車場の片隅にひっそりと祀られていた。時計をみると五時を回っている。千駄木・谷中界隈を小一時間近く歩いた計算だ。もう日は沈みかけている。秋の彼岸が過ぎたあたりから滅法日が暮れるのが早くなった。

「早瀬君じゃないの……」

背後から声をかける者があった。

振り向くと、保科弘子が買い物袋を手にほほえんでいた。

「ああ、保科君か……」

保科とは、あのとき以来だ。

「どうしたの？」

「散歩の途中や。このあたりで飯を食おうかと思うてな」

関西弁をしゃべる厚田と過ごす時間が長くなっているせいか、近ごろ早瀬は意識せずに関西弁でしゃべるようになっている。

「そうなんだ」

誘うでも誘われるでもなく二人は近くの茶店に入った。そこは不忍通りに面した中国茶を出す店である。一組の男女がいるだけで、店は静かだ。二人は向き合って座った。買い物袋を隣の椅子に置きながら保科は訊いた。

「どう、東京での仕事？」

「特別検査の準備や。始まってみないとわからんな、どうなるか」

待たせることなく茶が運ばれてきた。早瀬が注文したのは、ジャスミンをブレンドした白毫銀針。高価な中国茶だ。保科は定番のウーロン茶にした。蒸した急須に茶を入れ、湯を注ぐ。ジャスミンの匂いが広がる。

「ジャスミンなのね……」

保科はつぶやいた。

保科は急須の蓋を開け、匂いを嗅いだ。あまり上質な白毫銀針とはいえないけれど、ほどよく茉莉花で香り付けされている。

「散歩していたらね、キンモクセイの匂いがしたんや。いい匂いやったな……」

「キンモクセイ？　そうなんだ、もうそんな季節なのね。このあたりはね、春先には沈丁花、梅雨時はクチナシ。秋口にはキンモクセイなの。いずれも匂いを放つ花。季節ごとに街には、それぞれの花々の匂いが漂うの。香りとともに季節が巡っていく。ジャスミン――。白く小さな花びらなんだけど、桜が散り終わったあとに咲く花なの。あの香り、私好き」

「秋口はキンモクセイなんだね。いまが盛りのようやな。匂いに誘われて、藪下通りから根津神社に出て、それからここさ」

「早瀬君は詩人みたいなことを言うんだ」

「初めて言われた」

早瀬は照れ笑いをした。

「ところで……」

保科は声を潜めた。

「ん？　なんです」

保科は少し考え込む仕草をした。そして意外な話をした。

「合併の話が持ち上がっているみたい。知っている？　早瀬君……」

「合併話が？　聞いていないな。どこと合併するのかね」

「山東高井という話なの」

保科は早耳だ。銀行は大再編の時代に入っている。合併の話が持ち上がったとしても少しも不思議ではない。しかし、山東高井とは意外だ。というのも、山東高井とは肌合いも違えば、客を奪い合う宿敵とでもいうべき相手であり、合併相手としては考えがたいからだった。

「山東高井、ね」

早瀬は腕組みをして考える。すると、別な考えが浮かぶ。

合従連衡《がっしょうれんこう》の時代である。銀行は単独では生き残れない時代なのだ。そのために合併を繰り返し、現在では四大金融グループに集約され、さらに二グループに再編されるのではないか、という見方もある。その意味で山東高井との合併も、決してあり得ない話ではないのである。それは同時に金融庁の意思でもある、という噂も流れている。金融庁が不良債権処理に強硬な姿勢を取るのも、業界再編を急ぐからだという説もある。抜き打ち的に実施される特別検査。特別検査と合併話とは結びつくのか、早瀬は保科の顔を見ながら考えた。

「まず、信託同士の合併。それから持ち株会社を統合する計画みたいなの」

「そりゃあ、またずいぶん具体的やな」

「私たちどうなるかしら？」

保科は自問するようにいった。

「専門職の君たちなら安心やないか。引く手あまたやろうに……」

「そうでもないのよ。都合良く使われるのは三十代まで。都銀の専門職なんて、使い物にならないのは常識なの」

保科は自嘲した。

合併――。行員の立場からいえば人生を左右する重大事だ。まず脳裏に浮かぶのは、大規模なリストラと人員整理だ。二重投資は見直され、支店は統合され、そこから生じる余剰人員の合理化が必要になるからだ。ある者は転勤を余儀なくされ、ある者は慣れない異職種に回され、ある者は格下げとなり、最悪の場合は退職を迫られる。残るも地獄で、合併後に待っているのは、合併相手の行員との厳しい競争だ。対等合併ならまだしも、劣位合併なら、差別処遇を受ける。

　自分たちの運命を左右する、そんな話が自分たちの知らぬところで決まり、行員の協力なしには存在し得ない銀行経営が、行員とは無関係なところで決定される。いつだって、そうだ。金余りのバブル期にはノルマを課して融資拡大競争に駆り立て、金融引き締めが始まると、現場の都合などおかまいなく、融資引き上げ・貸し剝がしに末端行員の尻をたたく。あげくに巨額の不良債権を抱え、倒産寸前に追い込まれ、そのツケは末端行員に負わされる。

（それにしても……）

　と早瀬は思う。

　同期の幣原もそうだが、彼らは支店行員には想像もつかないほど秘密の情報に接している。だから秀才揃いの本部のエリートたちは、この銀行が危機的状態にあることは、わかっているはずだ。それにしては、危機意識が欠如している。

　早瀬はこの一ヵ月、本部のエリートたちをみてきてわかった。何よりも恐れるのはミスを犯すことだ。同時に上に立つ人間に嫌われないように細心の気配りをすることである。だから上を見て仕事をする。彼らがエネルギーを注ぐのは目先のことばかりで、銀行の行く末など、誰も考えちゃいない。

　例えば報告書を書くに際しても、何が起こっているのか、状況分析は子細を極めるが、その解決策に触れることはほとんどない。状況報告に終始するのは、たぶん、それは自分の仕事ではなく、解決策を考えるのは上の人間の仕事であると考えているからだろう。あの、自ら秀才を気取る幣原にしても同じことだ。

支店行員は違う。取引先に出向きオヤジの顔を見れば経営状態はわかる。経営状態がわかれば、銀行としての対処の仕方も決められ、もう少し貸し込むか、資金を引き揚げるか、判断を迫られる。いや、そんな単純なことだけでなく将来についても、支店行員は判断しなければならない。そうやって支店行員は中小企業を育てる。それが支店行員の誇りでもあった。

それでも近ごろは支店の裁量も担当行員の裁量も、大幅に縮小され、本部のエリートたちが鉛筆をなめなめ机上で作った経営計画なるものに縛られ、現場は無視される。現場の声が届かぬ本部は本部で、ますます現場から離れた計画案を作り、経営計画を押しつけてくる。増えているのは不動産融資だけで、ほかは融資を縮小し、貸付金を回収することが経営の至上課題だ。

それでも現場を知っている支店行員は強いと早瀬は思っている。現場を知るということは経済の実態を知るということであり、その実態経済を知ることを通じて、銀行は社会に対して何をなすべきかを、明瞭に認識している強みがあるからだ。

「早瀬君……。食事まだなら、家に来ない？　たいしたものは作れないけど、材料もこの通り……」

　保科はそう言って買い物袋を持ち上げてみせた。材料はたっぷり入っているようだ。

「それもいいいな、けど保科君は一人暮らしやろ。そこにのこのこ行くのも、何やら物欲しげで気が引けるんや」

「おかしい……。まだ私を女とみてくれるっていうこと？　もう四十過ぎなのよ、私」

「その気になったらどうするんや」

「うふん……」

　と小さく笑い、保科は立ち上がった。

　早瀬は歩きながら言った。

「今度の特別検査と合併話は関係があると思うかね……」

　早瀬はさきほど脳裏に浮かんだ疑問を口にした。彼女には突飛な質問のようだった。

「どういう意味？」

「いやね、いろいろ資料を読んでいると、事態が大きく動くのではないか、何か、ある種のきな臭さを感じるんや」

　早瀬はこの一ヵ月の間、企画部から渡された資料を漫然と読んでいたわけではない。なぜこの時期の特別検査か、何を狙った特別検査か、金融庁は不良債権処理の加速化のために――と説明しているようだが、金融庁の公式見解など信じることができない。

新聞や雑誌など公開情報を整理してみただけでも、そこには何か大きなもの、それが動いているように思える。

「さあ……」

彼女は首をかしげた。

「合併の話、どこで聞いたんや？」

「秘書室が震源地らしいの。中西頭取と山東高井の中川頭取が頻繁にあっているらしいのよ。それが根拠といえば根拠」

「なるほど……」

特別検査と合併話――。結びつけるものは何もない。自分で集めた資料から推量するに、ＣＦＪ銀行の現状からすればいま合併話を進めるということは、事実上の救済合併の色彩が強くなる。

棟割り長屋が密集する、根津のあたりから上野桜木町の方に向かうと坂道に出る。寺町らしく樹木に覆われた寺院が並ぶ。保科のマンションは観音通りから歩いて五分ほどの、小高い丘の上にあった。このあたりは下町の中でも、比較的所得水準の高い人たちが住んでいるようだ。

エレベータで上がった七階に保科の部屋はあった。玄関も自宅のドアも、暗証番号で管理された、二重チェックのセキュリティが施されている。玄関に入ると、鉤型の廊下があり、正面に大きな絵が掛けてある。二十畳ほどの広い台所兼リビング。その奥が寝室らしい。ビクトリア調の小さなテーブルと椅子が二脚。リビングの中央には、それが唯一の贅沢品のような立派な長椅子と革張りのリクライニングシートがある。限られた空間を上手に使っている。

「楽にして」

保科はキッチンに立った。

「何を作るんだい？」

早瀬は背後から声をかけた。

「うん、いま考えているところなの」

「材料は？」

「マグロと鶏の挽肉と……」

そう言って、保科は振り返った。

「長ネギはあるかい」

「あるわ」

「マグロか。ならば僕が作ろうか」

「できるの」

「ああ、うまいもの作ってやる」

長ネギを輪切りにする。マグロのブロックをサイコロ状に切り分ける。準備はそれだけだ。小さなテーブルの上にカセットコンロを用意してその上にすき焼き鍋を置く。マグロを囲むように輪切りの長ネギを縦に並べる。鶏の挽肉に片栗粉を少しだけ入れ、塩で味を整え混ぜ合わせ、大皿の上に置く。

「これで十分や」

二人は小さなテーブルに向き合った。

「早瀬君、これだけなの」

カセットコンロに点火して、ひとつかみの砂糖と醤油をかける。それに少々の日本酒をいれた。一分もしないうちにぐずぐずと煮えてきた。ストロー効果というやつで、長ネギから煮汁が吹き上げてくる。準備の手間暇は一、二分足らず。

「もう食えるよ」

味見をして、保科は早瀬の顔をみた。

「いけるじゃない」

「そう言ってもらえると、嬉しいやな。これは関東でいうネギマやね。醤油味がきついなら、少しお湯で割ったらいい。マグロのあとは鶏の挽肉。日本酒がよくあうんやな」

「ふーん。どこで覚えたの」

「鬼平犯科帳――」

マグロの煮汁が絶妙な味を出す。ここらあたりで杯の日本酒を入れれば最高だ。それが鬼平流の関東ネギマというやつだ。

「先ほどの話だけど……」

杯に日本酒を注ぎながら保科が訊いた。保科にも気になることであるようだ。

2

特別検査は突然実施された。小雨降るその日の朝、総勢六十人に及ぶ検査官がマイクロバスに分乗して乗り付け、午前九時きっかりに本部オフィスに入ってきた。なんという物々しさ。通常なら二、三十人である。それが六十人に及ぶ検査官を動員しての特別検査。報告を受けたとき、高野隆行常務は尋常ならざるものを感じ取った。

金融庁検査官本隊は企画部が用意した会議室に入るなり、そこを前線指令部に決め、その前線指揮所から次々と指令し、企画部、審査部、大口融資先を扱う法人営業部などに査察に入った。誰が指揮官であるかは一目瞭然だった。グレーの背広に燕脂色のネクタイをつけた、中肉中背の凡庸なサラリーマンという風な男が、牟田要造検査監理官だ。初日から監理官自ら乗り込んでくるとは……。

「動かないで」

「手を触れないで下さい」

検査官は大声で、行員に指示を出す。検査官たちは、部内の至るところに「特別検査実施中」と大書した紙片を貼り付け、行員の行動を制限した。しかも特段の挨拶《あいさつ》もなく特別検査を始める旨《むね》を記した一枚の通告書を示しただけで検査を始めたのである。すべてが異例づくしといえた。

行員の多くは、それが金融庁による検査ではなく、国税庁の査察か司法当局の捜査かと勘違いするほど乱暴なやり方だった。とりあえず資料を押さえようという魂胆なのであろう。各所に散った検査官たちは、それぞれの場所で机の資料を押収し、ロッカーを開くことを命じた。別な一隊はシステム部門が管理するコンピュータ室を急襲し、担当者の制止を振り切り、すべてのデータをダウンロードし始めた。

「いったい何の権限があって！　検査業務とは関係がないじゃないですか」

担当者は抗議した。

要求したのは、三年分の行内メールのダウンロードだ。電子メールは私的な通信連絡も含まれている。プライバシーの侵害などかまっちゃいないという態度だ。それが抗議をした理由だった。しかし検査官は、

「検査妨害と見なす」

と、抗議を一蹴《いっしゅう》した。

検査官との軋轢《あつれき》は、行内の至るところで起こっていた。検査は大阪の本部にも入っているると、その三十分後に連絡が入った。大阪での検査もひどいものであるらしい。

通常なら検査官は検査の趣旨と狙いを説明し、双方が納得ずくで検査に着手するものである。挨拶もなければ、説明もない、いきなり事務室に入り、動くな！　と行員を威嚇して、それが検査に必要な書類であるかどうかの説明もなく押収する。司法の捜査とは異なり、行政行為のひとつとして行うのが特別検査なのである。

報告を受けた高野は、企画部の会議室に向かった。とりあえず検査監理官に挨拶をしておこうと思ったのだ。検査官たちの前線指令部となっている企画部の会議室は高野が執務しているのと同じフロアにある。高野はドアを押し開け、会議室に入った。

会議室には五、六人の検査官がいた。

「誰に断った。立ち入り禁止の貼り紙がみえないのか……」

若い検査官が居丈高に怒鳴った。若い検査官の胸元にネームプレートがあり、そこに安田と書いてある。その物腰から判断するに有資格の前線指揮所の参謀のひとりなのであろう、功を急《せ》いているのか、いやに張り切っている。困ったものだ、と高野は苦笑し、

「ご苦労さまです」

と、胸から名刺を差し出した。

「検査担当の常務の高野でございます」

白板を背にして座っている男が、ＣＦＪ銀行の特別検査の指揮官であるらしい。記憶がよみがえった。その男が牟田要造監理官であることはすぐにわかった。牟田は受け取った名刺を会議テーブルに置き、じっと高野の顔をみた。口元に笑みを浮かべているが、目には憎悪の色が浮かんでいる。

「高野常務――。お久しぶりですな」

牟田は名刺も出さず、

「膿《うみ》を出しましょうや、今回は徹底的にやらせてもらいますよ、高野常務……」

そう言ったきり、資料を読み始めた。明らかな挑発である。

（なんと非礼な……）

高野は怒りを抑え、

「監理官……」

と切り出した。

「現場は混乱しております。必要な書類は準備いたしておりますので、お申しつけ頂ければ持参いたします」

あまりにも乱暴な検査のやり方に控えめだが、抗議の意味を込めていった。若い検査官が、ふんと鼻先で笑い、言った。

「高野常務、先ほど申し上げたはずです。ここは立ち入り禁止なんです。ご意見があるのなら、検査後にうかがいます」

「検査後ですと！」

「さあ、これ以上、この部屋にとどまりますと、検査妨害になります」

若い検査官は威嚇《いかく》的に言う。二人のやり取りに、何の関心も示さず牟田監理官は書類に目を通していた。

高野は部屋を出た。

向かったのは、コンプライアンスを担当する副頭取、稲葉《いなば》良輔《りょうすけ》の執務室だ。高野は道々考える。検査官たちは、行内のいたるところで検査妨害を繰り返し、挑発的な行動を取っている。幾度も検査を体験しているが、こんな強権的な検査は初めてだ。

その同じ時刻、早瀬圭吾は法人営業第八部で企画部の若い審査役を補佐する形で検査官の検査に立ち会っていた。早瀬の役割は、検査官の「接応」とされている。早瀬ら「接応チーム」は、マンツウマンで、検査官に張りつくことになっている。この場合、事前の打ち合わせなど役に立たぬもので、検査官たちは案内もまたず法人営業第八部に入っていった。事前に事務所の絵図を用意し、それぞれの場所を特定していたのだ。法人営業第八部はサンエイを担当するセクションだ。統括検査官が指揮し、書類を押収しているところだった。

「ちょっと待って下さいよ」

法人営業第八部長が抗議の声を上げた。

検査官らは有無を言わさず、資料類を段ボール箱に入れ始めたからだ。そこには私物もある。そんなことはお構いない。目につくものをすべて段ボールに放り込んでいる。

「手帳を出していただけますか」

抗議する部長に向かって、またも挑発的な言葉をぶつけてくる。法人営業第八部長は執行役員の一人であり、執行役員であることを承知の上で貶める挑発だ。統括検査官が顎をしゃくると部下の検査官が第八営業部長の引き出しを開けて中身を段ボールに詰め始める。

「いくらなんでも……」

営業部員が阻止しようとした。

「検査妨害――。記録に残してくれ」

統括検査官がそう言うと、別な検査官が営業部員の顔写真を、デジタルカメラで撮り始めた。立ち会いの企画部審査役は、なすすべもなく呆然とみているだけだ。エリートなんていうのは、こんなときは役立たずなのである。そんなやり取りをしているところに厚田均が飛び込んできた。厚田は早瀬の耳元で一言二言ささやき、メモ用紙を渡した。早瀬は素早くメモに目を通した。いつも饒舌に過ぎる厚田だが、こういうとき知恵の回る男だ。早瀬はほほえんだ。メモを読み終え、早瀬はゆっくりと統括検査官の前に立ち、

「違法行為ですよ、あなたらのやっていることは！　おわかりか」

早瀬は大声で言った。統括検査官は怯みをみせた。違法行為と指摘されたことに怯んだのだ。ヤクザを相手にやり合うこともあるのが支店行員というものだ。エリートの企画部審査役と違って、役人なんぞ少しも偉いとも思わない。支店の現場で鍛えられた支店行員にはくそ度胸がある。

「違法行為？　バカをいっちゃ困る。これは銀行法に基づく特別検査なんだよ。検査のじゃまをすると、それこそ違法行為になる。検査妨害で告発しますよ」

統括検査官は体勢を立て直し、脅しをかけてきた。しかし、早瀬は少しも動じなかった。統括検査官の顔を見据え、

「基本的なこともご存じないようですな。行政が予見を持って検査にあたることを、国家公務員法が禁じている。罰則もあるんや。それにあんたらには捜査権はない。捜査権もないのに捜査のまねごとをするのは、これまた違法行為……」

もとより支店行員の早瀬には、そのような知識があるはずもないが、先ほど厚田から渡されたメモの即興を演じたのだ。早瀬はさらに追い打ちをかけた。

「官名も名乗らず、他人の所有物に手を出すこと、それは窃盗やないか。あなたが検査官である証拠は何もないのやから、警察に突き出すこともできる。いや、窃盗の現場を目撃したのだから、我々には緊急逮捕もできるっていうわけや」

統括検査官はウッとうなった。

第八営業部のオフィスの二階上には法務室とコンプライアンス室がある。その役員室で高野常務は所管役員の副頭取、稲葉良輔と向き合っていた。稲葉は旧中部銀行出身の副頭取であり、所管は無役に近いコンプライアンスである。コンプライアンスとは法令遵守と翻訳される。

江戸幕政風の言い方をすれば企業内大目付というところだ。業務を執行するに際して、それが適法かどうか、法律上の齟齬を来さないか、商売上の倫理に適うか、稲葉副頭取はその判断をするトップの座にある。しかし実際のところコンプライアンスにしても、近ごろはやりの企業統治を意味するガバナンスにしても、この銀行の中では有効に機能したことなど一度もない。その意味でコンプライアンス担当とは、まあ、事実上の無役なのである。

高野が稲葉を訪ねたのは、もちろん、金融庁検査のやり方が、適法性を欠くと判断したからであり、その対応策を協議するためであった。金融検査官が本部に乗り込み、巻き起こった本部での騒動。知らぬはずもなかろうに、しかし、稲葉はほとんど表情を変えず高野の話を聞いていた。話を一通り聞き終わると、稲葉は執務机の受話器を握った。

「村上君を、至急、私のところにくるように伝えてくれないか」

村上卓一――。法務室で室長代理を務める男は、部下を帯同して姿を見せた。中肉中背の堅太りの村上は、息を弾ませていった。

「偉いことになっているようですな」

「そのことなんだよ。なんせ難しい人たちが相手ですからな」

企業法務に精通する村上室長代理は顔を副頭取に向け、

「抗議すべきかどうか……」

と軽く訊いた。

「現場の検査官にかね」

稲葉副頭取が村上に聞き返す。

「現場じゃ話にならんでしょう。現場ですむ話ならとっくにかたがついている。金融庁長官でしょうかな……。まあ、金融担当大臣という手もあるが、それでは大仰に過ぎますかな」

高野は二人のやり取りを黙ってみている。

「しかし、その前に違法行為があるとするならば、その違法行為の具体例を出しておく必要がある」

村上がいうのはもっともだ。その言葉に稲葉がうなずき、手にしたボールペンをくるくる回し、天井を見上げた。

「しかし、まだ検査の初日――。もう少し様子を見て、それから判断したとしても遅くはないのじゃありませんか」

村上が抗議するかどうかを訊いたのは、その気があるからではなく、稲葉の真意を知るためのことで、実はコンプライアンスを仕切る副頭取があまり乗り気ではなさそうなのを知り、

「それもそうですね、初日ですから」

と、村上はうなずき返した。

「抗議のことはあとにしても……」

二人のやり取りに高野が口をはさみ、

「対抗措置、金融検査を受ける側の対抗措置を検討していただきたいのです」

二人の顔を交互に見た。

「対抗措置ね――。まあ、顧問弁護士の意見は聞いておくけど、対抗措置ね」

稲葉は、その言葉を二度繰り返し、また天井を見上げた。そうした自分の言葉に含んでいる意味合いを、高野が理解したかどうか確かめるように、天井を見つめたままの姿勢で続けた。

「金融庁の検査というのは、どこもめるものです。まあ、苦労されるのはいずれも一緒ですな。今回は大口案件の検査と聞き及んでいますが、ウチの方では何か、問題でも抱えているんですか？」

稲葉はとぼけたことを訊いた。その言葉には、あんたの仕事でしょう、検査は。あんたの仕事ならあんたが解決すべきじゃないのかね、そんな意味合いを含んでいた。少なくとも東和系の出世頭、高野常務を快く思っていないのは確かだ。中部系には中部系の立場があり、事情があるのはわかる。しかし、それも時と場合による。

高野は心を落ち着かせ静かに反問した。

「違法行為の疑いがある、その精査をお願いしたいと言っているのです。これでは業務にも支障が出ます。そのための対抗措置を検討していただきたいのです」

「抗議するにも、まだ初日のこと。少し様子をみてみたらいかがですか」

稲葉は先ほどと同じことを繰り返した。

「それもそうですな。まだ初日のこと、検査官たちも、いささか張り切り過ぎているんじゃないですか」

村上は前言をひるがえし、あっさりと稲葉に同調した。

「まあ、今回はそういうことで……」

それが結論――という風に稲葉は立ち上がった。そういわれた以上、ねばるわけにもいかない。高野は軽く頭を下げ、副頭取の執務室を出た。なんと非協力的な連中だ。腹立ちを抑え、高野は中西頭取の部屋に向かった。高野は頭取室に入ったきり長時間出てこなかった。

夕刻、検査官たちは、前線指令部として使用している会議室を封印して帰った。封印したのは、会議室ばかりではない。ロッカーや机ばかりか部屋ごと、行内のいたるところに同様な貼り紙をしている。

検査中であるから、さわるな！　という警告の貼り紙だ。立ち会いの行員に挑発を繰り返し、検査妨害だと恫喝《どうかつ》し、こうして資料をごっそり押収した検査官たちは、五時きっかりに意気揚々と引き上げた。

「ありゃあ、喧嘩を売っているようなものじゃないか。喧嘩を売ってどうするつもりか。正気の沙汰《さた》じゃない」

検査官らを送り出したあと、接応チームの部屋に戻った厚田均は早瀬圭吾の肩をたたきながら言った。

「まあ、それにしても、高野さん、もうちょっとましな対応をするものと思っていたんだがね。評判とは違うな。なんか、検査官に一方的にやられっぱなしじゃないか。エリートはつまらん。肝心なとき、まったくの役立たずだ」

厚田は悪態をつく。確かに不手際は目に余るものがあった。例のマニュアルなど、まったく役に立たなかった。検査官に機先を制せられたのだ。

厚田の話を聞きながら、早瀬は厚田のいう通りだと思う。しかし、厚田という男はときとして理解のできぬ振る舞いをする。皮肉屋の常で、口が悪く、すねたような性分。その上に知性が勝っているものだから、相手の無知をつき、周囲からいやがられている。

「でも、気になるな」

そう言ったのは、同じチームに属する山根敦夫だった。山根もまた厄介払いされ、仙台の支店から移ってきた男だ。しかし、山根はあくまで善意の人である。山根の言ったことにすかさず反応したのは都下支店から接応チームに派遣された高尾伸三郎だ。それぞれのやり取りを、ふがいなく企画部のエリートたちは首をすくめて聞いている。

「何を……」

「検査妨害を連呼していたことだよ」

「ただの脅しだよ」

そこに幣原が入ってきた。

「これから会議です。各自、検査臨場報告をしてもらいます。メモを作っておいて下さい。そうですね、あと三十分後ということでお願いします」

早瀬と視線が合うと、幣原は手招きした。

「第八営業部長から聞いたよ」

「ほう、そうかいな」

早瀬はうなずいてみせた。

「調べてみたよ、国家公務員法をな。確かに行政は犯罪の暴露を目的に予断を持って行政権の執行をやってはならない、そういうことが書いてある。検査も行政行為の一種だからな。しかし、よくまあ、あんなことに気がついたな」

「いや、俺の知恵やないんや」

そういって早瀬は長身の厚田の方をみながら顎を撫でた。

「ほう、なるほど。知恵者は彼か」

3

特別検査の様子を、高野隆行常務から報告を受けはしたが、中西正輝頭取は、それどころの騒ぎではなかった。実は週初めに、外銀によるＣＦＪホールディング株買い占めの情報が入ってきたからだ。乗っ取りが懸念される株買いだ。中西はまた難題を抱えて頭を悩ませているのだ。

「頭取、これは尋常ならざることです。何しろ電子メールの記録まで押収する始末なのですから……」

と、高野常務が検査報告をし始めたのを途中で遮り、逆に、

「どうしたものか……」

と所管外の問題を持ち出したのである。企画担当の常務としては、それが海外事業の専権に属する事柄であっても、頭取にそう言われれば相談に乗らざるを得ないのである。やはり、情報は秘書室長向原を通じて入ったものだ。しかし、確実な情報は何一つなく、わかっているのは、密かに株を買い占めている連中がいるということだけだ。

九月の中間決算を控え、よからぬ風説が市場に流れ、以後、株価は急落している。よからぬ風説とは、不良債権隠しの噂だ。今度の特別検査はCFJ銀行が狙いで、どうやら一兆円を超える不良債権を飛ばしているなどという尾ひれまでつけば、なおさらだ。乗っ取り屋にすれば格好の餌食だ。

しかし、正体はまだわかっていない。連中は巧みだ。正体が特定できないように、いくつも証券会社や投資顧問などを絡ませながら、売ったり買ったりの、実に複雑な

株取引を繰り返している。こんなやり方をするのは正体を隠すためだ。株価の下落がとまらぬ現状を考えれば最悪の事態を予想しておかねばならぬのである。中西の頭に「買収」の二文字が浮かんでくる。

高野にも情報はなかった。いい知恵も出ずじまいだった。その高野に中西が繰り返されたのは愚痴《ぐち》であり、頭取の愚痴を高野常務は辛抱強く聞いていた。高野が腰を上げたあとも、中西は鬱々とした気分で考え続けた。

（これは自分の手で解決せねば……）

と、中西は思う。

しかし、思案はしてみるが、一向にいい知恵が出てこない。正体不明の相手だ。どんな意図を持ち、ホールディング株を買い占めているのか。依然として不明で、本気でホールディングを支配するつもりなのか、差益狙いの買いか、それとも別な思惑があっての買い占めなのか、いや、何者かの代理として動いているのか。その意図が読めずにいる。相手が正体不明ということも不安を増幅させる。

ドアをたたく音がする。ドアを半開きにして秘書が、よろしいですか、と目で訊いている。ドアの向こうに誰かが立っているようである。中西は、入ってや！　と、声をかけ、会議テーブルに席を移した。

「明日、ギリシャに飛びます」

「ギリシャにか、ギリシャに？　……」

「はい、アテネです」

海外担当副頭取の鎌谷雅介は椅子を引き頭取の正面に座った。若くして取締役に収まった男だが、あいにく海外勤務が長く、経営の中枢からははずれている。つまり、彼もまた経営陣に名を連ねる経営帷幄の人に違いないけれど、それは名ばかりのことに過ぎず、間違っても、中西の地位を脅かすような男ではない。もう一期副頭取を務めれば本部を去る定めとなっている。その限りでは中西には安心して使える男だ。

株買い占めの動きのあることを、向原から報告を受けた、その日の夕刻、中西は鎌谷を執務室に呼び、調査を命じた。中西はじりじりしながら待っていた。その日から三日目。何かをつかんできたようだ。

「頭取……」

と、鎌谷は分厚い英文の書類を示した。そこに買収者の素性が書いてあった。未知の相手だ。

「うーん」

中西は書類を見ながらうなった。買収者の正体は、ギリシャのアテネに本拠を置く、国際的な投機グループである。国際畑が長いだけに、さすがである。調べ始めてから三日目で、投機グループの名を鎌谷は特定した。中西はぱらぱらと書類をめくってみる。

アヴィヨン・アセット・マネジメントというのが、その名前である。それほど大きなカネを動かしている連中ではないが、旧ソ連の石油利権の売買であぶく銭をつかみ、中南米や中近東で暗躍している投機グループだ。しかし、日本株に興味を示し、買い集めているのを聞くのは、中西にも初めてのことだ。鎌谷はざっとアヴィヨングループのあらましを説明した。

「大事には至らないと思います」

その言葉を聞き、中西は安堵した。

「しかし、念のためです」

アテネに飛ぶ理由を、鎌谷は説明した。

「そうしてくれるか」

「ただ長丁場になるだろうと思います」

「判断は任せる」

そう言うと、中西は軽く手を上げた。これで用談はすんだという意味だ。鎌谷副頭取が部屋を出て行き、独りになると、今度は特別検査のことが心配になってきた。

「メールの記録まで押収する始末です」

高野は、そう言った。

そう言われてみれば確かに異常だ。いったい狙いは何なのか。ＣＦＪを破綻に追い込む魂胆ではなかろうか。考えは悪い方向に傾いていく。そこで中西は金融業界に流れている噂話を思い出した。

「リベンジですよ。リベンジ……」

金融業界に流れる噂話を耳元でささやいたのは向原だが、まさか、とは思う。業界の噂話はいかにも因果話じみてにわかには信じがたいからだ。しかし、ＭＯＦ担として旧大蔵省に出入りしていた高野が大蔵官僚過剰接待事件の関連で検察から事情聴取を受けた、その直後に、旧大蔵省から逮捕者が出て、執拗な検察の追及に追いつめられ、自殺に追い込まれた者もある。つまり旧大蔵官僚を売ったのは高野だという風評だ。しかも自殺した男が、今度の特別検査で総指揮を執る牟田監理官とは郷里も同じで浅からぬ関係にあったと聞けばリベンジというのも真実味を増す。

（高野を外すべきか……）

そうも考える。外すべきだという意見も一部にはあった。無法ともいえる特別検査のやりようである。その意図を考えれば、世間がいうように、あるいはリベンジというのはまんざら否定できないように思えてくる。検査の間、高野を緊急避難させる、それはグッドアイデアのように思えた。

しかし、待てよ！　という気持ちがわき起こってくる。高野は特別検査を受け入れる現場の最高責任者。その高野を外すことを世間はどうみるか。

いま高野を緊急避難させたとしても、金融庁は態度を変えるであろうか。いや、変えるはずもなかろう。それでも、高野の存在は彼らを刺激する。刺激するのは得策ではあるまい。それならやはり摩擦を最小限に抑える意味でも緊急避難させた方がいいのかも知れぬ。考えはぶれたが、ようやく中西は結論らしきものを得た。結論を得ると、中西は受話器を持ち上げた。

「鎌谷君を……」

直通にかけたのに秘書が出た。

「ただいま打ち合わせ中でございますが」

中西は苛立ちの声を出した。

「中西だが、中西からの電話だと言ってくれないか」

「かしこまりました」

間をおかずに鎌谷が電話口に出た。

「何か……」

「先ほどのアテネの話だが、企画部の高野君を連れて行ってくれないかな」

「はあ……」

鎌谷は訝った。中西の言っている意味を、鎌谷は自分じゃ役に立たない、とでも言われているように受け取ったのだ。そもそもが海外事業に関しては、鎌谷の専権事項である。それを企画部の執行役員を同伴せよ！　というのは、いくら頭取といえども出過ぎたことで、筋違いというものだ。鎌谷は珍しく抗議の声を上げた。

「いや、違うんだよ。事情はあとで話す。ともかく高野を、いっとき君の方で預かって欲しいということ、そういう意味だ」

　中西は事情を手短に話した。

「預かるって？」

　解せぬという風に聞き返した。

「そう、しばらくの間ね。国内にいてもらっては困る事情があってね。それで、先方との折衝、長丁場になると言っていたが、どのぐらい時間がかかるんや」

「ご承知のように、相手が相手でしょう。それに、これは交渉ごとですからね、相手の出方にもよりますが、いまは何とも。まあ、最低でも二週間ほどかかろうかと思われますが……」

「それで結構……。二週間ほど、海外を廻ってきて欲しいのだ」

　鎌谷には迷惑な話に違いない。鎌谷でなければ、子細を語るはずもない中西ではあったが、しかし、事情を打ち明けられた鎌谷にすれば、迷惑な話であってもうなずかざるを得なかった。中西は電話を終え、ほっとため息を漏らし再び受話器を握った。

今度の相手は高野常務であった。

4

電話をしてみたが、保科弘子の携帯は留守電になっていた。早瀬圭吾は、男と女には友情というものを育てられるだろうか、などと保科が言うものだから、あのとき以来、そんなことを考えるようになっている。

早瀬は手酌で日本酒をあおった。福島の郡山産という銘酒は、冷やが一番ですよ、と女将に勧められて、冷やでやってみた。

（うまい酒だ）

早瀬はうなずき、コップに口をつけた。そこは地元千駄木町会の連中の足溜まりになっている居酒屋『いさご』だ。千駄木のウィークリーマンションで暮らすようになってから時々顔を出している。

『いさご』は、街の旦那《だんな》衆や職人、大学の先生、小説家や絵描き、医者、美容院のマダム、ごく普通のサラリーマンなど客層は雑多だ。女将の人柄にほれて、常連が通ってくる。カウンターをにぎわすのは、やはり地元の常連客だ。幾人かの顔馴染みもできた。心地よく過ごせ気に入っている。保科弘子とも二、三度いっしょしたこともある。

「早瀬君は結婚というのを、どんな風に考えているの」

あのとき、保科にいきなり訊かれ、戸惑った。

「結婚ね――。一度失敗しているから、もう考えないことにしている」

「ふん……。そうなの。でも独りって淋しいでしょう？」

「ああ、淋しいね。淋しいよ。だから君に誘われ、ついてきたんやないか」

「淋しいからなの、来たのは、それだけ？」

「どういう意味や？」

「どういう意味って……。だから男が女の部屋を訪ねることの意味よ」

「そういうことをいちいち説明するのも難儀やね。まあ、下心がないといえば嘘になるけどね。でも楽しいやないの。独りで飯を食うよりは、二人の方が……」

「正直ね、早瀬君は」

そう言って保科は含み笑いをした。

たわいのないやり取りだった。

「結婚って、どうだった？」

食事を終えて、長椅子に席を移し、日本酒からワインに切り替えたとき、いたずらっぽい笑みを浮かべ保科は訊いた。

「嫌なこと訊くもんやね。忘れたいと思っていたのに……。うまくいっていたら、いまでも続いていたさ。最後の局面は地獄やね」

「忘れた？」

「忘れることはないね。向こうには娘もいるし。娘のことを考えると胸が痛む……」

「でも、どうして離婚したの」

「さあな、いろいろあった。いろいろありすぎて、破局の原因など特定できへんのや。だから一口ではいえんな」

「結婚したことないけど私、結婚の生態って少しわかるような気がする。掃除、洗濯、食事の用意。子どもが生まれれば子どもの世話。亭主を待つだけの生活なんて考えられない。どんなに強い愛情で結ばれた恋でも、日常は俗なことばかり。いつか俗なことに染まり、せっかくの恋人も色あせてくるのよ。目立つのは互いの欠点ばっかり」

「そういうものかな」

「男と女の愛情は、お互いが求め合うときだけにある。求め合うときしか、恋も愛もありはしないわ。あとは打算と諦め……」

「求め合うときだけか……。要するにいいとこどりやな」

「そうよ、私はね。でも、勘違いしないで。私はこうみえても男につくすタイプなの」

「そりゃあ、どうも……」

「早瀬君ってさ男女の友情って信じる？」

あのとき、保科は訊いた。

「さあ、どうやろうか。あってもいいんやないかな。世の中にはそういう変わった男も女もいるのとちがうか」

そう答えはしたが、早瀬にもよくわからないことだった。男と女――、結婚するにせよしないにせよ、男と女の関係というのは、いずれの形をとっても相手を縛るという意味では不自由だ。あのとき、彼女はもっと自由な男女の関係があってもいいのではないかと言いたかったようだ。

「逢いたいときにだけ逢って、ときにはセックスも楽しむけど、でもやはり二人は友情でつながっているのよ。だって縛りあうってお互いに不幸よね」

聞いていると、なにやら都合のいい理屈である。いまや男女に差はない。問題は経済力だけだ。経済力さえあれば、どんな人生でも選択できる。しかし、あのとき保科は本気でそんなことを言っていたわけでないのはわかっていた。

「でもやっぱり、一人じゃ淋しいもの」

彼女は軽く笑った。

（男女の友情ね……）とつぶやいたとき、

「あら、今日は早いのね」

背後から女将が声をかけ、コップに銘酒をつぎ足した。

「忙中閑あり——というとこやね」

「忙しいんだ」

「ああ、こき使われているよ、まったく」

特別検査が入って一週間。その日、検査官たちは姿を見せなかった。そんなわけで珍しく早帰りができたのだ。いつもは深夜の帰宅だ。検査官が誰にどんな質問をしたか、そのとき誰がどのように答えたか——を、細々と報告させられ、会議が深夜に及ぶことが多かったからだ。

なぜ、検査官が姿を見せなかったのか、接応チームの内部では、ちょっとした議論が持ち上がった。

「資料の分析をやっているんやないの」

厚田は言った。

その通りだと、早瀬は思う。トラック三台分の資料を押収し、検査官らは、引き上げていった。これから数週間にわたり、連中は資料の分析にあたるはずだ。それならば多少の息抜きの時間はできる。

「それなら、ありがたいな」

仙台支店から動員された山根敦夫が、顎を撫でながら言った。

独り酒は淋しい。もう一度、電話をかけてみようと、携帯を手にしたとき、背後から声をかけるものがあった。

「ほー。大将、今夜はお一人ですか」

カウンター席に腰を沈めながら声をかけてきたのは、やはり、ここ『いさご』の常連客のひとりである、提灯屋の花岡忠輔だった。彼は経産省が認可する伝統工芸師の肩書きを持つ職人であり、この街の肝煎《きもい》りだ。

「いいかい……」

返事も待たずに花岡は隣の席に座っていた。いつものヤツを頼むよ、と花岡が注文したのは焼酎のオンザロックだった。この店には九州の銘酒がある。芋焼酎の一種だが、癖がなく、すうっとのど元を通り過ぎる最上級の焼酎だ。

「銀行は身勝手よな」

花岡は早瀬の顔をみながら言った。返事を待たずに花岡は続けた。独り言のようにも聞こえる。相手は誰でもいい、憤怒を口にせずにはいられぬという風な語り口だ。実際誰でもよかったのだ。たまたま、隣の席が早瀬だったということだ。早瀬は、そう善意に受け止めた。

一昔前なら銀行員といえばちょっとは胸の張れる仕事だった。飲み屋でも上客として扱われた。いまや、そんなものは通用しなくなった。それどころか疫病神のように嫌われ、罵られるのがおちだ。花岡は早瀬が銀行員であるのを承知で、銀行を罵倒している。

「カネの必要なヤツからは貸し剥がし、カネの余っているヤツには、頼むから借りてくれだとよ。銀行っていうのはまっとうな商売をやってるのかよ」

早瀬には聞き飽きたセリフだ。

今夜の花岡はわけもなく酔っている。町内会の肝煎りを任じる花岡は、その名の通り面倒見のいい男だ。

酔ってはいたが、花岡はあんたに愚痴ってもせんないことだが――といいながらこの次第を、抑えた口調で話し出した。地元千駄木で木工家具を製造販売する幼馴染みからの相談だった。

「そいつはな、ガキのころからのつき合いでよ。須藤光男っていう優秀な指物師《さしものし》だ。そいつが助けてくれっていうんだ。できるものなら助けてやりてえ……」

彼は『兼松』という屋号の、名の通った指物師であり、創業者から数えて五代目という千駄木の旦那衆だ。江戸ブームにのり商売を拡張したのがあだになったらしい。例によっての見込み違いだ。設備投資に要した資金は約五千万円だ。手持ちの不足分を、旧東和銀行から借り入れた。江戸指物はブームに乗って売れると判断したのだろう。審査も簡単にすみ、融資が実行された。ところが、今年に入り、CFJ銀行と名を変えた旧東和銀行の担当者は態度を変えた。

「お宅は不良債権なんですよ」

若い担当者は告げた。

不良債権もクソもあるか、返済も予定通りである。まあ、売り上げ不振で、三年続けての赤字は事実だ。けど、不良債権とは何という言いぐさか――。借りたカネの返済ができなくなったことを、不良債権というのじゃないかと食ってかかった。

「金融庁の基準が変わったんです」

担当者はのたまう。

理屈は、こうだ。すなわち、融資案件のうち設備投資については五年を超えて、なお黒字に転換できないものは、すべて不良債権としてカウントする規則だ。生産を増強するため工場を拡張し、新しい機械設備やＣＡＤ（コンピュータ設計システム）を導入した。指物を作る伝統の技を、コンピュータに学習させてデータベースを作り、後世に伝統の技を伝えようという意欲的な目的から高額なＣＡＤを導入したのであった。それが不良債権だと銀行員は言うのである。

「私どもも困った立場なのです」

担当者は困惑の体で言うのだった。

「どうすりゃいいんだね」

五代目の旦那は物わかりのいい男だ。銀行といっしょになって解決策を考えようとしたのである。しかし、銀行というのは、千駄木の旦那が思っているほど、人には優しくなかった。そもそも客先の事情など、どうでもいいことであり、上の意向で動くのが最近の支店行員というものだ。

「お宅の事情もわかります。しかし、須藤さん、不良債権と認定された以上はですね、困ったことですが、全額返済願う以外にないでしょうな」

行員は平然と言ってのけた。

驚いたのは須藤の方だ。

「バカいっちゃいけないよ。あんた、ウチの事情よくわかっているはずじゃないか。それをいますぐ耳をそろえて返せだと！　バカも休み休みいえ」

しかし、若い行員は譲らなかった。

「というわけよ」

そんな相談を花岡が受けたのは、先週末のことだ。頼まれれば、花岡は無下には断れない性分の男だ。しかし、花岡の家業は、職人を五、六人ほど使う典型的な零細企業だ。商売が大変なのはどこもいっしょだ。年々仕事は減り、江戸期から続く老舗さえも、資金繰りにつまずき、不渡りを出すご時世だ。しかも年商三千万円程度の小商いでは、花岡には助けてやるにも助けてやれるほどのゆとりはなかった。そこでやけ酒という次第だ。

「どうだった、先週は？」

引き戸を開けながら、背後から声をかけるものがあった。常連客のひとりで、染物屋の十一代目増淵伸一郎だ。花岡は毎週日曜中山競馬場にいくのを楽しみにしていて、どうだった、と増淵が訊いたのは、日曜日の戦果のことである。愚痴を聞かされるのは辛い、まして早瀬は銀行員だ。正直、増淵が花岡の相手になってくれ、早瀬はほっとした。

「聞いているかい……」

と椅子を引き、隣の椅子に身を沈めながら増淵が声を潜めて花岡に訊いた。その顔に歓喜の色が浮かんでいる。千駄木の住人は噂話が大好きなのである。

「なんのこった」

花岡は怒った口調で聞き返した。

「おお、おっかないや。今夜の大将はご機嫌斜めだ」

「バカ野郎！」

二人のやり取りはどこか滑稽味がある。その話を聞きながら、早瀬は三本目の銘酒を注文し、そして思った。どうやら二人は兼松のことを話しているらしい。彼らには、他人事ではないのだ。

「ひでえもんだよ。猶予はたったの一ヵ月というからな。まあ、半年時間があってもかたのつく話じゃないけどよ」

染物屋の増淵が同感だという風にうなずいてみせる。

「いっそ、お恐れながら――と、金融庁に駆け込んだらどうだ」

「さあな、金融庁は銀行とグルじゃないかって新聞が書いていたぜ」

「おれたちの味方じゃないのは確かだ」

「それもそうだ」

よく聞く話だ。町中に流れる銀行に対する怨嗟の声。小声で交わす二人のやり取りを聞きながら早瀬は思った。決して銀行はほめられた仕事をしているわけでないのは承知の上だが、以前の早瀬なら、強い調子で反論したに違いない。しかし、本部勤務になり、金融庁特別検査を受ける過程で、早瀬の考え方は変わった。

早瀬も支店時代は、千駄木支店の行員と同様な仕事ぶりだった。千駄木行員と少しだけ違うのは、上司の意向に逆らってでも、それぞれ客先の事情を考えながら判断を下したことだ。芳しい評価を受けなかったのも、そのためだが、まあ、そうはいっても、千駄木支店の行員と大きな違いがあるわけではない。融資先の債務者区分を、どう判断するかの権限は、折衝にあたる行員には与えられていなかった。本部は金融庁から不良債権の早期回収を迫られ支店に圧力をかける。

支店長は本部が作成したマニュアルに忠実に、行員の尻を引っぱたき、行員を債権回収に駆り立てる。末端の行員などには、最初から考える余地などないのだ。近ごろは、金融派生商品の販売でもノルマがかけられる。融資の見返りに、客先に押しつけるのだ。それが銀行の実態だ。本部が恐れるのは、金融庁のご機嫌を損ねることで、金融庁の意向に逆らうことは決してしない。

銀行を困惑させるのは、事後検査による裁量行政だ。現に、その事後検査に銀行の上層部はすっかり怯えている。とりわけ学者上がりの男、竹内芳吉が金融担当大臣になってから金融庁はさらに強権的な態度をとるようになっている。

（銀行にはもはや貸し剥がしをやるほどの度胸などないんや。恐れるのは金融庁の意向だけなんや……）

金融庁は次々と規則を変え、業務改善命令を連発する。銀行の裁量などあってないに等しい。法律、条例、通達などに縛られ、銀行は身動きできない状態にある。行政の裁量権を制限するなど小村壮一郎首相がいうのは嘘っぱちで、金融制度改革を進めるなかで現出したのは金融庁の権限強化だった。

金融庁が厳格な検査を世間にアピールすれば、マスコミは銀行は不良債権を隠していると断罪する。世間がマスコミの主張を鵜呑みにして、銀行たたきに走る構図は町中にまで浸透している。今日の朝刊は「中小企業へ貸出激減」と大きな見出しを振り、銀行の貸し渋りを非難している。

まさしく銀行は四面楚歌の状態にある。しかし銀行は世間を敵に回し、必要な手をなにひとつ打たずにきた。

経営者もいい気なもので、無金利で預金を預かり、そのカネで国債を買い、高利配当を受け、他方ではATMから生ずる手数料収入に依存する経営体質。だから金融庁になにひとつモノをいうことができず、言われるままに動く銀行経営者。

銀行にとっての不幸は、金融庁の中枢を市場原理主義者が占拠していることだ。その市場原理主義者が推進する金融制度改革。

(間違いは政策にある)

近ごろ早瀬は、そう思うようになった。そのことを居酒屋の飲み仲間に説明し、納得させるのは難儀なことである。

(負けちゃおしまいや……。膝を折ったものが負けなんや、銀行なんかに膝を屈し、頭を垂れちゃいかんのや)

早瀬は花岡の横顔をみながら念じた。

携帯が鳴っている。

早瀬は席を立ち、携帯を受けた。

「いまどこ?」

保科弘子だった。

「いさごや。出られるかい？」

「わかったわ」

二十分ほどして保科弘子が顔を見せた。

「座敷にします？」

よく気がつく女将だ。カウンターの奥に小上がりがある。女将は酒肴を整え、二人を案内した。衝立で仕切っただけの、小さな空間である。いさごで二人でやるときは、決まってこの小上がりだ。席を移すなり早瀬はため息混じりに言った。

「評判ガタ落ちやな……」

「評判って？　何の評判なの」

「銀行の評判や。花岡さんは、えらいいきおいで怒っている」

早瀬はかいつまんで話した。

「助けてやりたいと思うけど、いまの俺の立場じゃな……。こんな阿漕《あこぎ》をやっているようじゃますます評判を落とすだけや。零細企業をいじめちゃな……」

連中は大欲をかき、銀行に迷惑をかけてたわけじゃない。伝統工芸を、後世に残したいと夢見ただけだ。千駄木の街の人たちの望みなどささやかなものだ。普通の善良な人びとが過酷な借金取り立てに押しつぶされていく。世間は袖振り合うも多生の縁

――というやないか。正直、できるものなら力になってやりたいとも思う。そうはいっても、早瀬には何の思案もなかった。

「ふーん、早瀬君って、ずいぶんとシリアスね。でもいまさら評判を気にしてみたところで始まらないじゃないの……。満身創痍、いつ潰れてもおかしくないんだから」

「それも、そうやな」

保科弘子は薄く笑った。

「聞いている?」

「なんやね、いきなり……」

「高野常務のこと」

そう言えば、企画部に高野常務の姿が見えないことを、早瀬は思い出した。

「実は、ギリシャみたいなのよ」

「どういうことなんやね」

この金融庁の特別検査のさなかのことである。肝心な統括責任者が海外出張とは、解せぬことである。

「ウチと金融庁は微妙でしょう」

だから検査の入っている期間だけ、中西頭取が緊急避難させたのだ、と保科は意味深長なことを言った。早瀬は高野の風評は聞いている。七年前の大蔵官僚過剰接待事件にまつわる噂話だ。

「ギリシャって、遊びかい」

「まさか……」

彼女の仕事は金融商品の新規開発だ。それにしては、保科はえらく行内事情に通じている。保科は高野常務がギリシャ出張を命じられた裏の事情を話した。

「ウチを買収やって？　潰れそうな銀行なんや、ウチは……。そんなとこ買収して何の得があるんやね」

アヴィヨン・アセット・マネジメント。もちろん、早瀬には初めて聞く名前だ。その代表者であるジョーダン・フォスターと交渉するため、鎌谷副頭取に随伴してのアテネ出張であると、保科は説明した。

「なるほど……」

保科の話に感心する。保科がいうのは、こういうことだ。銀行自体には魅力はないかもしれない。しかし、不良債権と呼ばれる融資先は別。金融庁の都合で、評価は「破綻懸念先」であっても、その企業の持つ有形無形の資産は、ハゲタカには宝の山だ。銀行が耐えきれずに売りに出すところを見定め、美味しいところを、ハイエナのごとく横取りするという寸法だ。それが近ごろはやりのハゲタカファンドのビジネスモデルというわけだ。

「しかし……」

早瀬は杯をおき、腕組みをした。

保科のいう理屈はわかった。しかし、鎌谷副頭取ひとりで十分である。なるほど、高野常務は評判の切れ者に違いない。だからといって国際金融に通じているわけではない。そんな高野に同伴を命じたことは、早瀬には合点のいかぬことに思えるのだった。

「そこよ、問題は――。まあ、中西頭取は鎌谷副頭取を信用できないんじゃないの……。いわば、高野常務はお目付役というところね」

「お目付役ね」

保科が言うのが事実なら、中西頭取は子どもじみたことをするものだ。

「しかし……」

いったい中西頭取は何を考えているのか、理由はともかく、腹立ちすら覚える。それは高野常務の仕事ぶりをみていて、早瀬は高野に対し、以前とは違った印象を持つようになっているからなのかもしれぬ。

「検査は一段落でしょう、だから……」

保科はあっさりと応えた。本当に一段落なのか、早瀬には疑問だった。書類を山ほど押収し、悠々と引き上げて三日目になる。企画部の連中は、検査官たちは押収した資料の分析をやっているさなかで、それが終われば再び本店に姿を現す、それからが本番だと話している。厚田均も、小声でそんな解説をしていた。

早瀬も、たぶんそんなとこだろうと思っていた。いわば、東京本部は台風の目に入っての静けさだ。しかし、事情通の保科は異なる見解を示した。一段落と言われれば一段落したようにも思える。それを高野常務の突然の海外出張と結びつければ、そんな気もする。どこで情報を仕入れてくるのか、保科は事情通である。情報をどこか弄んでいる風でもある。しかし、これで終わるはずはないと早瀬は考えている。

「ひとつ訊いてもいいかな」

早瀬は手酌で杯を満たしながら訊いた。

「いいわよ」

特別検査の本当の目的――。そしてなぜＣＦＪ銀行が狙われているのか。検査官たちの挑発的な態度、異様な検査のやり方。どう考えても、金融庁はＣＦＪ銀行をねらい打ちにしているとしか思えない。この調子で検査が続けば、ＣＦＪ銀行はつぶされる。早瀬はそんな意味のことを訊いた。

「さあ……」

保科は首をひねった。

「つまり……」

早瀬は続けた。

「金融庁が疑うような不良債権が本当にあるんやろうか、保科はどう思う」

「さあ、どうかしらね……。あるといえばあるし、ないといえばないかもしれない。貸付債権をどうみるかは、ルール化されているといっても、やっぱり検査官の裁量にかかるんじゃないかしら」

第四章　ハゲタカファンドの思惑

1

「これを読んでおいてくれないか」

高野隆行は、カタール航空ドーハ経由アテネ行きの便に乗ると、鎌谷副頭取から渡された資料を読み続けた。二時間後にドーハに到着するとアナウンスしている。高野は、配られた機内食を口にした。あまり食欲はない。コーヒーのお代わりを注文し、再び書類に目を通した。飛行機の中ではあまりよく眠れなかった。途中で目が覚め、以後書類を読み続けている。

目がかすむ。年のせいなのか——と、苦笑いし、機窓に目をやる。雲海があかね色に染まっている。時計は現地時間で午前五時半を示している。あのときのやり取りを高野は思い出した。

「高野君、突然なんだが……」

突然の出張命令に、高野は戸惑った。金融庁の特別検査を統括するのは企画部の仕事である。その統括責任者に二週間もの海外出張を命じた中西頭取の思惑を、どう理解すべきか、しばらく考えた。しかし、高野はその理由がすぐに理解できた。金融庁との微妙な関係。とりわけ特別検査の指揮をとる牟田監理官との関係である。業界に奇妙な噂が流れているのは、高野も承知している。

「頭取は例の噂を信じているんですか」

あのとき、高野は訊いた。

「いや、そうではない」

そうは言ったが、中西の顔には疑惑の念が浮かんでいた。

高野が売ったのだ——と。しかも高野が売ったとされる旧大蔵省官僚とは、牟田監理官がもっとも尊敬する郷里の先輩。その先輩は検察官の厳しい取り調べが続くなか、自殺に追い込まれた——とも。当初、高野は気にもとめていなかった。それは濡れ衣と考えていたからだ。けれども、特別検査が始まってみると、それが単なる噂ではないことを思い知らされた。

常識を逸脱した検査のやり方。ＣＦＪを破綻に追い込むぞ！という姿勢がみえてくる。意趣《いしゅ》返しという言葉が脳裏に浮かぶ。しかし、監理官の私怨から、そんなことをやるだろうか。

金融庁に対して強気な姿勢を取る中西頭取は、しかし、もともと疑心暗鬼に揺れる気弱な男だ。疑いがある以上、牟田監理官から遠ざけるべきであると考えたのであろう。少なくとも本店の立ち入り検査が終わるまでは、と用心深く構えているのだ。

　事情がどうであろうと、頭取直々の下命である。常務執行役員といえども、頭取の指揮監督権は絶対である。そうして、高野は下命のあった翌日の夕刻、鎌谷副頭取に随伴して航空機に乗ったのである。

　何のための出張か、鎌谷は詳しい説明をしなかった。密かに株を買い集めているアテネに本拠を置く投資会社アヴィヨン・アセット・マネジメントのジョーダン・フォスター代表に会って、株買い占めの目的を探り、善後策を協議することだ、と鎌谷は説明しただけだ。本来は国際市場部門の所管であり、副頭取に同伴するのは通常、国際市場統括部長だ。

　高野は書類を閉じ、機窓に目を転じた。カタール航空アテネ行き直行便は、夕刻に成田を出発し、翌早朝にドーハ国際空港に到着する。ドーハで給油し、午後には目的地のアテネという旅程である。

　ジョーダン・フォスター。企業の敵対的買収で名をはせた男で、ハゲタカファンドの一味だ。フォスターが何を狙ってＣＦＪ株を買い占めているかは明らかだ。ＣＦＪ株は最安値を更新していて、乗っ取り屋にすれば、格好の餌食というわけだ。問題は株を買い集めてからのことである。乗っ取りなのか、それとも投げ売り局面で差益を稼ぐのか、資料を読む限りでは判然としない。

　高野は席を立ち、前方のファーストクラスに向かった。副頭取はファーストが許されるが、執行役員はせいぜいビジネスクラス。こういうところにも、身分差が出てくるのだ。すでに朝食を終えたようで鎌谷副頭取はちょうど書類に目を通しているところだった。

「おっ、高野君か」

　背後から声をかけた高野に、鎌谷は振り返った。

「よろしいですか……」

「隣が空いている。まあ、座りなさいよ」

「一応、資料は読みました」

「そう……」

「ジョーダン・フォスターですが」

　高野が言いかけると、それをさえぎり、

「あれは参考のためにと思って渡したものなんだ。いいんだよ、高野君。仕事は僕がやるから……。アテネは初めてかね。君はゆっくり観光でもしていればいい」

　と言った。

「はあ、ですが……」

「中西頭取の意向も、そういうことだ。それは聞いているだろう」

機内アナウンスがまもなくドーハ国際空港に到着することを告げている。

「それでは、のちほど」

高野は一礼すると、自席に戻った。十五分後ドーハに着く。キャビンアテンダントに促されて高野はシートベルトを締める。眼前に褐色の大地が広がり、たぶん、油田なのだろう、真っ赤な炎が煙突の先から吹き上げている。ほぼ三時間、ドーハ空港で待たされた。それでもアテネに行くには、カタール航空を利用するのが最短なのである。しかし、ドーハ経由でアテネに入る旅行客の数は少なかった。観光客の大半は、たいていは、イスタンブールかローマ経由でアテネに入る。ギリシャ旅行にはローマやエーゲ海などの観光コースがセットされているからだ。

機外に出て、高野は大きくのびをした。機内は退屈である。もちろん禁酒で、ハリウッドの映画を上映しているだけの、他に楽しみらしい楽しみはない。機外に出された乗客は空港待合室で待機する。ビジネスシートかファーストシートかで空港待合室でも厳然と峻別されていて、ビジネスクラスの客は別な扱いだ。高野は空港ロビーに出てみたが、鎌谷の姿はなかった。ファーストのラウンジはホテルなみの施設がある。シャワーでも浴びているのか、それとも高野を避けているのか、結局、ドーハでは鎌谷とは会わずじまいだった。

やはりカタールは金持ちの国だ。ギリシャ観光なのだろうか、ドーハでは大勢のカタール人が乗り込んできた。上空からみるギリシャの大地はもう晩秋の色合いだ。アテネ・エレフテリオス・ヴェニゼロス国際空港に到着したのは午後四時。ヨーロッパの東端に位置するギリシャの夕暮れは早い。先にイミグレーションを出ていた副頭取は、税関で検査を受けているところだった。

「まあ、交渉は一週間ほどで終わる。その期間はゆっくり観光でもしたらどうかね。アテネはみるところがたくさんある。アクアポリス、パルテノン神殿……」

鎌谷はリムジンの中で含みのある言い方をした。交渉はすべて自分一人でやる、その間は遊んでいてくれ——という意味だ。確かに中西頭取は緊急避難という言い方で、副頭取の出張に同行するよう命じた。しかし、高野には何も遊びに来たわけではないという思いがある。交渉の全権を副頭取が握るのは当然としても、まさか観光で時間をつぶすわけにはいかない。

「しかし、副頭取……。遊んでいるわけにもいきません。鞄持ちということで随伴を許して頂きたい」

鎌谷は困った、という風に顔を歪めた。空港から市街地までは、ハイヤーで四十分の距離だ。運転手はほとんど英語を理解しないようだ。鎌谷は無言だった。じっと正面をみつめている。

鎌谷は元来物事にこだわらぬスマートな男である。しかし、東和系の人間を相手にするとき、なぜか棘が出る。年次の下の役員に対しては、ことさらに辛くあたる癖がある。困ったことだ、と高野は鎌谷の顔を盗み見た。鎌谷は不意に訊いた。

「中西さんが、そういっていたのかね」

「いや、特別何も……」

「そう……。君が、そうしたいというならしかたがないね」

翌朝、ダイニングに出てみると、すでに鎌谷の姿があった。ネクタイを締め、背広姿の鎌谷はどこからみても立派なもので、エグゼクティブの貫禄を醸し出している。

「おはようございます」

「ああ……」

鎌谷は気のない返事をして、新聞を読み続けていた。新聞にはアテネオリンピックの記事が出ている。見出しは、施設建設の遅れを指摘していた。サラリーマン人生の過半を外国で暮らした副頭取は、外国暮らしで身につけた寛闊さで、ウェーターにお代わりのコーヒーを注文しながら、高野の存在に初めて気づいたように言った。

「頭取候補というのは、大変だね。いや、同情するよ、まあ、海外業務などエリートにすれば、どうでもいいような仕事。しかし、頭取候補は、そうもいかないんだね。まあ、何事も勉強、勉強ですな」

朝からまるで悋気《りんき》深き女のような痛烈な皮肉である。以前の高野なら聞き逃すはずもないセリフだが、しかし、高野は黙って聞き流した。そして思った。自分は変わらなければならぬ――と。

「副頭取……。何かお手伝いをすることがあれば、お申し付け下さい」

「あなたのような幹部行員に雑用をお願いするなんて、そりゃあ、滅相《めっそう》もないことですな。そうそう、先方にプロジェクタがあるかどうか、確認してもらえるかね」

まさしく雑用である。

砂を噛むような朝食を終えると、高野はフロントに向かった。プロジェクタの有無を確認するためだ。フロントマンはビジネスセンターがあるから、そこで確認してくれと言った。ビジネスセンターとは名ばかりで、数台のパソコンを設置しているだけで、マネジャーもぞんざいな態度だ。

副頭取に随伴し、向かったのは市内はずれの海辺に面したリゾートだった。そこが会談の場所として指定されたからだ。アテネの空はあくまでも青く、澄んでいる。しかし、ひとびとは概して善良ではあるが、やることはがさつで態度は粗野である。運転手も荒々しい運転だ。

緩やかな丘陵に、その指定された建物があった。きらびやかな豪邸というよりも、中世の貴族の館を思わせる、重厚荘厳な造りの屋敷である。屋敷は厳重なセキュリティが施されていた。自動式の門に入ると、前方に曲線を描くオリーブの並木が続き、その先に館がある。エントランスの前で二人の男が待ち受けていた。

大理石を敷き詰めた邸内。内部の造りは意外にも簡素である。一人はジョーダン・フォスターの秘書であり、もう一人は弁護士と名乗った。案内されたのは、海辺に面したミーティングルームだった。対座する格好でIの字にテーブルが置かれ、五人の男と三十代半ばと思われるやり手のビジネスウーマンという風の女性がいた。彼女の名刺には金融アナリストとある。秘書に弁護士、金融アナリスト、二人のコンサルタント。彼らはカジュアルな服装でくつろいでいる。

もちろん、注文通りにプロジェクタも用意され、部屋の正面には映像を映し出すスクリーンもある。それぞれの名刺交換が定番通りに進み、メイドがお茶を運んできて、自己紹介が終わり、談笑が始まったところにジョーダン・フォスターが姿をみせた。中東系を思わせる風貌だった。

「どうぞ、そのままで……」

鎌谷が立ち上がり、挨拶をしようとするのを制し、正面の席に腰を下ろした。引き締まった体軀。油断のない物腰。思慮深げなまなざし。実直、温厚という印象で、どこからみても、スマートかつ知的に洗練された紳士であり、世間がいうように阿漕なハゲタカファンドの総帥には、とてもみえない。あくまでも紳士然としている。

遊びといえば、ゴルフと芸者を揚げての座敷遊びしか知らない総務・企画系のエリートたちとは違って、鎌谷は知的な話題を繰り出し、初対面の相手に臆するところがない。談笑が一段落したところで、鎌谷は大株主であるアヴィヨン・アセット・マネジメントに対し敬意を表し、大株主になってくれたことに謝辞を述べた。言葉のはしばしから教養がのぞく。やはり鎌谷は海外勤務で鍛えられた男なのである。

「それでは説明に入らせていただきます」

ノートパソコンを開き、プロジェクタにセットするのは、もちろん、鞄持ちを買って出た高野の役割だ。

「私は、これで失礼する。私の部下たちが話をうかがう。それじゃ……」

そういうとジョーダン・フォスターは立ち上がった。会議室に白けた雰囲気が漂う。

鎌谷は気を取り直し、パソコンに収納されているデータをスクリーン上に開き始めた。語り口はスムーズであり、しゃべり方は、ほとんどネーティブである。

「私たちは、銀行・信託・証券が一体となりお客さまのあらゆるニーズに的確にお応えする総合金融グループを目指し、新しい分野の開拓や、新しい商品の開拓に取り組み、革新的で高品質な金融サービスを、国内はもとよりグローバルにお届けしたいと考えております……」

鎌谷は説明を始めた。最初はＣＦＪ銀行が不良債権に悩まされ、苦境にあることを率直に認めた上で、それを克服するための中長期の経営計画についてだった。アヴィヨン・アセット・マネジメント側からは、さしたる質問も出ず、ほぼ二時間におよぶプレゼンテーションは、無事終了した。それは見事なものである。しかし、プレゼンはまだ序の口だ。鎌谷の額にうっすらと汗がにじんでいる。大株主を相手のプレゼンは、彼にも緊張を強いるらしい。

プレゼンが一段落したところでジャン・ブルックと名乗ったジョーダン・フォスターの秘書が、

「続きは午後にお願いしたい。別室に昼食の用意をしておきました。そうですね、再開は午後二時半……。ゆっくりとくつろいで下さい」と言った。

いっしょに昼食を摂るものと思っていたのだが、どうやら違うらしい。彼らは部屋を出て行く。東欧からの出稼ぎとおぼしきメイドに案内されたのは、中庭に面した小さなダイニングだった。すでに食事の用意がととのっていた。

スープにシーフードサラダ、パスタという組み合わせで、不味《まず》くはないが、ボリュームが半端ではない。メイドは料理を出しおえると、黙って姿を消した。なんだか、歓迎されていないような雰囲気だ。

鎌谷は黙々と、フォークとナイフを使っている。プレゼンの想を練っているのか、ときおり食事の手を休め、考え込んでいる。声をかけるのも、はばかられるような固い雰囲気だ。しかし、無言でいるのも辛いものがある。

「ガイダンスはどのぐらいで終わります？」

ナプキンで口元を拭き、高野は訊いた。鎌谷は、トルココーヒーにたっぷりと砂糖を入れ、一口飲んでから応えた。

「そうね、三日ほどかな……」

食事を終えると、二人はテラスに出て向き合って座った。中庭の向こうにコバルト色の海がみえる。海から吹き上げる風はさわやかだ。鎌谷はコーヒーカップを片手に、海をみている。その表情には力強い自信がうかがわれた。

2

十月二十日月曜午前、金融庁検査局の大会議室に検査官たちが一堂に会し、特別検査の途中経過に関し、これから中間報告を始めようとしていた。なにやら警察の捜査会議にも似た厳しい雰囲気がある。

恵谷忍検査局長以下の局幹部が列席しての会議である。会議を主導するのは、局付け審議官の茂木信助《もぎしんすけ》だ。検査チームは最近民間から移籍したものや、他省庁からの出向組などを含め雑多な構成だ。今回の特別検査では警視庁にも応援を要請し、経済事犯を扱う現職の警察幹部も参加している。

訓辞を終えると、たいした注文もつけず、恵谷局長は早々と会議室から引き上げていった。茂木審議官は、会議室を見渡し、発言者を促した。安田政夫には初めての経験であり、会議の行方を、注意深く見守っていた。

たいてい、金融庁の検査は、一ヵ月ほどで終わるのが通例だ。しかし、今回はなにからなにまで異例である。長期化するのは、当初からの予定であり、必要以上に強硬な態度をとる、その理由を彼らは聡《さと》く理解している。検査局長は、そうすることの理由を今期特別検査で不良債権問題に決着をつけるためだと説明していた。

恵谷局長の訓辞は、不良債権問題の解決を急ぐ政府方針を伝えるものだ。竹内芳吉が金融担当大臣に就任してから、不良債権処理の加速化が強調されている。それは政府の方針であり、国是でもあると強調した。それにしても、やり方は強引だ。次々と資料を要求し、それを押収する。

そのたびにＣＦＪ銀行は振り回され、悲鳴を上げている。ときにはガサ入れまがいの荒っぽい手口で、資料を押収した。戦果が検査局別室に山積みされている。専門家たちの手を借りて分析する作業もほぼ終了した。以後は融資案件ごとに、それぞれ銀行担当者から事情聴取を始める。その手順を決めるのが今朝の会議だ。

しかし、今朝の会議には肝心な牟田監理官の姿がなかった。通常ならば、会議を仕切るのは監理官の役割なのに……。そのことに関連し、検査官たちの間に幾つかの奇妙な噂が流れていた。

「高野常務が姿を消したらしい……」

いうまでもなく高野常務とは、検査を受ける立場から被検査業務を統括するＣＦＪ銀行の責任者だ。その高野常務が先週末から銀行に出勤していないというのだ。安田には真偽はわからなかった。前線の検査官たちが持ち帰った資料の分析にあたるのが彼の仕事であるからだ。

もうひとつ、

「どうやら牟田監理官は高野常務に、個人的な怨恨があるらしい……」

という噂もあった。牟田監理官の不在も、噂に信憑性を与えている。会議はどこかおざなりである。検査官たちを仕切る真の支配者が姿をみせていないからだ。

今度の特別検査では、四大金融グループが対象であると説明された。実際にはＣＦＪ銀行に絞られている。いったい金融庁の幹部は、ＣＦＪ銀行をどう処分するつもりなのか――。

市場から排除するつもりなのか……。安田の立場からみても強引かつ強権的な検査のやり方だ。もちろん、債務者区分の厳格化は政府方針であり、マスコミや市場原理主義者に支持された天下の正論である。それは、そうだとしても、二百数十人の検査官のうち、ＣＦＪ銀行に投入した検査官は実に六十四人に上る。いかにもＣＦＪ銀行を、ねらい打ちにした格好だ。

噂通り、牟田監理官が抱く私怨なのか。いや、そんなバカなことを、金融庁幹部が許すはずもなかろう。そこには、ある種の政策的意図が感じられるのである。挑発を続ければ反発が生じる。検査妨害を連発し、検査官たちは職務執行妨害まで口にした。つまり立件への強い意志だ。立件のあとに何がくるか、業界再編という絵柄が浮かぶ。それは検査業務で上げた成果を手みやげに会計士業界復帰の野望を抱く安田にとっては、重大な関心事であった。

「そうすると、来週からですな」

茂木審議官が七部門を担当する統括検査官に訊いた。最後にスケジュールの確認を終えて会議は終わった。

安田は検査官室に戻った。資料の精査を通じていくつかわかったことがある。依然として大きな不良債権を抱えていること、債務者区分について、検査局との間に大きな評価の違いがあることだ。その評価をめぐり、来週から攻防が始まるわけだ。

隣席の横井検査官が声をかけてきた。

「安田君……」

彼はプロパーの検査官であり、牟田監理官の取り巻きのひとりだ。現場でもっとも強硬な態度をとり、彼の周囲ではいつもトラブルが絶えなかった。四十を過ぎて、まだ彼は監理官を補佐する立場にある。そのためか、横井は屈折していて、下僚特有の権力欲をむき出しにする男だ。

「ちょっとコーヒーでも飲もうか」

珍しいことだ。プロパーは中途採用組をどこか侮蔑する風がある。そのプロパーの横井が途中採用組をお茶に誘うなど、一度としてなかったことだ。横井はサンダルを靴に履き替えて、エレベータホールに向かった。合同庁舎の渡り廊下から財務省本館の地下に向かった。席につくなり、横井は言った。

「役人稼業、慣れましたかな」

有資格の年若い安田を、どこか揶揄《やゆ》するような調子が言葉の端にある。どのみち長くはいまい、金融庁に入ったのは、キャリアアップの一プロセスに過ぎず、いずれ大きな監査法人に高給で迎えられる、そんな連中は、彼には仲間ではないのだ。しかし、移籍組の多くも、ノンキャリアの検査官を、心の内で小馬鹿にしている。そんな両者がうまくいくはずもなかろう。それにしては、今朝の横井はいやになれなれしい態度だ。

「ところでね、安田君……。ちょっと頼まれてもらいたいことがあるんだ。いや、たいした話じゃない」

来たな――と、安田は思った。
同じ時刻――。特別検査の総指揮官を務める牟田要造監理官は、妻幸代といっしょに山形新幹線のなかにいた。本来なら会議を仕切るのは、検査局監理官の役割だ。それを承知の里帰りは、同級生たちが監理官就任の祝いを兼ねて同窓会を開いてくれることになったからだ。
金融庁検査局検査監理官――。この高校の卒業生からすれば、中央官庁に入れただけでも快挙なのに、その上に最上級のポストに就任したというのだから、かつての仲間はわがことのように喜んだ。里帰りを決めたのにはもうひとつの理由があった。ひとりになり検査方針を再検討し直してみる必要を感じたからだった。金融庁上層部の思惑や、同業他行の動静などを、冷静にみておく必要がある。あわてずじっくりと――と。
検査官ら下僚たちのあずかり知らぬところで、幹部たちが動き、何か企んでいることは、うすうす気づいていた。容赦のない検査で評判をとる監理官を、わざわざ現場指揮官に指名したのも、理由があってのことだろう。ＣＦＪ銀行に対する特別検査が終わったあと、業界の大再編を目論んでいるのかもしれぬ、あるいは外資に売り飛ばす魂胆なのかもしれない。操っているのは金融担当大臣竹内芳吉に連なる市場原理主義者であることもわかっている。だが、それは、この際、牟田要造にはどうでもいいことだ。ひとつだけ決めていることがある。

成原先輩――。

と、牟田はつぶやく。

やってみせますよ。たたけばほこりが出るのたとえもある。CFJ銀行も同様で、たたけば必ずほこりが出る。連中は不良債権を隠し、不良債権の規模を過小にみせている。牟田は念じている。必ずリベンジをやってみせる――と。

だが、少々問題が残っている。資料の捜索は徹底してやらせた。それにもかかわらず、いまのところ決定的な不良債権隠しや不良債権転がしの証拠は出てきていない。担当者の机の中はもとより、ロッカーを開けさせ、私物の手帳を提出させ、可能性のある部署はすべて、警視庁から出向してきた連中に徹底的に洗い出させた。それでも決定的な証拠は見つからなかった。いまのところ材料不足だ。あるとすれば、せいぜいが債務者区分の評価の違いだ。それとても、検査を受ける側には否認の権利があり、行政訴訟を起こすこともできる。

しかし、牟田には自信があった。債務者区分を厳密に評価し直していけば、必ずCFJ銀行は過小資本におちいる――と。そこに追い込むには、検査方法を再検討し、融資案件を個別に再調査する必要がある。

押収した資料の分析は、あらかた終わっている。そうすると、特別検査は、次のプロセスに入る。次のプロセスとは、すなわち大型融資案件を徹底的に精査することだ。融資を担当した営業や審査、検査など各役員を絞り上げ、連中を追い込んでいく……。

米沢を出れば、ひとまたぎで山形だ。見慣れた田園風景が広がる。いまが稲刈りの最盛期のようで、コンバータが田圃の中を忙しく行き来している。実家の山形市内を素通りして、牟田は大石田に向かう。上野からの所要時間は約三時間十二分。ずいぶんと時間が短縮されたものだ。

「あなた、実家の方はいいの……」

幸代が訊いた。

「ああ、立ち寄れば面倒をかけることになるからな。今回はよらないことにする」

父親はすでに逝き、残された母親の郁子は兄夫婦が面倒をみている。滅多にない里帰りだ。幸代がいうように兄夫婦に挨拶するのが筋であろう。近くまで来たのに、挨拶もせずに帰るとは、礼儀を失する。そこに、幸代には嫁として引っかかるものがあるのだろう。

「でも……」

幸代は小さくいった。そうはいったが、それ以上なにもいわなかった。彼女は夫に従順な女だ。長い夫婦生活のなかで彼女は夫のやることに一度として逆らったことがない。幸代は山形市内で酒造りを営む蔵元の末娘だ。彼女には育ちの良さがある。従順な気質を牟田は気に入っている。彼女は気持ちの切り替えも早い。
「大石田、最近有名になっているみたい」
「そうだね」
牟田はうなずいてみせた。
大石田は山形県の東北部に位置する。山々に囲まれ、雪深い土地で、町の中心には最上川が流れている。大石田は幾度か訪ねたことがある。近ごろ芭蕉をテーマに観光で売り出している。芭蕉といえば、
五月雨をあつめて早し最上川
が、有名だ。
しかし、大石田の人たちに言わせれば、
五月雨をあつめてすずし最上川
の方が正しいらしい。
俳句好きの幸代は、そんな話をしている。
携帯が鳴った。牟田はデッキに出て携帯を受けた。表示をみると、横井からのメールだ。横井は多くを語らずとも、意を体して動く男だ。
「恵谷局長からは特段の意見も指示もありませんでした。もうひとつの件。手がかりがみつかりました」

と、メールにはある。時計をみる。もう経過報告会議は終わったころだ。指示しておいたことに対する返事だ。

牟田はすぐに返信をした。

午前八時四十二分に上野を出た新幹線は午前十一時五十四分に大石田駅に滑り込んだ。一昔前なら八時間以上を要したのに、わずか三時間強の距離に縮まったというわけだ。幸代は弾んだ声を上げ、ホームに降りた。二人は駅の前に立った。宴席が始まるまで、時間はたっぷりある。夫婦して旅をすることなど、数えるほどしかなかった。今度の里帰りでは、幸代の希望に任せることにしている。あれこれ調べ、計画を立てて確認をとったりすることが、彼女には何よりも楽しいことなのである。

駅前からタクシーで向かったのは、町立歴史民俗博物館だった。江戸時代の大石田は物流基地として栄え、最上川上流と河口の酒田の中間にあって、紅花や年貢米を運ぶ、いわゆる舟運の拠点であったことを示す「大石田河岸絵図」が博物館にあった。

「舟運は鉄道が敷かれて、鉄道に負けてしまったのね……」

幸代は五十を過ぎたいまでも、ときどき少女のような感想を口にする。牟田は妻の話を聞きながら、なおＣＦＪ銀行特別検査にどう決着をつけるか――を、考え続けている。博物館を丁寧にみたあと二人は待たせておいたタクシーで、最上大橋に向かった。そこには江戸幕府の舟役所跡がある。それをみたいと幸代がいったからだ。大橋の近くに舟役所跡大門や漆喰《しっくい》の塀蔵が復元されていて、川沿いには遊歩道が整備されている。遠くからみる舟役所跡大門は大層立派なものだ。目をつぶれば荷物を積み上げた舟々や船子らでにぎわう河岸の風景がよみがえってくる。

「舟に乗ってみましょうか」

遊覧船は酒田までいくらしい。酒田まで下れば、宴席に間に合わなくなる。

「まさか……」

「あなた、冗談よ、冗談です」

地元の人たちの言葉を聞くうちに、方言がよみがえったのか、幸代の口から柔らかな山形の方言が心地よく出ている。

妻のはしゃぐ声を聞きながら、牟田はなおも考え続けていた。まだ、決定打というものが手に入っていない、どうすれば、確実に追い込むことができるか——を。

3

鞄持ちの立場では、なすすべはない。しかし、胃がきりきりと痛む。ジョーダン・フォスターが所有するアテネの別荘でプレゼンを始めてから三日が過ぎた。鎌谷副頭取の態度は終始強気だ。高野には強気の理由がまったく理解できなかった。

「高野君、突然なんだけどな」

中西正輝頭取の言葉がよみがえる。

頭取は事態を認識していない、と高野は改めて思うようになっている。国際関係のプロトコールに熟知している鎌谷も同じことである。金融庁に報告したデータを得々と説明すれば事足りると思っている、鎌谷のその姿勢を高野は危惧している。

そうした皮肉な見方をする自分。以前にはなかった、もうひとりの高野だ。高野は自分は変わったと思う。なぜ、変わったのか、高野自身は説明できない。しかし、高野は自分にまつわる風評を知っている。

風評――。旧大蔵官僚を検察に売った男という風評だ。その風評を気にしたから、中西頭取は特別検査の最中に、高野を鎌谷副頭取の鞄持ちに仕立てて、アテネまで緊急避難させたのだ。それにしても七年前の事件だ。人間というのは、いつまでも怨念を抱き、それだけで生きられるものなのか。

牟田要造――。

どこにでもいる平凡なサラリーマンという印象の男だ。その男の恨みを買っているらしい。遺恨が絡む検査だとおもしろがる奴らもいる。しかし、高野にはあずかり知らぬことで、恨みに思うなど筋違いというものだ。以前の高野ならばそう考えた。いまは少しだけ違う。どう変わったかを、説明するのは難しい。恨みを晴らそうとする執念。知りたいと思うのは、そういう人間の深層心理だ。

今朝もアテネは快晴だった。海から吹き上げる風はさわやかだ。もうすっかり馴染んだ道のりだ。今日で五日目だ。本日のプレゼンのテーマはコンプライアンスとディスクロージャーだ。こういうことに鎌谷副頭取は、慣れている。鎌谷は自分の役割を実に見事にこなしてきた。

ほとんどのサラリーマンは、立場で仕事をするものだ。適材適所に人を配置すれば、人はその立場で必要な能力を発揮する。しかし適材適所などというのは嘘っぱちで、高野自身が人事部の経験からして、その不公平さはよくわかっている。銀行というのは、出身大学や閨閥、縁故がものいう世界だ。

鎌谷副頭取にしても同じことだ。彼の父親は外務省の高官であり、オランダ大使を務めたあと、銀行業界の関連団体に天下りした外務官僚。だから国際畑で重きを置くようになったのも、決して偶然ではない。彼の外務省との縁故関係が役立つものと判断し、人事担当者は国際畑に彼を配属したのだろう。しかし鎌谷は、この仕事が似合っている。英語を自由に使いこなし、ときに知的なジョークを飛ばし、相手の心をつかむ。

鎌谷は嬉々としている。だが、これから本番が始まる。高野は事態を、そう認識していた。大株主としての立場から彼らが何を要求してくるか、相手の出方を探る、交渉が始まる。ハゲタカを相手の交渉だ。何を要求してくるか、予想もつかない。鎌谷は楽観的な見通しを持っているようだ。それが見込み違いであることを知るのはプレゼンが終わった四日目のことだった。

午前中にコンプライアンスとディスクロージャーについてのプレゼンを終えると、午後からは、合併を繰り返してきた、これまでのＣＦＪ銀行の歴史と組織体制を、鎌谷はやや詳しく話した。午後に入ってからも彼らは質問らしい質問をしなかった。聞きおくという態度に終始した。

前日は当期決算の見通しを、中長期の経営計画に関連させた話をした。まずは好評を得たと思った。ところが、夕食後談笑しているとき、彼らは質問を連発し始めたのである。

「大変参考になりました。ところで、プレゼンの方は、まだ時間がかかりますか」

「あと二日ほどいただければ……」

鎌谷がこたえた。

「私どもの方から、幾つか質問をさせていただきたいことがあります。明日からは、質疑応答という形で会議を進めたいと思いますが、いかがでしょうか……」

翌日、先陣を切ったのは、女性金融アナリストだった。入念な準備をしての質問であることは明瞭だった。的確に急所をついてくる。彼らの第一の関心は、不良債権にあり、経営修士の肩書きを名刺に刷り込んでいる女性金融アナリストは、不良債権の算定の仕方や、不良債権処理にともなうリスクについて質問した。日本の銀行が抱える最大の問題が不良債権にあることは金融関係者なら誰でも知っている。しかし彼女が訊いたのは、不良債権の一般論ではなかった。

「当局と齟齬が生じたとき、あるいは公認会計士との間に意見の相違が生じたとき、あなた方はどう対処するのですか」

不良債権の問題の所在を鋭く突く質問である。銀行の再生を決定づけるのは、不良債権問題である。まさしく融資案件を、どう査定するか、すなわち、融資案件の債務者区分の認定には、銀行自身の自己査定と金融庁による事後検査との間に生じる齟齬が日本の金融界を揺るがしているからだ。彼らは日本の金融制度を熟知している。

事前検査が業界との癒着の温床になっているとの批判を受けて新たに制定されたこの制度が、さらに複雑さを増したのは、前年の法改正で公認会計士に絶大な権限を与え、公認会計士は単に決算上の仕事をするというよりも、事実上の事前検査の役割を果たすようになったことだ。債務者区分の評価と、そこから生ずる引当金の戻し税の資本算定をめぐり、監査法人が決算を否認したことから、破綻の淵に追い込まれた金融グループもある。つまり、銀行は第三者によって、二重の経営介入を受け、翻弄《ほんろう》されている。

どう対処するのか――。日本の銀行にとっては最大の問題だ。残念ながら、鎌谷は歯切れのよい答えはできなかった。女性金融アナリストはさらに質問を重ねる。鎌谷は汗だくだくだ。しかし、鎌谷の答えには満足できないのであろう。彼女が新たに質問したのは行政と銀行の関係についてだった。やはり鎌谷は国際畑の人間。答えに窮するのも当然である。発言すべきかどうか、高野は迷った。随員の立場だ。鎌谷の説明に株主が満足していない。高野は鎌谷の顔を盗み見た。

「準備不足です。ご質問に関しては、明日お答えいたします」

鎌谷は素直に準備不足を認めた。鎌谷はさすがに心得ている。

女性金融アナリストはかすかに微笑を浮かべて、同僚の顔をみた。彼女は角度を変え、質問を重ねる。気が付けば時刻は午後九時を回っていた。翌日はさらに最悪の事態が現出した。国際経験豊かな鎌谷ほどの男でも、外国人投資家を相手にしたとき、動揺を隠せないのである。

高野は思った――。質問されたことは金融の専門性に属する事柄ではない。行政と銀行との関係――。少なくとも金融庁は、政策を変え、市場原理主義者に同調する態度をとるようになった。その金融庁にどう対処していくのか、政策が変われば、対処の仕方を変えねばならぬ。その覚悟のほどを訊いているのだ。

しかし、有能な国際畑出の副頭取は言葉をつまらせた。銀行は相変わらず金融庁を仲間内と見なしてきた。国際畑の筆頭役員の頭のなかも同じことである。ところが銀行と金融当局との緊張関係が続くなか、金融庁はルールを変え、銀行を責め立てている。女性金融アナリストは、そのことを突いている。いかにも無策ではないか、そんなことで株主の利益を守れるのか——と。

何が目的で株を買い占めるのか。その肝心な問題に触れぬまま、アヴィヨン・アセット・マネジメント側の質問攻勢が続いている。CFJ銀行の経営陣の力量を、確かめてみたい、そう考えているのか、それも彼らの作戦なのか。だから決して手の内をみせるようなことはしない。女性アナリストは、また質問を浴びせてきた。その質問にどう答えるか、同席している他のメンバーが、黙ってみている。

「高野君……」

アヴィヨン・アセット・マネジメント側との折衝が始まって七日目の朝、鎌谷副頭取はバイキング方式の朝食を摂りながら、アテネに出張して初めて弱気を口にした。前日、アヴィヨン・アセット・マネジメント側は、改めてリスク管理と不良債権を含む資産の売却の質問をしてきたからだ。

アテネに来ての初めての休日。ミーティングに備えるため休日返上で作業にあたる鎌谷の表情に疲れがみえた。もちろん、高野は東京本部の幣原と連絡をとり、不良債権問題に関する資料を電子メールで取り寄せている。

「私が説明にあたりましょうか」

高野は控えめに言った。

今朝の鎌谷はあまり食欲がないようだ。クロワッサンを半分ほど残し、皿の上に置き、考えている。

「そうしてもらえるか」

休日明けの月曜朝。館のミーティングルームでジョーダン・フォスターが待ち受けていた。アヴィヨン・アセット・マネジメントと折衝を始めてから、初めて姿をみせたのである。その日はカジュアルな格好をしていて、くつろいだ雰囲気を醸し出している。メイドが運んできたお茶を口にしながら、フォスターは訊いた。

「市内をごらんになりましたか。オリンピックの準備で、市内のいたるところが掘り返されている。しかし、掘り返せば、遺跡が出てくる。そんなわけで、工事はいっこうに進んでいないんです」

こういう話題には、鎌谷は巧みに食らいついていく。得意分野でもあるのだ。鎌谷は遺跡をどのような形で修復保存していくか、アンコールワットで実現した遺跡エンジニアリングという考え方を話した。

「ほう」

しかし、高野はどう切り出せばよいか、考えあぐねていた。これが最後のチャンスかもしれぬ。高野は意を決した。

「何が狙いなんです？　ウチのような銀行の株を買い集めるのは……」

その言葉は意外にもスムーズにでた。鎌谷が顔を歪めて袖を引く。中庭をみつめていたジョーダン・フォスターは視線を戻し、高野を正面から捉え、

「初めて意味のある議論ができそうだ」

そう言って笑った。

「簡単なことですよ。われわれもビジネスですから損することはやりません」

「それなら、なぜ……」

不良債権に悩まされ、ろくに配当も出せぬような銀行の株を買い集めるのか、他に目的がなければ、バカな買い物はすまい。高野は疑問を口にした。

「これまた率直ですな。おっしゃる通り、ＣＦＪ銀行の経営の現状を考えると、配当は期待できないようですな。しかし、合併の動きが出れば株価は上がる。その前提はＣＦＪがどこかに救済合併されるか、潰れるか。しかし、我々は潰れる銀行には投資しません。金融庁にはＣＦＪを破綻に追い込む度胸はないでしょうから。すると、合併――。いわば先行投資というわけですな」

救済合併だと！

誰が仕掛けるのか……。高野は金槌で頭を打たれたような衝撃を受けた。

4

杉下利実CFJホールディング会長と短い打ち合わせを終えて、執務室に戻った中西正輝は机上のメモを手にして、疑心暗鬼に襲われた。メモは山東高井銀行の中川良幸から、ゴルフへ誘う伝言だった。

前日、アテネの高野から緊急の連絡が入っていた。アヴィヨン・アセット・マネジメントが株を買い占めている、その理由を知らせてきたのだった。それが中西を疑心暗鬼にさせているのだった。

「吸収合併による株価高騰を狙った差益稼ぎが狙いのようです」

例によって高野の報告は簡潔だ。ジョーダン・フォスターは銀行経営に関心を持つような男ではない。一発勝負の投機屋だ。差益稼ぎが動機だという説明には納得できる。中西は符合する動きだと思った。

不良債権問題で株価が急落していて、確かにいまが買い時だ。百円台を切るのではないか——などとよからぬ噂が流れている。噂を流し株価を引き下げ、合併話が出れば逆転高騰するタイミングを見計らい、今度は投げ売りに転じる。その間にも空売り・空買いでしこたまもうけるという手法である。問題はその背後関係だ。

誰が噂をまき散らしているのか、思い当たることは、ひとつ——。

「合併しようやないの……。世界最強の金融集団をつくるんや」

中川の口癖だ。ＣＦＪ信託の売却話が出たときから中川は言い続けている。しかし、まさかとも思う。中川とは学生時代からの長いつき合いだ。この俺を出し抜き、ハゲタカと手を組み密かに株を買い占めて、乗っ取りを画策するとは考えがたいのである。まさかと思いつつも、やはり、そうなのかとも、揺れる気持ちが、さらに疑心暗鬼を募らせるのだった。中西を疑心暗鬼にさせるもうひとつの理由があった。出入りを許している新聞記者から聞いた話だ。

「竹内大臣と意外に親しいようですな」

「中川君が、か？」

「家族ぐるみのつき合いのようです」

まだ竹内芳吉が明応大学に移籍する以前の浪速大学に奉職したころの話だ。竹内は関西財界のブレーンのような仕事をしていて、そのとき以来、中川とはときおり意見交換をしているとの話は聞いていた。しかし、家族ぐるみの親しいつき合い、夫人をまじえた食事をしているともいう。初めて聞く話だ。

（黒幕は竹内か……）

竹内は強硬な銀行再編論者でもある。今度の特別検査でＣＦＪ銀行は追い込まれている。下手をすると、救済合併され、飲み込まれてしまう。いや、触手をのばしているのは山東高井銀行だけではなさそうだ。先だって銀行協会の会合に出たおり、地下の車寄せで待っているとき、首都三洋銀行の高島淳三郎頭取が、いきなり声をかけてきて、たまにはゴルフでもご一緒しませんかと誘ってきたのだった。まだ高島頭取とのゴルフは実現していないが、考えてみれば、微妙な時期の誘いだ。中西は受話器を握り、秘書に中川頭取に電話をするように命じた。すぐに電話はつながった。

「ああ、ＣＦＪの中西だ……。留守の間に電話をもらったそうだけど、たまには奥さんもいっしょにゴルフでもどうかね。ウチの家内の都合も聞いてみなければならんけど、来週なら月曜と木曜なら時間がとれそうだ」

中西は揺れる気持ちを抑え、できるだけ機嫌良く話した。

「そうか、久しぶりだな。六月以来のことだな。あのときは、雨降りで、ひどいコンディションだったけど、今度は勝たせてもらいますよ」

大銀行の頭取たちのやり取りは、短い時間で終わった。あとは双方の秘書同士が諸々《もろもろ》のプロトコールを調整する。下命した当人たちは気楽なものだが、当人たちが考えるよりもそれは難儀な仕事であり、その難儀な仕事を頭取の直命を受けた秘書室長の向原正男は小首を傾げ少し思案したのち、企画部審査役の幣原剛志に電話をした。

「私が、ですか……」

幣原は訝った。向原が携帯にかけてくるのも妙なことだ。

それはどう考えても、秘書室の仕事だ。それを企画部に回してくるとは、どういうことなのか。しかもゴルフの接待役という。幣原は歩きながら秘書室長の電話に考え込んだ。

「事情があるんです。なあに、お二人は古い友人ですから気兼ねはない」

向原秘書室長は、声の調子を落としていった。いつも小声で話す向原秘書室長が、さらに声の調子を落としたものだから、聞きにくいことこの上ない。

「事情とは、どういう事情です？」

幣原は向原の評判は知っている。とんでもない策士であることを。用心をせねば、と幣原は構えた調子で聞き返した。

「実は、なにやら大変な話が持ち上がっているらしいんですよ……。ですから、お二人がどういう話をされたか、メモにして上げてもらえませんかね」

年次が一回りも離れた人間に丁寧語を使う秘書室長。思惑ありげだ。

「大変な話？、まさか合併ということでも」

幣原が冗談めかしたのは、真意を測りかねたからだ。

「さあ、な……。難しい話になるかも知れませんな。そういう微妙な話も絡んできますのでな、あなたのようなお人でないとこういうことは頼めないのですよ」

企画部にあって、高野派の人間であることを承知で、向原は微妙なことを口にした。そして向原はダメ押しをした。

「頼みましたよ」

幣原は自室に戻る廊下を歩きながら考えた。株買い占めの噂もある。中西頭取と山東高井銀行の中川頭取がゴルフをする意味。ゴルフ場で二人は何を話し合うのか。ただの遊びじゃないのは確かだ。そうすると、

合併――？。

あり得るだろうか。幣原は混乱した。CFJ信託の売却の話も出ている。だが、中西頭取が自ら合併話を、山東高井銀行に持ち込むような真似をするだろうか。冷静に考えれば、それはありえないことだ。CFJ銀行は最悪の状態にある。いま合併を申し込めば救済を申し出ているようなものだ。あの気位の高い中西頭取が、身を低くして、合併を申し入れるなど、考えがたいことだ。

（すると……）

山東高井銀行が株を買い占め、敵対的買収を仕掛けてきたのか。その推測が正しいならアヴィヨン・アセット・マネジメントは山東高井銀行の意をくみ、密かに株を買い集めたダミーということになる。つまり中西頭取は追い込まれているということだ。それが幣原のたどりついた結論だった。

（わかっているだろうか）

幣原は高野常務の腹心を自認する男だ。すぐに幣原は、ことの次第をまとめアテネの高野宛にメールを送った。ただしゴルフの接待役を命じられたことは伏せて……。

三十分後、折り返しアテネの高野常務から返信がとどいた。アテネと東京の時差は約七時間。東京は午後三時。現地時間は午前十時だ。幣原はしばらく文面をみつめた。ダミーであることを知っていた。高野は正確に事態を把握しているようだ。幣原は再び考えをめぐらせた。なぜ向原室長が自分に両頭取の接待役を命じたかを――。

その企画部の隣の部屋では早瀬圭吾、厚田均、山根敦夫、高尾伸三郎の四人が、テーブルをかこみ、行内の噂話に興じていた。その日も、金融庁検査局の検査官たちは姿を見せず、暇をもてあましている。うってつけの話題は、検査官たちの話だ。検査官の大半はノンキャリア。敵対関係にありながらも、どこか立場が似ている。

「検査は、これでおしまいなんですかな。年末まで待たずに古巣に戻されることになるかもしれませんな……」

単身赴任で接応チームに派遣された所帯持ちの山根敦夫は、物事を良く考えるあくまでも善人だ。接応チームは無頼集団のような目でみられている。検査官を相手に論戦を挑み、獅子奮迅したのは、企画部のエリート連中ではなく、ＣＦＪ銀行では鼻つまみものの接応チームの連中だ。

しかし、山根の口調は沈んでいる。単身赴任で二ヵ月もの東京での独り暮らし。家庭は問題を抱えていた。その口調には早く検査が終わってほしいと願う、淡い期待がこもっているように聞こえた。

「さあ、どうですかな……」

いつもの冷めた口調で厚田がいった。

「実は……」

と厚田が続けた。

「内緒の話なんだけど、金融庁は諦めていませんよ。諦めるどころか、本気になって締め上げるつもりだ」

「締め上げるって？　どういうことだ」

高尾が聞き返した。

「ほんとうに内緒の話だよ。そのつもりで聞いてほしい。ウチの甥っ子が金融庁に勤めていて、そいつが言うんだよ。ＣＦＪには隠しものがあるらしいけど、何を隠しているか、教えてくれってな……。ありていにいえば、スパイになってくれということだ」

「ウチに、隠しものだって？」

「大量に資料を押収したはいいけど、奴らはなにもみつけられなかったということじゃないのかな……」

会議室をにわか仕立てのオフィスに作り替えた接応チームの部屋は殺風景だ。お茶を飲むにも給湯室も使えず、それぞれがペットボトル持参で、のどを潤すほかない。検査官たちが姿をみせないものだから仕事をやるにも仕事がなく、暇をもてあまし、噂話に花が咲き、盛り上がる。

「スパイ――か」

仲間の話を聞きながら早瀬は、ひとりつぶやいた。スパイといえば、自分たちも金融検査官たちのあとをつけ回し、行内での動きを逐一監視報告するスパイみたいなものだ。そのスパイに逆スパイをしかけてくるとは、金融庁もやるものだ。それにしても、この二週間、音無しの構えをとり続ける金融庁。嵐の前の静けさ……。何か大きな仕掛けが動き始めているように思えてくる。

「スパイって、どういうことだ」

「資料隠蔽を疑っているようなんですな。どこに隠しているか、探って欲しい、そういうわけだ」

「甥っ子って検査官なのか……」

「いや、公認会計士の資格をもっているから分析が専門なんだろうな。一度だけ、姿をみせたことがある。まあ、お互いにしらん顔したけどな。ヤツが言うには、サンエイ関係の内部資料が欲しいだとさ」

　言われてみれば、確かに、そういう人間がいたように思うけれど、しかし、早瀬は思い出せなかった。もっとも有資格者ならば、プロパーの検査官と違って資料押収の現場に出てくるはずもなかろう。

「それで、どう答えたんですか」

「断ったさ、そんなやばい話にのれんじゃないか。それに、そんな内部資料があるかどうかもわからんし。まあ、そんなことはどうでもいい、問題は金融庁の狙いだな」

「金融庁の狙いって、なんです」

　高尾が性急に訊いた。

「つぶして、たたき売る――。そしてお得意の業界再編ちゅうやつじゃないか」

だから特別検査は、これからが本番を迎えると厚田はいうのだった。

「救済合併されるっていうことか」

「その可能性は否定できんな。いや、最悪長銀の二の舞っていうこともある。つまりＣＦＪ銀行の解体だ」

　いつものことだが、厚田の話しぶりは妙な説得力を持つ。チームメンバーも厚田に一目おくようになっている。調査畑一筋の男は、嵐の前の静けさ、その意味を解説するのだった。

なんだろうという皮肉な笑みがあった。

（買収……）

保科弘子の話を、早瀬は思い出した。強硬姿勢をとる金融庁が今度の特別検査で早期是正措置を勧告する可能性は高い。だが、それが買収話とどう結びつくか——。

そのとき、幣原剛志が姿をみせ、ドア越しに手招きをしている。その顔にどうせ暇なんだろうという皮肉な笑みがあった。

「なんや」

「忙しいかい、ちょっと時間がほしい」

「ごらんの通りや」

早瀬はオーバーに肩を揺すってみせた。幣原が案内したのは企画部の会議室だった。

幣原は足を高くくみ上げ、ポケットからたばこを取り出し口にくわえた。

「禁煙やないの、本部ビル全体が……」

「まあ、いいじゃないか」

幣原は百円ライターで火をつけ、煙を吹き上げた。企画部のエリートにしては、不良じみたことをするものだ。幣原は、確か禁煙していたはずなのに、いつからたばこを吸い始めたのか、企画部というのは気骨の折れるところらしく、かわいそうにストレスが顔に浮かんでいる。

「暇をもてあましているんだろう？」

それでも幣原は強気だ。強気な姿勢をとることで、優位に立とうというわけだ。そういう根性が透けてみえるところが、この男の限界でもあると、早瀬は思うのだった。

「ああ、暇や」

立ち昇る紫煙を追いながら、幣原は考えている。早瀬は続けた。

「あの話は生きているのか……」

「何だ、あの話って？」

「牟田要造監理官を調べる話や」

「………」

たばこを携帯用の灰皿でもみ消し、戸惑った表情をみせ、探るように早瀬をみた。裏切りはしないかという猜疑心。なぜいまごろになって引き受けるつもりになったのか、疑心に揺れる心。それが透けてみえる。早瀬には心の内が読めた。だからわかっていても訊いてみねばと思った。

指先で机をたたき、幣原は少し考え込む風を作った。その態度になにやら剣呑な雰囲気が漂う。そこには自分のために他人を便利に使おうとする魂胆がみえた。

「生きている。もちろん生きている。いまこそ必要かもしれんな。引き受けてくれるとありがたい。そうしてくれるか」

案の定と、早瀬は思った。

「理由を聞かせてもらえるやろな」

「知っているだろう。牟田監理官と高野常務との関係――。まさかとは思うが、今度の特別検査、遺恨がらみという噂がある」

「聞いている、その話……」

「個人が抱く怨恨で検査をやられちゃたまらん。それが事実なら、金融庁に正面から抗議を申し入れるつもりだ。もっとはっきりいえば、ヤツを更迭させる」

「なるほど、証拠をつかみ、検査官忌避を申し立てるというわけやな。しかし、牟田監理官一人の問題なら、それで解決するかもしれないけど、金融庁が国策でつぶす、つぶすっていう国策もあるわけや。で、幣原、国策ならば従順に従うってわけか……」

「国策？　どういう意味だ。そんなバカなことがあるはずもない」

企画部のエリートは聞いていることの意味が理解できないらしい。いや、彼はCFJ銀行ほどの巨大銀行はつぶされるはずもないと確信しているのだ。別な言い方をすれば想像力が欠落しているのだ。

「幣原！」

怒鳴りつけるように名前を呼んだ。

「………」

支店行員に呼びすてにされるいわれはないという顔で早瀬の顔を凝視した。しかし、適切な言葉がみつからないようで、あんぐりと口をあけている。

「もう一度訊く。国策ならば、どうする気なんや。従順に従うのか、それとも徹底抗戦するんか……どっちなんや」

「それは上が決めることだ」

「上が決めることだ、と。上って高野常務のことか。アホか、おまえは……。俺が訊いているのはおまえの腹や。上司の判断など、どうでもいいのや、問題はおまえの腹や」

「…………」

「同期のよしみや、腹が決まっているんなら協力はする。けど、腹もくれんやつとはいっしょにやれへん」

「いわんとしていることはわかるさ。けどな早瀬、いまウチは大変な状況にある。詳しくは話せないが、大きなものに飲み込まれてしまう危機的な状態にある」

「わかっているさ。合併の話やろ。追い込まれての救済合併やろ、違うか」

「知っていたのか」

そう言って幣原は同期の顔をみた。

「自業自得とは、このことや。追い込まれたあげく合併を余儀なくされる。せめて世間を味方につけていれば、銀行はこれほど追い込まれることはなかったんや」

早瀬は続けた。

ところが銀行は、貸し渋り・貸し剝がしをやって世間を敵に回した。いや、貸し渋りも貸し剝がしも、不良債権処理を迫る金融庁に追い込まれてやっただけのことだ、と居直ることもできる。しかし、少なくとも、これだけは確実にいえる。世間が味方ならば、世論を気にする政治家も金融庁も、態度を変えたはずだ。

「例えば……」

と、早瀬は住んでいる千駄木界隈の金融事情について話した。たった数千万円の借り入れで死ぬの生きるのと、追いつめられている零細企業の経営者もいる。しかし、銀行はなんの手助けもできず、死人の足を引っ張るようなことまでやっている。だから世間は敵だらけだ。他方では、数兆円の借金を抱えていても平気で踏み倒す大企業の経営者がいる。銀行はそういう大企業に湯水のごとくカネを垂れ流し、債務免責に応じる。銀行は社会的使命を放棄している。

「俺の知っている零細企業のオヤジは、優秀な技術を持っている。その技術を後世に伝えたいと借金をして設備投資をした。銀行の巧い話にのせられてな……。ところが、事情が変わった、と今度は返済を迫る、めちゃくちゃやな、そういう仕事をやらされているのが現場の俺たちや。わかるか」

「しかし、そりゃあ、俺たち銀行の責任じゃない。そこまでは責任はとれんさ。設備投資をしたのは当事者の判断だろう。自己責任というものだ」

幣原はお決まりの文句を並べた。

「だからおまえらは銀行をつぶすんや」

早瀬ははきすてた。

「おまえにはわかっていない。ともかくいまは無事特別検査を乗り切ることだ。それ以外のことを考えても、意味のないことだ」

幣原は撫然として言った。

同じ銀行員でありながら大きく隔たる価値観。いや、価値観の違いというよりも幣原の言うことは、ＣＦＪ銀行の方針でもある。銀行の方針に、幣原は忠実なだけだ。言い争ってみても、詮無いことだ。早瀬は先ほどの話に戻した。

「まあ、それはいい。それで、牟田監理官の何を調べるんだ。私的行状か、それとも彼の抱える弱みか……」

幣原は曖昧に首を振り、一言いった。

「スキャンダルだ。女、業者との癒着、なんでもいい。欲しいのは、ヤツを黙らせる弱みを握るものだ」

「なるほど、弱みを握り、脅しをかけ、黙らせるというわけやな。けどな、脅しに屈する相手ではないようにみえるけどな」

「その判断は俺がする」

「訊くが、それ、おまえの発案か」

「…………」

幣原はもう一本たばこに火をつけた。

「いえんのか、少なくとも高野常務は関わっていないな、この話には……」

「なぜ、そう思う」

「以前の高野さんなら、そういうことをやったかもしれない。しかし、高野さんは変わったんや。なんていうか、ガタガタのＣＦＪ銀行を背負うというのか、そんな気概みたいなものを、感じるんや。その高野さんが、そんなバカげた指示をするはずもない。スキャンダルをさぐり、脅しをかけ、検査に手心を加えさせようなどとバカを思いついたのは、おまえやろ。違うか幣原……」

幣原は黙った。いつも先走りする男だ。新人研修のときと少しも変わっていない。図星を突かれ、幣原は視線を宙に浮かした。そして幣原はしばらく沈黙を通した。図星を突かれたというより、金融検査の攻勢に企画部のエースは、打つ手を失って、現状に窮しているさまを、支店廻りの同期に知られるのが嫌なのだ。そう思うと、同期の出世頭に、早瀬は哀れみを覚えるのだった。

「俺さ、つくづく最近思うんだ」

早瀬は独白の調子で言った。

「学校を卒業して二十余年になる。この年になるともう友だちは作れへんやな。いっしょに仕事をやって、その中で信頼のできるヤツもできたけど、それは友だちとは違う。友だちといえば学生時代の仲間か、社会人になってからは、やっぱりいっしょに研修を受けた同期やな、この銀行の中で、いま友だちっていえるのは……」

「そう言ってもらうとありがたい」

幣原は神妙だった。

「やってみよう……。スキャンダルを」

「いや、無理せんでもいい」

「俺にも条件があるんや」

そう言うと、手帳を破り、メモを作った。

「なんや、これ……」

メモをみながら幣原が訊いた。

「さっき話した中小零細企業や。企画部の審査役が支店長に電話をすれば、たちまち問題は解決やな。頼んだよ、幣原……」

幣原はメモに目を通した。

「どうしてまた……。借りでもあるのか、こんな小さなところに」

「なんにもない、袖振り合うも多生の縁というやないの。貸しも借りもない相手や」

「そんならなぜ?」

「忘れている銀行の仕事を、おまえに思い出して欲しいだけや」

第五章　検査監理官の私的行状

1

検査が再開され二ヵ月が経つ。あの二週間の沈黙は謎として残されている。検査官たちの態度は変わった。怒鳴り上げたり、威嚇したりするやり口は確かに改まった。だが、その分だけよけい陰湿になったかもしれない。

（早いものだ……）

早瀬圭吾はつぶやいた。繁華街では街頭に飾るクリスマスツリーの準備が進み、あと一週間で十二月の声を聞く。その日も早朝から検査官の尋問が続いている。この場合、尋問というのは行政用語としては正しくない。正確に言えば事後検査であり、銀行が作った資料の確認である。しかし、検査官の態度はまるで犯罪捜査にあたる刑事のようだ。資料の持ち込みもメモを取ることも許さず、延べ十二時間を超える尋問だ。接応チームにとっても長い長い待機の時間であった。隣の部屋でのやり取りは、この部屋までは聞こえてこない。空はどんよりと曇り、いまにも降り出しそうな雲行きだ。

台風の多い年で、また大型の台風が接近中だ。

五人の検査官が呼びつけた審査第二部長を取り囲むようにして尋問を続けている。検査官は、サンエイは債務超過に陥り、すでに破綻状態にあると決めつけている。検査官に呼びつけられた審査第二部長は、大口融資先のサンエイの担当である。同じサンエイをめぐっては、別な部屋で法人営業第八部長が尋問を受けていた。二人を分離して事情を訊くのは、口裏合わせを封じるためだ。検査官はときに嘘は検査妨害にあたりますよ、と恫喝する。検査官のひとりは、警視庁から出向してきた男だ。検査官のやり口は、犯罪捜査にあたる現職の警察官ですら顔をしかめるほどだ。それは一種の虐待といってよかった。

「冗談じゃないですよ」

執行役員の吉成厚志審査第二部長は、普段は物静かで温厚な人物だ。その吉成部長が声を荒らげ、抗議している。問題になっているのは大手スーパーサンエイに対する融資の債務区分である。日本財界の立志伝中の人物が創業したサンエイ。バブル時代に借金経営で事業を膨らませたのがあだとなり、借金地獄で苦しんでいる。売上高は一兆円にも満たないのに負債総額は二兆円を超え、有利子だけでも当期利益を簡単に吹き飛ばす。なるほどサンエイには幾度も債務免責を行い、救済を続けてきた問題企業だ。

しかも、創業者に引導を渡した銀行団は、サンエイからリーゼンシー社に転出し、再建にあたっていた正木孝典を三顧の礼で社長に迎え、現在、正木社長のもとでサンエイの再建が進められているという経緯がある。

それは金融庁も先刻承知のことであり、正木社長のもとサンエイは事業計画を練り直し、その再建策を融資銀行団が承認し、銀行団が承認した再建案を妥当と認定したのは、他ならぬ金融庁自身ではないか、それよりもなによりも〇三年度三月決算でサンエイを「要注意先」にレーティングしたのは金融庁自身だ、それを半年も経たぬのに「要管理先」に債務区分を引き下げるとは、いったいどういうことか――。吉成部長は理路整然と反論している。

「ともかく、検査の結果、実態がそういうことになったのです」

検査官はにべもない。しかし、吉成部長は食らいつく。

サンエイが問題の多い企業であることはわかっている。しかし、サンエイが倒産に追い込まれれば、その社会的影響はすこぶる大きい。大量の失業者が発生し、取引先企業は連鎖倒産に追い込まれ、合理化のため店の統廃合が進められれば、近場にスーパーがなくなる地域住民は多大な迷惑を被る。

それやこれやを考えると、つぶすにつぶせないと判断したのは政治であり、政治家に追従した官僚たちではないのか。銀行団が債務免責を繰り返してきたのは、まさしく政官の圧力に屈したからであり、それが間違いといわれればその通りだが、好きこのんで債務免責に同意したわけじゃない。その責任はあげて政官にある――と。

いまは、それはいうまい。しかし、再建途上のサンエイを、なぜつぶさなければならないのか。現に債務は縮小傾向にあり、正木社長のもとで策定された三ヵ年計画では、主力行の債権放棄・債権株式化で総額五千二百億円の金融支援を受け、普通株九十九パーセントを減資し、不採算部門整理や資産売却で七千五百億円を削減する。

「負債圧縮は予定通り進んでいる」

ちなみに、〇二年度二月末に一兆六千六百億円に達していた有利子負債は、一年後には一兆二千億円に圧縮された。さらに〇三年度三月末には一兆円台をわずかに上回る規模まで圧縮し、さらにリーゼンシー社の株式を売却する予定であり、売却益一千五百億円が入れば、有利子負債は九千億円台に圧縮できるではないか。これまでのところ本業の売り上げも改善され、三ヵ年計画は超過達成の見込みが立っている。

「それなのに、なぜ……」

吉成部長は検査官に再考を迫った。

そのやり取りを、牟田要造監理官が腕組みをし、天井をみつめながら聞いている。どこからみても凡庸なノンキャリアの下僚にしかみえないのだが、醸し出す剣呑な雰囲気には凄味すらある。畢竟、そこには寸分の妥協も許さぬ決意がにじみ出ている。

「ところで、これをどう説明されます？」

班長と呼ばれた検査官が、書類の束を示しながら訊いた。吉成部長は老眼鏡をかけ、その資料をみた。エクセルで清書した試算表だった。吉成の記憶はすぐによみがえった。なんのことはない、サンエイの再建計画を検討する際に作ったシミュレーションペーパーだった。銀行は用心深いのが身上だ。いくつもシミュレーションペーパーを作るのは用心深いからだ。そのひとつに過ぎぬ。

「それが、どうかしましたか……」

「どうかしたかって！　よくもぬけぬけと言えたもだ。これはれっきとした不良債権隠しの証拠じゃないか、そうでしょう」

「証拠！　なんの証拠です」

「不良債権隠しの証拠。説明してもらいましょうか。是非とも弁明を聞きたい」

吉成部長は唖然として、班長と呼ばれる検査官の顔をみた。

「このペケ印のことです、あなたが書き込んだものなんですな。どういう意味か、説明してもらえますかな。これほど、巨額な金額を隠して……」

別な検査官がさも重要な隠蔽資料でも発見したかのように訊いた。その書類をみて吉成は思わず笑ってしまった。

「失敬じゃないか、何がおかしい！」

若い検査官が怒鳴った。

それはサンエイの月間売り上げを、支店別に示す数字だ。売上高を確かめるために、チェックをいれたのがペケ印だ。しかも検査官は単位を間違えているのだ。検査官がなにと間違えたのかは、容易に想像できる。隠す必要もなにもない、単純な売上高の集計に過ぎない。検査官は基本的なことすらわかっていないことを、吉成は笑ったのだ。そんなことで本当に検査ができるのか――と、でかかった言葉を飲み込み、吉成は集計表の意味を説明するのだった。その説明を聞いた検査官の顔にたちまち落胆の色が浮かんでくるのを吉成部長は見逃さなかった。

吉成厚志審査第二部長が尋問を受けている部屋の、階下の会議室では、審査第五部長が三人の検査官に取り囲まれ、質問を浴びせられているところだった。

樋口豊次審査第五部長も、やはり執行役員である。担当は総合商社日洋グループだ。日洋グループも、やはり問題企業とされている総合商社だ。総合商社の他の事業会社に比較して会計はやや複雑だ。

事業の性格からして、第一に債権債務が複雑に入り組んでいること、第二は総合商社は金融機能を持っていること、第三は投資家の性格を有すること、第四に総合商社はその債権債務は他の事業会社と異なり、売り掛けの一部であったり、預かり債権であったりするため、債権のカウントが難しいことなど幾つかの特殊事情がある。

樋口部長は性格のおおらかな人物で、そうした総合商社が抱える特殊事情を、ほとんど商社経理に無知な検査官を相手に懇切な説明を続けている。

「日洋グループは、いま再建の途中にありまして、銀行団としても……」

日洋グループの場合もサンエイと同様にＣＦＪ銀行をはじめ銀行団がクレジットラインを設定し、五千億円のＣＰ（コマーシャルペーパー）を引き受けている。いまのところ償還は順調であり、高利率な利息が得られるため銀行には大きな収益源になっている。そのＣＰまでを、検査官は不良債権と見なし、債務区分の引き下げを迫ってくる。

「なるほど、それはわかった。しかし、こちらの方の説明はどうなります」

樋口部長の説明をさえぎり、検査官が尋問趣旨を変え、訊いた。

「ちょっと待って下さいよ」

温厚な樋口部長もさすがに抗議の声を上げざるを得なかった。

「見解の相違でしょうな。いま申し上げたのは私どもの判断です。議論をする余地などありませんな」

債権を一件ずつ評価し直し、次々とレーティングを引き下げる検査官。

「見解の相違というよりも、それは事実認識の違いでしょう。ＣＰ発行は金融庁も承諾を与え、その指導のもとに私ども銀行団は引き受けているんですよ。事実はひとつしかありません……」

「部長。この意味を説明願いませんか」

CP問題を議論しているところに、今度は分厚い書類を示し訊いてくる。樋口部長は戸惑ってしまう。検査官たちはいったい何を訊きたいのか、さっぱりだ。無知なのか、いやこれは撹乱戦法なのかもしれぬ、樋口は老眼鏡をかけ直し書類をみてみる。それは部門別月次決算の一覧表だった。

「これが何か問題でもあるのですか」

総合商社は日次・週次・月次と、それぞれ仮決算を行い、事業計画と関連させ、達成状況をチェックする仕組みを作っている。それらの資料であるらしい。そこにメモと数字が書き込まれていた。数字の上には、ダブル罫線が引かれ、その下には、修正されたかのような数字が書いてある。

「よくみて下さいよ、いいですか、これはあなたの筆跡ですな、間違いがないかどうかよくみて下さい」

検査官が示したのはメモ書きの部分だ。樋口はよく覚えていない。日洋の担当者と打ち合わせをしたとき、書き込んだものかもしれないと思った。

「よく覚えていませんが、確かに筆跡は私のもののようですが……」

「認めるんですね。売上高を過大にみせるための、工作じゃないのかね。それを相手に要求したんでしょう、違いますか！」

日洋の担当者とグルになって、隠蔽工作をした証拠。月次決算の書類を示し、検査官は勝ち誇ったように言い切った。

とんでもない嫌疑だ。

「ですから、これは月次決算の……」

「そうですかな、実はこういうことじゃないのかな……」

つまり商社の経理担当者と共謀し、数字操作をやった動かぬ証拠をつかみ、つきだしてきたというわけだ。どうも検査官は月次決算の意味を理解できていないのだ。小学生を相手にアインシュタインの相対性理論を説明するよりも、もっと厄介なのは、検査官が我見にこだわっていることだ。沈着冷静で性格温厚な樋口部長も言葉を詰まらせた。

「どうです！」

勝ち誇った検査官は、見当違いな我見を押しつけるのだった。検査官の間からは、示威的な咳払いや、暗示的な目配せ、溜飲を下げたような含み笑いがもれた。

樋口部長は反論に打って出た。第一、月次決算など誤魔化しようがないこと、メモや数字は翌月の予想値を書いただけのことであり、他には意味はないこと。

第二に……。

「それは〇三年五月のものですな。翌月の数字をごらんになって下さい。いいですか、それは実数です。予想値と実数の間に乖離《かいり》があるのは当然ですよね、予想値は予想値に過ぎないのですから……。ついで次の頁をみて下さい。翌月の実数です」

乖離は数万円に過ぎず、とがめ立てするほどの差額は出ていない、いわば想定の範囲である。議論をする際、メモを取るのはごく自然なことであり、そのメモを数字改《かい》竄《ざん》の証拠に見立てるなど笑止千万。物静かな口調で樋口部長は反論を繰り返すのだった。

「まあ、この件はのちほど詮議することにしてもですな、これはどう説明します」

検査官は一歩引いてみせた。しかし、検査官たちは手を替え品を替え、矢継ぎ早に質問を浴びせてくる。樋口部長の場合も延べ十時間を超える尋問だ。やはり、これは一種の虐待である。

別室に待機する接応チームでは、呼び出された二人の部長が、十時間以上も尋問を受けている事態に憂慮の声が上がっていた。

「いくらなんでも……」

人権に関わることじゃないか、と言いだしたのは厚田均だった。それも連日のことである。検査官が尋問してきたことの大要は、接応チームの手でまとめてある。

要点は二つ。

検査官の狙いは、問題企業五社のうちサンエイと日洋グループに絞り込み、両社を破綻企業と見なし、レーティングの引き下げを追っていること、第二は、その結果、CFJ銀行は資本不足に陥っていること――の二点を認めさせることにある。

最初は威嚇した。今度は理詰めということのようだ。しかし、その理詰めは、見当はずれもいいとこだ。狙いは問題二社。これだけは絶対に譲ることはできない。早瀬が示した判断に、全員が大きくうなずいた。

2

高野隆行常務は腕組みをし、難しい顔で黙想している。高野を金融検査の統括責任者に復帰させたのは、金融検査の摩擦を回避させるため――と、彼をアテネに追いやった中西頭取自身だった。二週間足らず逃避してみたところで、金融庁が矛《ほこ》を納めるとは、とても考えがたいことなのに、それでもアテネ行きを命じた中西頭取――。

そのことをめぐっては、幾つかの風説が流れていた。頭取候補と評判の男は、よきにつけ悪しきにつけ、いろんな言われ方をするものだ。しかし、そんな噂話には動ずる気配もなく、アテネから帰った高野常務は、接応チームの部屋に自分の机を持ち込み、陣頭指揮を執っている。そんなところにも、ある決意が秘められているようにもみえる。午後四時から始まった会議では、さしたる意見は出なかった。その沈黙を破って発言したのは企画部審査役の幣原剛志だった。

「特別検査は強制捜査とは性格の異なる行政行為です。十時間を超える尋問など、尋常な検査とはいえない。事情聴取に際しては弁護士を同席させ、違法な行政行為をチェックさせるべきだと思います」

弁護士を同席させるかどうか――。それは検査が始まって以来、検討課題のひとつとして議論されてきたことでもある。

「なるほど……」

高野は黙想の姿勢でうなずいた。

特別検査は行政行為であるから、司法捜査とは異なり、かかる行政行為は、検査を受ける当事者の合意協力のもとで実査するべきが法律の本旨であり、司法捜査においても自己防衛権が認められる事実に鑑みれば、特別検査においても、弁護士同席の上事情聴取に応じるべきではないかという提案だ。

（幣原は態度を変えた）

と、早瀬は思った。その口調に主戦論の響きが感じられたからだ。少なくとも、検査官と正面から対峙しようという決意がにじんでいた。高野は別なことを考えていた。

中西は、アテネに出張し、本部を留守にするのが心配であったのだろう。

「できるだけ穏便に……」

アテネに旅立つとき、中西頭取が出した指示だ。いまごろ中西はパリあたりか。大株主のアヴィヨン・アセット・マネジメントへの挨拶のため、中西がようやく重い腰を上げたのだ。ジョーダン・フォスターがどうでてくるか、彼も気がかりだったのだろう。検査官との無用な摩擦を避け、できるだけ穏便にというのは、高野も同じ考え方でもある。とはいえ、検査官のやり口は、もはや我慢の限界を超えている。

「弁護士を、ね……」

この問題ではコンプライアンス担当の稲葉良輔副頭取と幾度か話し合った。しかし稲葉副頭取は以前と同様に消極的だ。何か、稲葉は高野が苦しんでいるのを、楽しんでいる風でもある。もちろん、稲葉にも理屈があって、検査のやり口が乱暴だからといっても、それが違法かどうかは別問題、違法行為の証拠を保全し、証拠を固めた上でなければ、下手には動けないというのだった。それもまた理屈というものだ。しかし、副頭取に欠落しているのは危機意識である。

「なるほど、稲葉副頭取がそういうなら、仕方がないな……」

村上法務室長代理も同じようなものだ。

「常務の判断で……」

と、村上は責任を転嫁する始末だ。

たかだか弁護士をつけるかどうかの問題に過ぎない。しかし、頭取はできるだけ穏便にという。コンプライアンス担当の副頭取は違法の証拠をつかめという。違法かどうかを判断してもらうため、弁護士を同席させて欲しいと懇請した。反対しないが、やるならば執行役員としての自己責任でやるべきじゃないかと突き放された。

台風が残した暖気で、もうまもなく十二月というのに東京は異常な高温だ。晩秋に入ってからも幾度も台風に襲われる、まさしく異常気象である。

「相手が威嚇するなら、こちらも防御の威嚇をやればいい。弁護士をつけ、検査の一部始終を、記録に残しておくことは、最低限必要かと思います」

珍しく威勢のいい発言をしたのは、接応チームの山根敦夫だ。山根はあくまで善意の人だ。しかし、善意の人までが、検査のやり口に怒りを感じているのだ。

「それも、そうだな……」

高野は黙想を解き、不意に山根の方をみながら言った。高野は決断を下したのだ。検査に弁護士を立ち会わせ、そこでのやり取りを記録に残すこと――。検査官との間に新たな摩擦が生じるのを承知の上で、高野が決断したのを、早瀬は知った。

それはそれで必要な手だろう。とはいえ検査局が弁護士の立ち会いをあっさりと認めるかどうかは別問題だ。まあ、一悶着起こるのは避けられまい。算段があってのことか、高野常務の顔は、どこかさばさばしていた。会議が終わると、高野は早々と引き揚げた。企画部との連絡調整会議は、意外にも短い時間で終わった。

「早瀬さん……」

帰り支度をしている早瀬に、厚田均が声をかけた。何か話をしたいそぶりだった。しかし、早瀬には他によるべきところがあった。

「今日はちょっと……」

いいわけじみた言葉を残し、早瀬は東京本部ビルを出て、都営地下鉄三田線に乗り、内幸町に向かった。都営地下鉄内幸町駅は恐ろしく深く掘り下げられている。エスカレータに乗り、さらにエスカレータで地上に出ると、新橋に向かった。

とっぷりと日が暮れ、新橋駅周辺は退勤するサラリーマンやOLたちで、ごった返している。不況のせいであろうか、目につくのはチラシ配りのお兄ちゃんだけで飲の屋街は活気を失っているようにみえた。早瀬は地図で場所を確かめてみる。目的の雑居ビルはすぐにみつかったが、一階から五階まで飲み屋が入り、その上に風俗店が入っている。

プレートを確かめると、興信所は最上階の七階にあった。エレベータに乗る。ミニスカートの女二人が同乗した。濃厚な香水の臭いがする。エレベータはゆっくりと上昇し始めた。中年男が恥ずかしげもなく風俗遊びとは――二人の若い女がそんな風に見ているのがわかる。二人の女は途中でエレベータを降りた。

興信所のドアをたたく。分厚い鉄製の扉を半開きにして、中年の男が顔を出し、目線で入れ、と合図をした。実をいうと、ここを訪ねるのは二度目だ。道に迷ったのは、けばけばしいネオンに飾られ、風俗街はどこも似たような風景であるからだ。

バーかスナックをそのまま改装もせずに使っているという風な造りの事務室だ。興信所の代表（といっても彼一人だが）を名乗る宮本武雄は、自分が座る目の前の長椅子を、顎でしゃくった。人工皮革が張られた椅子は破れていてウレタンがはみ出ている。そこに早瀬は腰を下ろした。

「謹厳実直を絵に描いたような男だね。期待に添えなくて申し訳がないが、十日間張り付いてみたが何も出てきゃせん。もともと何もありゃせんのだよ」

そう言って、宮本は調査報告書と書いた数頁のファイルを放り出してよこした。早瀬はざっと目を通してみる。なるほど、役所と自宅の往復以外、たまに飲み屋に立ち寄る程度で、生活ぶりは至って質素。まあ、たいてい一週間も張り込めば、女にうつつを抜かすとか業者との癒着とか、よからぬ生活ぶりは出てくるものだ。

支店廻りの行員には、こういうことは慣れている。新しく取引を始めるとき、信用調査を行うのが常で、しばしば興信所を使っているからだ。宮本の事務所は、梅田駅前支店に勤務していたとき、信用調査のために使っていた興信所から紹介を受け、訪ねたのだった。一匹狼の彼らは仕事がら全国的なネットワークを持っている。

「愛想は悪いが、仕事はできる」

梅田駅前支店時代につきあった調査員は太鼓判を押した。無愛想だが、仕事はできる男だ。早瀬は事務所を出ると、ＪＲで神田に向かった。神田には牟田要造がひいきにしている飲み屋があると調査報告に書いてあったからだ。一週間に一度ほどの頻度で、同僚たちと顔を出しているらしい。神田駅北口から靖国通りに出る。次々と建設される大型高層ビルに店子を奪われ、このあたりの小規模ビジネスビルは空き室が目立っている。

その居酒屋は『ますや』といった。住居表示では神田司町《つかさちょう》だ。目印の赤提灯はすぐにみつかった。縄暖簾をくぐると、ほっと安らぎを覚える空間が広がる。宮本の調査は徹底している。客単価は三千円ほどで、壁に張り出されているメニューをみると、牛煮込み六百円、柳川鍋八百円、桜刺身が二千円、赤身が千三百円。調査報告には、そこまで詳しく書いていた。なるほど、身銭を切り、部下に飲み食いさせるには手頃な値段だ。

年季の入ったテーブルはほぼ満席だ。早瀬はサラリーマンの一群の隣の席に座った。妙な落ち着きがある。東京大空襲の際にもこのあたりは焼け残ったらしい。店内の意匠は大正昭和のモダニズムを醸し出している。一日額に汗して働き、ちょっと一杯飲みに立ち寄る店だ。あくまで大衆酒場の伝統を守っているらしい……。

（いい店をひいきにしている）

牟田要造という人物の人柄を、表すような店だ。早瀬は燗酒《かんざけ》を注文した。焼酎もあり各種の銘酒をそろえているようだが、注文したのは一合四百円の「白鷹《はくたか》」だった。目の前の客が不意に軀を傾けたとき、驚いたことに店の右奥に千駄木の肝煎り、提灯屋の花岡忠輔をみつけた。どちらからでもなく、視線が空中でぶつかり、互いに手を上げた。花岡は手招きをしている。花岡は『兼松』の五代目指物師須藤光男といっしょだった。

「いいのかい……」

早瀬は徳利と杯を手に席を移った。

「あんたのような高級サラリーマンが、こんな居酒屋にくるとは驚きだね。馴染みにしているのかい？」

下町っ子のいつものため口だ。もう早瀬は慣れている。

「いや、初めてなんや。いい店だ」

「その通り、いい店だ。オヤジもジイサンもひいきにしていてな。親子三代にわたるつき合いになるな」

そう言いながら、花岡はオヤジ！　と声をかけた。眼鏡をかけた店主は、柔和な笑いを向け、エプロンで手を拭きながら、傍らに座った。聞けば、創業百年という。店主は創業者から数えて三代目だ。浮き沈みの激しい居酒屋業界で、よく百年も続けてきたものだ。

「俺たちと違ってさ……」

花岡は続けた。

「バブルに乗らなかった。偉いもんだよ。あんたウチの先代は……」

もともと神田司町は職人の街だ。近所に銭湯などがあって、風呂帰りの職人がちょっと一杯ひっかけ、明日の英気を養う、そんな居酒屋が何軒も軒を並べていた。この街が変わったのは二十年ほど前のことだ。バブルの時代、この神田司町一帯は、地価が目をむくほど高騰し、銀行が日参して建て替えを勧めたものだった。

一階を高級居酒屋にして、二階以上を貸しビルにする、家賃収入だけでも悠々自適の生活ができる、カネがないって？　いやいや、カネの心配などいらない、地価は右肩上がりの天井知らず、土地を担保にすれば、建設資金は銀行がいくらでも用意する、いい話じゃないか、こんないい話を断るなんて、どうにも解せぬことだと、日参した銀行員は首を傾げた。

「バカをいっちゃいけないよ。居酒屋に高級もヘチマもあるかい。居酒屋っていうのは昔から居酒屋よ。ウチは安酒を出す居酒屋で結構――。塩まいてやんな」

銀行を大向こうに回しタンカを切り、支店長を追い返したのは、先代の店主だった。

いまから二十年前だ。それが『ますや』がいまにして、商売を続けられている理由だと、三代目の店主はいうのだった。

それから二十年、周りを見渡せば、銀行に勧められるままにビルを建てた多くの地元商店主は、財産をすっかり失い、残るのは巨額な借金だけで、人様には義理を欠き、あげくに夜逃げ同然にこの街を去っていった。

「いまでもこの街で商売をやり、残っているのは、銀行の甘言に乗らず、身の丈ほどの商売をやっている固い連中だけだね。人間、欲をかいちゃいけませんよな、商売も腹八分目、勝ち組も負け組もないやね、もうけもそこそこがちょうどいいんだよな、忠さん」

店主の語り口は物静かだ。

「近ごろいけませんね、小学生にまで株取引を教えているそうじゃありませんか。どうやってもうけるかってね、勝ち組とか負け組とか、そればっかり。カネなんていうのは、まっとうに働けばあとからついてくるもんですよ。その大事なことを教えずに、カネもうけとはね」

人びとの心をすさませ、多くの敗残者と死者を出し、街を荒れ放題に荒れさせた土地バブルは、多くの教訓を残したはずだった。しかし、そこから何も学んでいないと店主は嘆くのだった。

「身の丈ほどの商売ね……。その通りだ、彰ちゃん。なあ、光男よ、それに比べ、どういうこっちゃ。情けないじゃないか」

「それをいわれちゃ、立つ瀬がないやな」

指物師は頭を掻《か》く。

「それを責めちゃ可哀想《かわいそう》というもんだ。光男には哲学がある、ちゃんと伝統の技を後世に残したい、そういう夢だ」

彰ちゃんと呼ばれた『ますや』の店主は指物師をかばった。陰では親身になって動く千駄木の肝煎り。それでいながら本人の前では糞味噌にいう。一方で指物師をかばう居酒屋の店主。三人のやり取りをみながら、早瀬はいい風景だと思うのだった。

「しかし、困ったもんだよな」

花岡が腕組みをして渋い顔を作る。早瀬には察しがついた。先ほどから花岡と指物師の須藤光男が話し合っているのは、光男が作った借金の話のようだ。今日も二人は金策に走り回ったらしい。

「中小企業庁という俺たちの味方のような名前の役所があるもんだからよ、今日はそこに相談に出向いたんだ。親切に話は聞いてくれたが、何にもできんというわけよ」

花岡はため息をついた。

指物師のことで早瀬は、ちょっとした仕掛けをしている。喉まででかかった言葉を飲み込んだのは、巧くいくどうか、まだわからないからだ。だから二人の話を黙って聞く以外になかった。

「ところで、あんたは大阪のひとかい？」

店主が訊いた。

「生まれも育ちも大阪なんやけど、長期の出張というわけなんです。千駄木の皆さんにはお世話になっていますのや」

「そりゃあ大変だ。単身というわけですな」

「まあ……」

と、早瀬は言葉をにごした。

離婚しての独り身だから、単身といえば単身だ。ひとつ、東京にいる間はひいきにして下さいよ、と店主が腰を上げるのを引き留め早瀬は訊いた。

「お宅の店に牟田さんが、よく顔を出されているそうですな」

「牟田さん……。知り合いで？」

「知り合いというほどのものじゃないんやけど、ちょっとひっかかりありますのや」

「ほう」

店主は警戒の色を浮かべ早瀬を凝視した。

3

〇三年十一月七日金曜午後六時。その日総括会議には、珍しく副頭取の井坂芳雄も出席している。井坂は筆頭副頭取として、財務を仕切る最高責任者だ。会議室の空気が和んでいるのは、検査官との緊張関係が緩んできたからだ。

検査の様相ががらりと変わった。CFJ銀行側も対抗措置をとり、弁護士同席の上で、検査を受けたいと強硬に申し入れたからだ。

もちろん、検査局は要求をはねつけた。それを受け入れざるを得なかったのは、監督局から注文がついたからだ。金融庁各局のうち日常的に銀行と接触するのは監督局だ。

「違法ですか、適法ですか」

監督局に乗り込み、高野常務が山神宗雄《やまがみむねお》監督局長を相手に、弁護士同席の適法違法を問い質したのだった。金融庁の中でもどちらかといえば、監督局は銀行よりのスタンスをとっている。監督局長と高野常務は旧大蔵省以来の旧知でもあった。しかも二人は大学ボート部の先輩と後輩の関係にある。金融界にあっては、最強の結束といえた。もとより年次が六年も離れていれば、互いに学生時代の記憶はない。それでも同窓同根には違いなかった。うち解けたやり取りができるのは、そのためだ。

「どうでしょうか、局長」

「………」

山神は検査官たちが好き勝手に暴れ廻っていることは知っている。庁内や業界でおもしろおかしく語られている噂も承知していた。検査監理官の重責を担う男が私怨を抱き、そのため厳しい検査が行われるとの風評だ。私怨がらみの特別検査など絶対にあり得ぬことで、また許してはならぬことだ。無責任な風評だといってしまえばそれまでだが、それでも看過できぬと思うのは、放置すれば金融庁の信用失墜が懸念されるからである。それに監督局長というのは、常に政治向きのことや、世論を気にとめておく必要がある。たとえ陳情がなくても、何とかせねばと山神は考えていた矢先だった。

それでも山神は、答えを留保した。官僚特有の用心深さからだ。しかし、山神の腹は決まっていた。いずれにせよ、行政は中立性を確保しなければならぬ。その中立性が疑われている。山神は宙をにらみ、沈黙した。沈黙のあと、違法か適法かを訊かれたことに、山神は、君の立場はわかるよ――と、高野常務に同情の言葉をはいた。

「まあ、恵谷君と話し合ってみよう」

恵谷もキャリアの官僚だ。検査部門の現場とは、微妙にスタンスが異なる。検査官らの暴走――。監督責任者としての恵谷も、困った事態であると認識しているに相違ない。だから山神には、成算ありと考えた。

「ありがとうございます」

高野は椅子から腰を上げ低頭した。

「しかし……」

と山神は続けた。

「ＣＦＪ銀行は検査資料を隠蔽しているとの報告もある。仮に、それが事実なら、刑事罰に問われることになる。恵谷君と話し合う以上は、私の責任も出てくる。万が一にも、そんなことがあっては私の立場はなくなる」

山神はダメ押しをした。

「わかっています。資料を隠蔽するなど、誓って、そのようなことはやっていません」

「本当だな……」

弁護士臨場が認められたのは、高野常務が金融庁に山神局長を訪ねた三日目のことであった。もちろん、支店廻りの行員に過ぎぬ早瀬圭吾には、金融庁に高野常務が出向き、そんなやり取りをしていたとは、知るよしもなかった。

いずれにせよ、あの強権的かつ威圧的な態度をとり続けていた連中が弁護士臨場を認めたのは、驚くべきことであった。だからといって検査官たちと友好関係が生まれたわけではない。それでもトラブルが減った分、スムーズに仕事ができるようになった。トラブルのないのはいいことだ。

その日、検査官たちは午後五時に引き揚げた。しかし、サンエイ・日洋グループ問題では検査の手が緩んだわけではない。依然、緊張の日々が続いている。ともかく打たれっぱなしのサンドバッグ状態から脱し、彼我の力関係は好転しつつある。暴言を吐く検査官たちも、弁護士という法曹資格者が検査の現場に臨場することの意味は理解している。金融庁は一部の検査官を入れ替え、怒声を浴びせたり、机をたたくなどの挑発的な態度は改められた。

とはいえ、検査官が引き揚げたあとが大変なのは、以前と変わったわけではなかった。企画部ほか審査各部、法人営業各部の部長たちのほかに部員が集まり、その日の総括を行うのを慣例としている。

「有価証券リースの問題です」

大塚喜義法人営業第六部長が尋問内容を報告した。法人営業第六部は、総合商社日洋グループを担当している。有価証券をリース化し、機械設備を貸与するビジネスモデルは総合商社が編み出したものだ。検査官は、それを債権と見なし、リース相手の財務内容が悪化していることを理由に、債務区分を引き下げることを求めてきたというものだ。なるほど、リース料金を金利とみるかどうかで、税法上国税庁との間で確かに議論はある。それが債権の一種だとしても、しかし、それを一般債権と同様に扱い、債務区分し、応分の引当金の積み増しを要求してきたというのだった。大塚部長は検査官に押し込まれたのだ。それを婉曲に弁解している。

「痛いところを突いてきますな、確かに議論のあるところです。なにもかも争うわけにもいきませんからな。まあ、譲るべきところは譲るべきでしょう」

審査第五部長の樋口豊次は穏やかな言い方をした。審査部門と法人営業は常に対立関係にある。顧客に近い立場の法人営業は、どうしても評価は甘くなり、他方、審査部門は辛口の評価をするものだ。

いつも険悪な関係にある両者。しかし、今日の樋口は法人営業に近い立場から発言している。つまり、もはや営業も審査もない、特別検査に追いつめられて、いま結束が強まっている。接応チームの連中はこれを「検査官効果」と冷やかす。いや、公正を期して言うなら、部内一致協力の気分を産み出しているのは、被検査の総指揮を執る高野常務だ。高野常務の不退転の姿勢がみんなを勇気づけているのだった。

「銀行税制の議論からすれば、検査官の主張にも一理ある……」

と、大塚部長は発言を締めくくった。

「契約総額百三十八億円。全体からみればわずかな金額だ。まあ、検査官に花を持たせたらどうかね……」

樋口部長は大塚部長の顔をみながら同意した。本来なら突き返せ！　というべきところだったが、樋口は異論を挟まなかった。有価証券リース問題での譲歩は決まったが、しかし、懸案はまだあった。議長役の高野常務が担当審査部長に発言を促す。

「アプリオの件です」

やはり債務者区分が問題になっている。住宅ローン、マイカーローン、消費者金融、教育ローンなどを手がけるのがアプリオだ。リテールを中心にしたノンバンクだ。世間にはそんな説明をしているアプリオの実態は、しかし、消費者金融・高利貸業である。そのアプリオが躓いたのは、本業の他にリース事業に手を出したことだった。不況の折、売り上げは伸びず、経営は悪化していた。しかし、経営悪化に対応し、着々と経営改善計画を進めているというのがＣＦＪ銀行の認識だ。

「何が問題なんだ……」

井坂が訊いた。

検査官が問題にしたのは、やはり債務者区分だった。アプリオを単体で評価するか、それとも親会社の支援を含め、再建の可否を評価すべきか――。そこで検査官との意見が割れた。確かに単体で評価すれば、債務償還能力は不十分であり、実質的に債務超過の状態にある。しかし、親会社が債務の肩代わりや債権放棄に同意しており、覚書も交わされている。継続して支援を続ければ、経営は改善方向に向かう。アプリオ支援のＣＦＪ銀行の態度は明確だ。だから要注意先に債務者区分をしている。にもかかわらず検査官は、要管理先が妥当という。その下は破綻懸念となる。

「なるほど……」

井坂は担当部長の説明にうなずいた。アプリオは東和系の大物ＯＢ松原宗之が社長を務めている。事情があっての、社長就任であった。その事情を知る井坂には、まかり間違っても、つぶすわけにいかぬのだ。

「覚書を交わしているんだよな。アプリオとは……」

「はあ、確かに交わしています」

「普通は覚書で十分だよな。その覚書すら認めないというのかね」

「いや、そうではありません、覚書の事務的な取り扱い、取締役会議の承認を、つまり手続き上の問題です」

債務者区分が一段階下げられれば引当金は倍増する。引当金はザッと計算するだけで一兆円を超える。その分ＢＩＳ基準の資本比率は毀損する。しかし問題はそれだけでない。東和系の人間には、アプリオが破綻懸念先に債務者区分されることなどメンツにかけても認めるわけにはいかないのだ。何しろ元副頭取が天下っているのだから。

「わかった、取締役会議で至急上げてくれないか」

「承知しました。しかし……」

「何か問題でもあるのか」

「事後処理ということになりますな。事後処理を認めるかどうか」

「検査官は内容的には問題はないと言っているんだよな。そうすると、あとは事務手続き上の問題に過ぎないじゃないか」

「わかりました」

今夜の井坂副頭取は、珍しく細かなことにも口出しをしている。

早瀬はぼんやりと、話を聞いていた。秋の夕暮れは早い。会議室の窓に広がる皇居の杜は暗闇に覆われ、遠くにみえるのは、六本木に建つ高層ビルだ。

「早瀬、あれどうなっている?」

会議の最中に幣原が耳元で声を潜めて聞いてきた。傲岸不遜《ごうがんふそん》はいつも通りだ。

「ああ……」

「今夜時間があるか、詳しく聞かせてくれないか。場所はメールに入れておくから」

4

○三年十一月八日午後七時二十分。金融庁検査局に一本のたれ込み電話が入った。
もちろん、匿名だ。電話を受けたのは横井検査官だった。この役所では、この種の電話を受けるのは庶務担当である。いわゆる内部告発というヤツだ。内容は詳細だった。その内容から本物と受け止めた横井は、内容をメモに起こし、すぐに牟田監理官のもとに注進した。

「連絡は取れるのかね、その相手とは」

「いや、匿名ですから……」

牟田監理官はメモをみて考えた。

実を言うと、その前日にも同様なたれ込みがあった。匿名者からの通報。愉快犯やいたずら電話、事実無根の誹謗中傷もある。怨恨がらみの誣告《ぶこく》もある。世の中が暗くなったせいか、そんなたれ込みが近ごろ増えている。いずれも真偽は不確かで、そんなことに振り回されていては、仕事に支障を来す。だからたいていは無視する。今度の場合は違う。具体的で無視し得ない内容を含んでいたからだ。

「連中、やっぱりですよ」

横井は声を潜めていった。

隠匿資料の存在を告発するもので、場所も特定できている。資料を隠匿しているのは地下二階の倉庫。鍵を管理しているのは財務部門統括の副頭取という。匿名者は具体的に指摘していた。

「こりゃあ、間違いないでしょうな」

「そうか……」

「一気にやりましょう、監理官！」

忠実な部下である横井が息を弾ませた。ＣＦＪ銀行の強烈な抵抗で次の打つ手を考えあぐねていたところに、監督局から検査のやり方に注文がついた。牟田は部下の報告に歓喜の声を上げたいところだったが、それをぐっとこらえた。吉報というべきだろう。追い込みをかけることができる。資料隠蔽の事実をつかまえられれば、検査妨害の具体的事実をつきつけられる。

前日のやり取りが脳裏に浮かぶ。会議室に牟田を呼び出したのは、監督局の銀行課長だった。会議室には恵谷局長と山神局長が待っていた。切り出したのは、検査局の茂木局付け審議官だった。

「無用な摩擦を起こしてもらっては困る。どうしてもやるというのなら、検査妨害の具体的事実を上げることだな」

そのとき、とっさに思った。高野の野郎が監督局に手を回したのだ。あれほど、積極的であった恵谷局長は白々しい態度だ。前線で戦う指揮官に後から弾を放つとは……。まさしく裏切りだ。牟田は歯ぎしりをした。

（検査官の暴走……）

直属の上司は、そんな顔だった。

山神局長から弁護士臨場を申し渡されたとき、これはフレンドリーファイアだと思った。味方の流れ弾で戦死するのをフレンドリーファイアと呼ぶ。上官が部下に背後から狙い打ちされ死ぬのを、名誉の戦死とするのが本来の意味だ。

ベトナムやイラクの戦場で上官が部下の後弾で死んだ。牟田の場合は逆で、上官が部下の背後を狙う。監督局長のやり方は、まさしくフレンドリーファイアだ。

牟田は部下に訊いた。

「確認を得る方法はないのか……」

「考えてみます」

横井は自信ありげに応えた。


同じ時刻――。

新橋近くの割烹『いわふね』で幣原剛志がビールを飲みながら、同期の早瀬圭吾を待っていた。時計を見る。少し遅くなるかもしれない、とは言っていたが、すでに約束時間を二十分ほど過ぎている。

幣原は疲れていた。中西頭取にお伴しての接待ゴルフだったのだ。それにしても、中西頭取と山東高井銀行の中川良幸頭取が、同じ大学の同じゼミで机を並べて勉強した仲であったとは、初めて聞く話だった。

（合併話でも……）

と、聞き耳を立てていたが、それらしい話は片言も出なかった。出たのは銀行経営の難しさと金融庁幹部に対する愚痴ばっかりだった。まあ、問題が問題。トップ同士の話し合いだ。そう簡単に本音を口にするはずもなかろう。まだ腹の探り合いの段階、そんな印象を持った。

幣原の額に縦皺がよる。彼は待たされることに慣れていない。まして相手が相手だ。

「どぶ板行員め！」

幣原は握りしめた拳で、思いっきり机をたたいた。奴らの増長を許したのは高野常務だ。信じられなかったのは、奴らを重用したことだ。高野常務は態度を変えたのだ。

頭取候補――。その頭取候補を支えているのは自分だという自負が、幣原にはある。高野常務のことなら、プライベートを含め何でもわかっているつもりだ。しかし、幣原は先きが読めなくなった。読めなくなった分、不安を感じる。それもこれも、すべては特別検査が始まってからのことだ。

振り返ってみれば、銀行員になって二十余年。入行一年目は北浜支店。二ヵ所ほど支店を廻ってから本店に戻り、秘書室勤務を三年余。海外現地法人勤務のためニューヨークに四年。帰ってからは、企画部や人事、総務を渡り歩き、審査役に昇進していまは企画部の主席部員だ。サラリーマンは上司に恵まれるかどうかで運命は決まる。

幣原は最初の企画部勤務のとき、躊躇なく高野を選んだ。高野は当時、まだ課長職に過ぎなかったが、誰もが将来の頭取候補の一人と見なしていた。旧大蔵官僚に対する過剰接待事件で、彼が検察に呼ばれたときも、幣原は高野に対する親炙の気持ちを変えることはなかった。高野はいま、特別検査問題で苦しい立場にあるのはわかっている。それでも気持ちに揺らぎはない。

幣原には先行投資だった。しかし、必要な保険をかけるのも忘れてはいなかった。勝田頭取が全盛を誇った時代には、勝田派に近づき、勝田頭取が失脚したのちは、寺町派に接近し、そうやりながらも、幣原は高野との親密な関係を維持してきた。高野が企画担当常務に就任してからは、さらに親密度を深めていまでは自他ともに認める懐刀《ふところがたな》であり、高野も信任してくれている。

来期は執行役員――。大手融資先を担当する法人営業部の部長に昇格するのは、ほぼ間違いない、と信じていた。それもこれも、高野常務がバックから支えてくれているからだ。しかし、何かが狂い始めている。それでもうひとつの保険をかけるつもりになっている。向原秘書室長への接近である。あれ以来、何かにつけ秘書室に足を運ぶようになったのはそのためだった。

「あらっ、お連れは？」

襖を開け、半身を部屋に入れ、声をかけたのは『いわふね』の女将だ。もう五十に手が届く年齢なのに、彼女は三十代後半で十分に通じる若さを保っている。もともと勝田顧問がひいきにしていた料理屋で、つき合い始めてから十年を超える。幣原が内密な相談ごとをするとき、よく使う店だ。

「まだのようだ……」

幣原は撫然として言った。

女将が酌をする。店に来るたびに思うのは実によく気配り目配りのできた店であることだ。有田焼の徳利は特別注文の品だ。食器や調度品はどれも一流品ばかりだ。幣原は杯を空け、返杯する。女将と二人だけのとき、心が安らぐ。そのとき、仲居に案内され、早瀬が入ってきた。

「なかなかいい店やね……」

早瀬は仲居から受け取ったおしぼりで額を拭きながら言った。客単価が三万円もするのだからいい店のはずだ。幣原が目配せをすると、女将は腰を上げた。

細かなことに気づき、それでいながら決して出過ぎない、そういうところが気にいって、勝田顧問はひいきにしていたのだった。幣原はのど元までこみ上げる怒りをこらえて、ビールを勧める。幹部行員としての立ち居振る舞いは、そうであらねばならぬと思っているからだ。

「まあ、ご苦労さん……。それで例の件はどういう具合だ、進展はあるのかね」

「何にも出てきやせんのや。調べてみた限りを言えば、まあ、立派なお人やな」

「そうか……」

幣原はしばらく考えてから言った。

「なるほど……。それならば、作ればいいじゃないか。ないなら作ればいい。スキャンダルを、な……」

同期はとんでもないことを言っている。

「幣原、おまえは……」

早瀬は幣原の顔を凝視した。

「冗談だ、冗談――。無理だな、そんなことは……」

幣原はあっさり引き下がった。

「そりゃあ、やっちゃならんのや。でっち上げなんていうのは、な」

「わかった、早瀬。その話はよそうや。冗談なんだから」

幣原はビールをつぎ足しながら言った。

「しかし、早瀬、おまえも東京本部に来てわかったことがあるだろう。行政の恣意《しい》的な検査のやり方ひとつで、巨大銀行といえども簡単につぶすことができることを……」

「おまえ、腹を決めたのか」

幣原は大きくかぶりを振った。

「そんな大げさなものじゃない。けどな、負け犬になるのはごめんだ。一発勝負をかけてみるつもりなんだ」

幣原は断固とした口調で言った。

「勝負を、な！」

「このままじゃ、ＣＦＪはつぶされる」

「おまえ、変わったな」

「俺が変わった？　どういう風に……」

「近ごろの幣原をみていると、俺には軸足が浮いているようにみえるんや。軸足を移し替えようとしているんか」

「軸足が、か……」

第六章　地下二階倉庫隠蔽資料の正体

1

突然のことだった。金融庁検査官らが予告無しに井坂芳雄副頭取の執務室を急襲したのは、十二月十五日午前九時三十分。小雨けぶる冷えた朝だった。副頭取の執務室に案内した秘書を外に押しやり、検査官らがドアを閉めたのを確認すると、五部門をまとめる統括検査官が宣告した。

「井坂副頭取、地下二階倉庫の鍵をお渡し願いたい」

「理由をうかがいたい」

井坂副頭取は落ち着いた態度で訊いた。

「資料隠蔽です」

統括検査官は凄味を利かせた。

「資料隠蔽？　ちょっと待って下さいよ。弁護士の立ち会いを要求します」

検査官らは聞く耳を持たぬという態度だ。検査官の尋常ならざる態度に、執務机の受話器に手を伸ばした井坂副頭取の腕首を押さえ、検査五部門を統括する検査官が目で合図を送ると、部下たちはいっせいに机やロッカーを開け、副頭取室の捜索を始めた。井坂副頭取は身動きができず、唖然と見守るだけだった。

副頭取付け秘書から通報を受け、行内弁護士が駆けつけたとき、まだ鍵を見つけることができずにいた検査官らは、重役たちの専用エレベータに乗り込み、地下二階の倉庫に向かっていた。

連絡を受けた早瀬圭吾ら接応チームは仰天した。特別検査は終盤を迎え、債務者区分の確定のため、資料の認否をめぐる攻防が続いていたからだ。それがまさか、地下倉庫を急襲し、新たに資料を押収するとは……。

「すぐ地下に！」

「早瀬君」

高野常務が後ろから呼び止めた。

「騒ぎを大きくしてはまずい、頼んだよ。いいな。ここは我慢だ」

高野の顔がこわばっていた。

早瀬は厚田や山根を引き連れ、急ぎ現場に向かった。現場に駆けつけたとき、地下倉庫前で行員と検査官とがもみ合っていた。そのもみ合いの場面を、数人の検査官がビデオを回し、撮り続けている。さらに検査官の数が増えた。副頭取室を急襲した一隊が現場に駆けつけたからだ。

怒声が上がり、若い審査部の行員が実力で入室を拒もうとしている。若い行員の襟首をつかみ、排除しようとする検査官。みえないところで足蹴りをくわせる検査官。行員たちも、必死で反撃に出ている。その光景をみて早瀬は、まずいと思った。接応チームは双方の間に割って入った。

「挑発にのるんやない……」

厚田が必死で叫んだ。しかし、怒声にかき消され、声はとどかない。そこに審査第二部長の吉成厚志が駆けつけてきた。

「何事です！」

統括検査官の前に立ち吉成は一喝した。たいした貫禄だ。その貫禄に押され、

「倉庫の資料を……」

統括検査官は憤然と言った。

「何のため」

「吉成部長、あなたが管理責任者ですな」

検査官の一人が吉成の顔写真を撮る。温厚な吉成も、その挑発的な態度に怒った。

「理由の説明を願います」

「何を、いまさら」

統括検査官は鼻先で笑った。

検査官の一隊が倉庫を、バールでこじ開けようとしている。止めに入る行員。またもみ合いが始まった。行内弁護士は、その様子を遠くから見守るだけだった。

「部長……」

早瀬は吉成の袖を引き、訊いた。

「何か重要なものでも?」

「何もありゃあしないよ。あるとすればサンエイ関係の決算資料だ」

「ならば、渡しましょうよ。ここでやり合っても仕方がない。みれば連中も納得しますよ」

「それもそうだな。いま鍵を持ってこさせますから、少し待って下さい」

吉成はもみ合う双方の間に立ち、大声で叫んだ。吉成部長の大声に検査官らは、一瞬怯みをみせた。

「最初から素直に渡していれば、こんな騒ぎにならずにすんだものを、あんたらは、まったく手間をかけさせやがる」

毒づきながら統括検査官は、部下たちに引き下がるよう指示した。にらみ合いが続くなか、吉成は部下の次長を携帯で呼んだ。

「すぐ来てくれ」

審査第二部の松坂道夫次長は、がっちりした体軀の男で、事態を飲み込めず、唖然として立ちつくしている。

「早く、鍵を……」

吉成部長に促され、松坂次長は背広のポケットから鍵束を取り出した。吉成部長はゆっくりとドアに近づき、鍵を開ける。検査官たちは室内になだれ込む。

「何事です？」

松坂は早瀬に訊いた。早瀬は声を潜めてことの次第を話した。松坂次長の顔がみるみる紅潮していく。

「バカヤロウ！　何を考えているんだ」

松坂次長は怒りにまかせ、段ボールを蹴り上げた。そのとたん、段ボールが崩れ、中から書類が飛び出した。その書類をわしづかみにして、松坂次長は破り捨てた。

「写真だ！　ビデオを回せ」

統括検査官が大声で指示を与える。デジタルビデオカメラを構えた検査官が松坂次長の顔と床に散乱する書類を交互に写している。

「はめられた！」

早瀬は、そのとき思った。彼らが欲しているのは、隠蔽資料ではなく、検査妨害の現場写真だったのだ。しかし後の祭りだ。三十分ほどで、地下倉庫の資料は持ち出された。

一時間後、統括検査官に引率され、検査官の一隊は金融庁に凱旋した。三十個もの段ボールは検査局別室に運び込まれ、ただちに資料の分析が始まった。

「ご苦労だった」

牟田監理官は上機嫌で部下たちをねぎらった。

「遺漏《いろう》はないだろうな」

報告を受け、牟田監理官は五部門統括検査官に訊いた。

「ちょっとしたいざこざがありました」

「いざこざ——が?」

五部門の検査官らは、二方面にわかれて急襲した。ひとつは井坂副頭取執務室。もう一隊は密告者が示唆した地下二階倉庫。検査官部隊は入念に計画を練り、幾度か卓上シミュレーションを重ね、日時を十二月十五日に定めて、突入した。事前に用意したのはデジタルカメラとデジタルビデオだ。十二月十五日としたのは半ば冗談で、その日は赤穂浪士が吉良邸を襲った日だったからだ。

五部門統括検査官は、上司の監理官を検査局別室に案内した。

「このとおり、連中は資料を隠蔽してた」

「図星だったんですな」

庶務担当の横井検査官がうなずいた。匿名電話を受け、機敏に対応することで、突破口を切り開いた横井検査官は自慢げに鼻を鳴らした。

「いざこざって、どういう類のいざこざだったんだね」

牟田監理官は段ボールの山をみながら、五部門統括検査官に訊いた。

「たわいのないことです。多少のもみ合いがありましたが……」

五部門統括検査官は得意げに言った。

「一部始終はビデオにおさめています」

「そうか……。それならいいんだ。知っていると思うが、検査のやり方に苦情が持ち込まれているものでね、山神監督局長が神経質になっているもんだから、トラブルはできるだけ避けたいんだ」

それだけ言うと、牟田監理官は自室にもどり、さっそく安田政夫検査官を呼び、押収資料の分析を命じた。安田検査官を中心に押収した資料は、その夕刻から早速梱包がほどかれ、分析作業が始まった。

膨大な資料だ。まず資料の分類から作業は開始された。決算にかかわる書類、会議の議事録、融資決定及び融資時実行の資料などに大まかに分類され、それらのうち安田検査官らは、決算関連の資料の分析が任された。

「どのぐらいかかるかね……」

牟田は作業をねぎらうため、検査局別室を訪ねたとき、安田に訊いた。

「二週間ほど時間が必要かと思われます」

「わかった、できるだけ急いで欲しい」

安田は作業机に山積みされた資料をみながら思った。この資料を分析し、不良債権隠しの事実を暴き出せればＣＦＪ銀行は確実に破綻に追い込まれる。巨大銀行の運命を左右する隠蔽資料の摘発だ。

それにしても、いったい誰が、機密資料の存在を通報したのか、安田には不思議だった。安田は横井検査官との、あのときのやり取りを思い出した。あのとき横井検査官に、隠蔽資料の所在を確かめることができないか、と頼まれた。安田はすぐに母方の叔父に連絡を取った。

「バカをいうんじゃないよ」

叔父は簡単に否定した。叔父はすこぶる頭の回転の速い男だが、しかし、嘘をつくような男でないのはわかっている。その旨横井検査官に報告した。横井は、そうかと言ったきり、その後は何の指示も与えなかった。そして今度の抜き打ち査察。その査察の結果膨大な隠蔽資料を摘発した。否応なくＣＦＪ銀行が追い込まれるのは確かだ。

安田は気を取り直し、資料の分析を始めた。

山神宗雄監督局長は、茂木信助検査局付け審議官から報告を受け、腕組みをして考えた。夕刻、竹内大臣に呼ばれた檜垣義孝長官は大臣室に入ったきり、二時間近くも出てこなかった。以後、長官室はにわかに人の出入りが激しくなった。なにやら自分は蚊帳の外におかれているようだ。しばらく考えたあと、山神は受話器を握った。

「もしもし……」

すぐに相手は出た。

「あれほど、念を押したのに、どういうことなんだ。説明してくれないか」

山神の言葉は怒気を含んでいた。

「ご迷惑をかけているようです」

高野隆行常務は珍しいことに、詫《わ》びの言葉を最初に口にした。強気を通す高野常務。それが従順な態度をとっている。

「しかし……」

と高野は切り出した。

「どういうことか、説明を願いたいのは、当方でありまして。あんな資料を押収してどうするつもりなんです？　調べてもらえばわかることですが、段ボールに入った資料のほとんどは、サンエイの決算資料。それに経営計画を策定した際の資料です」

「本当にそうなのかね」

山神は疑っていた。

「嘘をついても仕方がない、資料は全部金融庁が押収している、調べてもらえばわかることですからな……」

「しかし、検査妨害があったと聞いている」

「当然でしょう。いきなり副頭取室に乗り込み、理由も説明せず、家捜しですよ。あげくに地下倉庫のドアを、ぶち壊して入ろうとしたのだから、阻止するのも当然でしょう。ウチには怪我人も出ている」

激高している風ではない。しかし、口調は断固としている。山神は考えた。資料は検査局の手元にあるのだから、隠蔽資料かどうか調べればすぐにわかることであり、高野は嘘をつく必要はない。だが、茂木審議官は隠蔽資料を摘発したと報告した。どっちの言い分が正しいのか、山神は半信半疑だった。

「もう一度訊くが、法令違反の事実はないというんだね。例えば、あの資料の中に不良債権飛ばしとか、そういう資料は含んでいないと断言できるんだね」

「ですから、隠す必要もないサンエイの決算関係の資料。すでに公開されているし、金融庁にも報告済みの書類ですよ。それに経営再建計画のシミュレーションペーパーの類です。よく調べて下さい」

「わかった！　くどいようだが、本当に法令違反はないんだね」

「あるわけがないでしょう。ただの保存用の書類に過ぎないんですから」

電話を終えて山神は長官室に向かった。山神は秘書に長官の所在を訊いた。電話中のようで、それも長電話だった。山神は控えの間で待った。長官室から潜めた声がドア越しに漏れてくる。首都三洋？　確かに、山神の耳にはそう聞こえた。

金融庁の山神監督局長との電話を終えたあと、高野隆行常務は接応チームの別室に姿をみせた。興奮がおさまらず、部屋の中には剣呑な空気が流れている。高野は作業中の早瀬に声をかけた。

「幣原君は？」

「企画室だと思いますが、こちらには顔を出していません」

「そう……。で、その作業の方は？」

高野は肩越しにのぞき、訊いた。

「押収された資料のリストアップです」

検査官が作成した押収書類一覧を、審査部に残されていた一覧表と対照する作業だ。押収された書類に不都合があるかどうか、それを確認するのが作業の中身だ。その作業を命じたのは、高野常務自身だった。ひとつひとつ確認する必要があるので、結構、手間暇のかかる作業だ。

「で、いつ頃できるかな」

「あと一時間ほどで終わると思います」

そう答えたのは厚田だった。

厚田がいてくれたので、作業は手際よく進んでいる。やはり調査部勤務一筋なだけに厚田は要領を得ている。

「そう、ご苦労ですが、頼みましたよ。終わったら電話をくれないか。会議を開きたいのでね」

「幣原には何か伝えることでも？」

「いや、いいんだ」

そう言い残すと、高野常務は部屋を出て行った。

「落ち着いたものやな、あれだけの騒動のあとなのに常務は、てきぱきと部下に指示を与えている。指揮官というのは、ああでなければならんのやな」

厚田均が高野常務の後ろ姿をみながら言った。

「ほー。厚田さん、あれほど辛辣だったのに高野常務の評価を変えましたか」

「変えましたよ」

そう言って、厚田は笑った。

高野は接応チームの部屋を出たその足で、頭取室に向かった。

「どうなっているんだ」

中西正輝頭取は不機嫌に訊いた。

高野がアテネから帰って以後、中西頭取の精神状態は不安定になっている。不安をかき立てているのは株価が急落しているからだ。頭取室の電光掲示板に現れているCFJ株価は、最安値を更新して終わり、ロンドン市場が開かれるとさらに値を下げている。

買収――。

中西頭取の脳裏をかすめるのは、最悪の二文字だ。金融庁の検査官が本店地下倉庫を急襲した翌日、東京市場が蓋を開けると、まるで投げ売りの様相だ。

翌午前、中西は自室に高野を呼んだ。

「本当に大丈夫なんだな」

中西頭取は昨夜と同じことを訊いた。彼の神経の緊張度合いは、まさしく限界値に達しようとしていた。

「ええ、引き続き押収された書類の分析をやらせているところです。吉成君にも確認したのですが、まあ、問題になるような資料はないということです。頭取、問題はですな……」

言いかけた高野常務の話をさえぎり、中西頭取は席を会議用テーブルに移した。

「あんなくずどもを集め、どうしようもないじゃないか、金融庁の検査に対応できるはずもないじゃないか」

「いや、彼らは立派にやっていますよ。それより、頭取……。昨日の件、どうやら業界に漏れているようなんです」

「漏れている？　どういうことだ」

「背後に大きな動きがあるように思えるのですが……」

「背後って何だ」

中西は気色ばんで聞き返した。

2

早瀬圭吾は神田司町の『ますや』で独酌していた。その日で五日目だ。時刻は九時四十分だ。今夜も目当ての相手は現れそうになかった。十時がラストオーダーの『ますや』の客は、腰を上げ始めている。今夜も無駄足に終わったようだ。

もっとも相手とは約束をしていたわけではない。だから無駄足に終わって当然なのだ。無駄足に終わっても結構。早瀬は通えるだけ通ってみようと心に決め、仕事の帰りに立ち寄るようにしている。

「勘定を頼みます」

と、早瀬が声をかけたとき、暖簾をかき分け、一人の客が店に入ってきた。どこにでもいる平凡なサラリーマンという風体の男だ。顔をみてわかった。牟田要造監理官だ。牟田は黙って早瀬の前に座った。居酒屋の風景によくとけこむ男である。外は雨らしく、牟田のコートが濡れていた。

「早瀬さんですな。ここのオヤジから聞きましたよ。初めてでしたかな」

しゃべり口にぬくもりがある。

「早瀬です。本部で何度かお目にかかっております」

「そうでしたか。それは失礼した。実をいうと、ここのオヤジさんは、よほどのことがない限り、客を取り持つようなことはしないんだ、そのオヤジさんが、珍しく筋を曲げてというもんですからね」

最後の客が帰り、二人だけになった。オヤジは「高清水」を一本おき、俺のおごりだというなり奥に引っ込んだ。ちょっと口は悪いが、人情味のあるいいオヤジだ。あのときの光景を早瀬は思い出した。

「お客さん。ウチはね、客の素性をべらべらしゃべるほど軽くはないんだよ。それがわからなきゃ、二度とウチの暖簾をくぐるのは、よしてくんなよ」

オヤジはえらい勢いでタンカを切った。そのオヤジをなだめ、ことの次第を話してみいと助け船を出したのは、千駄木の肝煎り、提灯屋の六代目花岡忠輔だった。

「俺にゃあ、関係のないこった」

臍は曲げはしたが、そこは根は人情家なのである。

「勝手にしな……」

そう言うなり、あのときオヤジは引っ込んだ。親子三代のつき合いからくる花岡の信用というものだ。本店にいる米国帰りの連中が高等数学を多用しての、ごじゃごじゃいう信用とは異なる信用なのである。

「聞きましょう、話を……」

牟田はコップ酒を一気に飲み干した。

「高野常務が問題なんですか」

「あなた、嫌なことをズバリ口にする人なんですな。世間では、私が高野さんを恨み、その恨みを晴らすため必要以上に強権的な検査をやっている、そう噂しているようですな」

「生来の不調法者なんですのや。不作法はお詫びします。でも半分は事実なんでしょう」

緊張が緩み、牟田は笑った。

「高野常務――。そうですな、高野さんは常務になられ、いま中西頭取の有力な後継者の一人と言われていますな。大変なご出世。結構なことだと思います」

「だからアベンジなんですか」

「上司が死にました。雪冤を主張することもできずに死にました。郷里の先輩。私には兄であり師匠でした、成原さんは……」

「同情しますよ」

「検察の取り調べは過酷でした。だが、自分が助かるため人を売る、許せませんな。絶対に、ね。だからこだわった」

牟田の話し方は微妙だ。すべてを過去形で話している。その話の過半は誤解からきている。しかし、早瀬は黙って聞いた。

「………」

「私らノンキャリアにはね、望んでも望み得ないものがある。だが、この世界には私らとまったく違う別な人種がいる。エリートコースをまっしぐら。一流大学を出て、資格を持ち、地位やポスト、カネ、オンナ。望みさえすれば何でも手に入る。他人の傷みの上に乗っかり、欲しいものを手にする連中。高野さんはそういう人です。だから言って、羨んだりはしない。もともと別種の人間ですからな。しかし、世の中には許せないことと許せることがある。高野さんは許せない側に属する人間でした。しかし、いまは少し気持ちが変わってきています」

「なぜ、です?」

「問題は私の手から離れたからですよ」

「あなたの手から離れた？」

「そうですよ、私の手から離れた。というよりも、私も手駒のひとつだったんです。国策なんですよ。国策の特別検査――。どこでもよかった。不幸にしてそれがＣＦＪだったということなんでしょうな」

「どこでもよかったとは、ずいぶんと乱暴な話や。役所の気まぐれで、二万人の行員が不安におののく……」

「そういうことはよくあることですよ。あなたにもおわかりでしょう」

「わかりますよ。しかし、どう処分するんですか、ＣＦＪを」

「本当のところは私もわからん。しかし、ＣＦＪがいまのＣＦＪでいられなくなることだけは確かでしょうな。つまり、もう結論は出ているのです。これは国策検査なんです。それでも、あなたは戦い続けますか」

「最後まで、戦いますよ」

「やはりそうですか」

「現場にある限り死力を尽くす覚悟です」

「わかっています」

「それならいい。あなたもわかっている」

板前も調理場を離れたらしい。テーブルには「高清水」と二つのコップだけ。店は静まっている。牟田は続けて三杯、コップ酒をあおった。「高清水」はあらかた飲み終えている。顔色に変化はなかった。

「それを伝えたくてね。いやね、あの話を聞かなければ、たぶん、私は今夜、あなたに会うことはなかったでしょうな」

「あの話？」

「ＣＦＪにはまだあなたのような銀行員がいる。ここのオヤジに話を聞き嬉しかった」

「あの話って、なんです？」

「『兼松』のことですよ。その後『兼松』はどうなりました、問題は解決できたんですか。実は、私の実家も小商いをしていましてね、いつも資金繰りで、オヤジが頭を悩ませていた。中小企業、助けてやって下さいな」

「わかっています」

「しかし、まだ戦争は続いている。私とあなたは敵同士――。もっとも、私は再来年のいまごろ、ただの民間人ですが。機会があればまたお目にかかりたいものです」

牟田は財布から一万円札を抜き出し、机に置いてから、立ち上がった。早瀬は牟田の後ろ姿に黙礼した。

本降りになってきた。ありがとさん、とつぶやき、早瀬は表に出た。肌を刺すような北風が通り抜けていく。早瀬は道々考えた。

「救済合併――」

シナリオは動いていることを確信した。


幣原剛志は新橋『いわふね』の奥まった座敷で向原秘書室長と向き合っていた。余人を交えず、二人だけの酒席である。こうして向原と秘密に会うのは、これで三度目だ。それでも後ろめたさはなかった。向原は猫背をさらに丸め訊いた。

「君はどう判断する」

幣原は杯を手にして思った。早瀬は鋭い男だ。確かに俺は浮かせた軸足を、いま向原に移し替えようとしている。それを見抜いていた。しかし、正直、それは賭けだ。まだ迷いがあった。確かに向原は、同僚重役たちも一目おく実力者だ。有力OBたちの信任を得ている。とくに勝田顧問とは濃密な関係を作り上げている。

けれども、秘書室長といえども絶対ではない。頭取として行内権力を掌握しているのは中西正輝だ。操り頭取と呼ばれようが、彼には絶大な権力がある。取締役会議を仕切り人事権を行使できる立場にある。高野常務を含め多くの取締役は、いまは中西頭取の側にいる。陰湿な秘書室支配を嫌い、多くの重役は面従腹背の立場をとっている。

力関係は五分五分だ。いや、中西の方が勝っている。というのも、向原はまだ五十と少し。頭取候補に名乗りを上げるには尚早というものだ。自ら名乗りを上げるのではなくて、中部系の副頭取稲葉良輔を担ぎ出すという噂もある。稲葉副頭取ならば、自由自在に操れる。一期三年――。中継ぎだ。機が熟するのをじっくり待ち、向原政権を誕生させる。長期政権が狙いであり、それが勝田顧問の希望でもある、と噂される。いずれにせよ三期連続の赤字。中西頭取の責任問題が浮上するのは必定である。

だが、中西頭取が辞任し、ＣＦＪホールディングの会長に就任する可能性も否定できない。その場合、有力後継者は高野常務だ。常識的に考えれば、中西派が勝ち組だ。戦いに負ければ報復人事が待っている。賭けに負ければ最悪の場合、銀行を追われる。最善の場合でも地方に飛ばされるのは確実である。他人をけ落としてでも出世の階段を駆け上ろうとする幣原剛志は、聡く計算している。

「それでも……」

と躊躇しながらも、向原に傾斜したもうひとつの理由は、特別検査である。いずれにせよ無事じゃすまないことだけははっきりしている。つまり、特別検査で破綻認定されたとき、思い浮かぶ最悪のシナリオはＣＦＪグループの解体だ。解体を回避するには、他の金融グループと合併する道以外ない。それは事実上の救済合併になる。

強引な特別検査の狙い――実をいうとそれは金融庁による業界再編にあるのではな

いかと、近ごろそう思うようになっている。ならば先手を打ち、これを好機として業界再編の主導権を握り、生き抜く道もある。

「はあ……」

「かまわんよ。遠慮なく思うところを述べてみなさい……」

「自主独立が第一。第二は合併です。合併には二つのケースが考えられる」

「二つのケースとは？」

「ひとつは山東高井。もうひとつは首都三洋の線です。山東高井を推《お》すのは中西頭取です。ただ高野常務は自主独立の構えで、その点では中西頭取とは齟齬がある。しかも勝田顧問は絶対反対の立場をとっている」

「自主独立ね、私も理想だと思うよ。しかし現実を見なければならない。生きるか死ぬかの瀬戸際に立たされているのが現実。現実を見極め、行動するのが二万人行員に対する責任というものですな。だが、高野君は現実を見ようとしない」

向原は、そう言って薄く笑った。

「消去法でいくと、残るのは首都三洋となりますね。首都三洋との関係——。現実的なのでしょうか。行風も違えば、商売のやり方も違います。それよりも何よりも、首都三洋なら事実上の吸収合併です」

「君は、そう思うかね。金融庁のやり方は理不尽だ、金融庁のやり方に異議を唱え、正面から戦う道もある、それが高野君がいう独立自主の道だ。確かに正論だと思うよ。問題は勝算があるかどうかだ、無理だね。私しゃ別な道を選択する。すでに腹を決めたよ。ついてくるかね……」

幣原は大きくうなずき向原の顔をみた。

3

ＣＦＪ銀行本店地下倉庫から押収した大量の隠蔽書類の分析が終わったのは、イブの翌日のことであった。牟田要造監理官は複雑な思いで部下の報告を受けた。

「で、結論は？」

報告は別室で秘密裏に行われた。報告にあたったのは、有資格の若い検査官安田政夫だった。ガサ入れまがいの強引な書類押収で出てきたのは、意外なものだった。

「飛ばしや隠しの証拠を、みつけることはできませんでした。ただし、いくつか質してみなければならない点はあります。いずれも些細なことですが……」

「間違いはないだろうな」

「はい、幾度も点検していますので」

段ボール箱にして約三十個。その膨大な書類の分析を通じ、皮肉なことにもＣＦＪ

銀行側の主張が正しかったことを裏付ける結果になっている。有資格の職員十数人を投入しての分析である。いずれもベテランの職員であり、間違いなどあるはずもなかった。拍子抜けというよりも、検査の杜撰《ずさん》さが叱責される事態だ。

報告を受けた牟田要造監理官は、しばらく自室にこもり考えたあと、検査局長室に向かった。予感はあった。しかし、大量の書類が隠蔽されていると内部告発があった以上、行政としては必要な手を打ったまでだ。そう考え直し、局長室のドアをたたいた。局長室には茂木信助審議官ほか、主要な幹部が顔をそろえていた。

「結果が出たようだね」

恵谷検査局長は牟田監理官の顔を見るなり言った。牟田は軽く黙礼をすると、末席に座り手にしたペーパーを局長に示した。恵谷局長は渋い顔で書類に見入る。読み終えると頭を振り、茂木審議官に渡した。

「いったい、どういうことなんだ。あれほど大騒ぎをして押収したのに、何も出てこなかったとは……」

「何も出てこなかったじゃすまされないだろう」

茂木審議官が憮然として言った。反論の余地はない。鳴り物入りの強制検査。そのあげくの成果は皆無とあっては、幹部が問責口調になるのも仕方のないことである。促され、牟田監理官は書類押収にいたる経緯、資料分析の手順を説明したあと、簡単に結論だけをいった。

「期待したような内容の、飛ばし・隠しの事実は確認できませんでした」

その日も雨だった。局長室は冷え込んでいる。窓際の胡蝶蘭が元気を失っている。胡蝶蘭に暖房は敵だ。そのため恵谷局長は暖房をとめているからだ。

「自己査定を認めざるを得ない、というのが現場の方の結論なのかな……」

ＣＦＪ銀行側の言い分を、素直に受け入れるのか、と恵谷局長は腕を組み、天井を見上げる姿勢で訊いた。竹内大臣の要請に応え、三年以内の不良債権一掃を掲げる恵谷局長は、名うての業界再編論者でもある。恵谷局長は期待しているところがあった。何を期待していたかはわかっている。そして牟田は、この問題が確実に自分の手を離れつつあることを実感するのであった。

ＣＦＪ銀行に対する特別検査は国策検査でもあったのだ。もちろん、牟田監理官にはどういう格好で再編が進むかは、埒外《らちがい》のことだ。わかっているのは、金融行政上、ＣＦＪ銀行をどのように処分するかは、きわめて重要な意味を持つ。

「打つ手はないのかね、打つ手は……」

嘉島秋雄審査課長は、自問するかのような発言をした。審査課とは検査報告書の審査および検査結果を、被検査者に告知するのが、主たる業務だ。まだ検査結果が出てもいないのに審査課長が会議に出ているのも異例だ。そこには金融庁幹部の含むところの意がある。嘉島審査課長が意味ありげな発言をしたのは、もちろん、腹案があっての発言だ。しかし、牟田はかまわず続けた。

「依然として問題なのは、サンエイの評価です。議論の余地はなくはないが、サンエイの債務区分を引き下げれば、確実に資本不足に陥ります。しかし、サンエイは微妙な政治の問題がからみます」

サンエイの債務区分を一段階落とすだけで、五千億円を超える資本不足となる。一段階債務区分を落とすことはサンエイを事実上、破綻認定するも同然だ。しかしそれは政治が判断することだ。それ以上踏み込むのは、検査の現場に立つ監理官の仕事ではない。というのも、サンエイ再建に関しては当事者は自主再建を主張し、経産省は自主再建を支持しているからだ。

もちろん、金融庁のスタンスは、産業再生機構を通じての処理だ。不良債権処理で功を急ぐ総理官邸も産業再生機構に傾いている。自主再建にしろ産業再生機構にしろ、今期決算でサンエイを処理すれば、膨大な処理費用が発生し、ＣＦＪ銀行の資本が毀損される。

「五千億円か……。ＢＩＳ基準を確保するため利益をはき出せば、確実に赤字に転落するということだね。しかし、それで問えるのはせいぜい経営責任だ」

さすがに恵谷局長はわかっている。金融庁の公的資金を受け入れている銀行が、三年連続して赤字決算となったとき、経営者に経営責任を取らせることができる。CFJ銀行の場合、特別検査の結果次第で確実に赤字に転落する。しかし、名うての業界再編論者である恵谷局長は、経営者が退陣するぐらいでは不満なのである。もっと材料はないのか、という顔で牟田をみた。

「日洋もあるじゃないか。日洋の方はどうなんだ」

「問題はあります。しかし、サンエイほどではありません」

「そうか……」

と、嘉島審査課長は腕組みをした。

「どうでしょうか。隠蔽した書類からは何も出てこなかった。それはそれとして、その内容がどうであれ、隠蔽の事実には変わりないじゃないですか。つまり、これは検査妨害にあたるじゃないですか」

そう言ったのは嘉島課長だ。牟田は驚いた。検査妨害は刑事罰を受ける。検査の現場では検査妨害を連発したが、それは威嚇に過ぎなかった。しかし、嘉島課長は本気のようだ。発言の趣旨は刑事告発だ。なるほど、そういう解釈もできるわけだ。

「そいつはどうかな……」

さすがに恵谷局長は首をひねった。被検査者にも防衛権はある。防衛権を無視すれば被検査者の法益を侵すことになる。強制的に書類を押収したが、何も出てこなかった、しかし、隠しや飛ばしでなくとも、書類を隠した行為自体が検査妨害にあたる――などという理屈を、世間が認めるかどうか、むしろ、そこでは強引な検査手法自体が世間の指弾を受けることになりはしないか。それを崩すにはのっぴきならぬ、飛ばし・隠しの、動かぬ証拠を世間に示し、それを隠蔽するための検査妨害であったと証明する以外にない。いまの段階ではそれは無理だというのが、恵谷局長の判断だ。

「しかし、局長……」

嘉島課長が先ほど言いかけた話の続きをした。嘉島課長は刑事告発にこだわった。

4

中西正輝頭取は疑心暗鬼に陥っていた。銀行協会の会合が終わったあと、エレベータに乗り合わせた中川良幸が、一枚のメモを渡した。そのとき、そっとつぶやいた。

「あんた、つぶされるよ」

「どういう意味だ！」

中西が聞き返したとき、エレベータが地下駐車場に着いていた。

「詳しくは、あとで話そう」

そう言い残すと、中川はさっさと車に乗り込んだ。

（ヤツは何を画策しているのか……）

車に乗り、メモに目を通す。

金融庁の特別検査がどんな形で行われているか、中川良幸は詳細な報告を受けているようだった。しかし、山東高井銀行とアヴィヨン・アセット・マネジメントとの関係。中西はまだ疑念を解いていなかった。いや、むしろ疑念を深めている。安値を狙って、まだ買い占めの動きは続いている。

――余人を交えず、サシで会いたい。こちらも私一人。向原秘書室長には、内密にお願いしたい。都合がつけば、年内にも。合併問題を腹を割って話し合いたい――。

とだけメモにはある。

向原秘書室長が頻繁に勝田顧問らOBと会っているのは知っていた。思うところがあっての行動であるのも、わかっている。けれども、向原を外せ！　と言われれば、統治能力を疑われているようで、不愉快だった。

（しかし……）

と中西は考える。異常な特別検査。地下倉庫の書類提出をめぐって、出せ出せない！の大騒ぎで怪我人まで出たとの報告を受けている。やることなすこと、金融庁は強引かつ横紙破りだ。確かに金融庁はつぶすつもりなのかもしれないと思う。

中西頭取を乗せたセダンは、赤坂の方向に走っている。桜田門を左折し、霞が関にさしかかった。銀行協会の会合が長引いた。おかげで少し時間が遅れている。その夜、中西は自民党金融族のボスと懇談することになっていた。懇談とは、有り体にいえば、銀行の窮状を訴えることだ。つまり、ＣＦＪをよろしくということだ。

（単独で生き残るのは難しいかもしれぬ）

次第にそう思うようになっている。また雨が降り出した。ワイパーが忙しく水滴を払っている。携帯が鳴った。舌打ちをして携帯を耳に当てると、高野常務だった。

「いまよろしいですか」

「ああ……」

中西は不機嫌に応えた。

「明日の経営企画会議のことです」

今年最後の経営企画会議が明日午後二時から開かれる。銀行の重要施策を検討する会議だ。議長は代表権を持つ頭取である。そう言えば、まだ議事次第にも目を通していないことを思い出した。しかし、何が議論されるかはわかっている。

ＣＦＪ銀行にとって喫緊の課題は特別検査である。金融庁審査課が、どんな結論を伝えてくるか、それを予想し、幾つかの対応シナリオを準備することである。向原秘書室長らは、合併のシナリオを描き、ＯＢらと接触している。高野は高野で、自主独立路線を主張し、徹底抗戦の構えである。しかし、頭取である中西は揺れている。

電話の向こうで高野が続けた。

「一応、企画部としては三つのシナリオを用意してみました……」

「三つのシナリオね」

「ひとつは自主独立路線です」

合併再編は時代の趨勢だ。金融庁の意向でもある。だが、弱体化しているＣＦＪ金融グループには合併は不利だ。当面自主独立を維持し、増資の可能性を探り、特別検査による資本毀損をカバーするというのが高野が考えている腹案だ。その可否は増資にあると、幾度も中西頭取は説明を受けている。

「それはわかっている。あと二つのシナリオとはどういうものだ」

「特別検査の結果次第ですが、最悪、自己査定を全面的に否認されるという事態も想定しておく必要があるかと思います」

「全面否認……」

中西は思わず、言葉を飲み、携帯を持ち替えた。考えたくもない、想像もしたくない事態だ。すなわち、ＣＦＪ銀行の倒壊だ。現経営陣は跡形もなく吹っ飛ぶ。それが全面否認の結末だ。つぶされるよ、と言った中川の言葉がよみがえる。

「金融庁は本気なのか？」

「わかりません。しかし、解体売却の可能性は五十パーセントを上回る確率です。つまりサンエイおよび日洋の評価次第では、資本不足に陥る可能性があります」

中西は息をのんだ。

「もう一つは？」

「合併でしょう……。山東高井なのか、それとも別な金融グループなのか、それは別としても、自主再建が不可能と判断され、国有化解体の危機を回避するには、おそらく合併以外にないと思います」

「わかった。しかし、経営企画会議の議題としては馴染まんな。明日は、特別検査対応に絞る。そのつもりで……」

「頭取！」

中西は自分でも逃げているのはわかっている。問題の先送りであり、いずれ正面から向き合わなければならぬ時期がくる。それが三月になるか、それとも来期の株主総会の時期になるか、それもわかっている。しかし、退任という言葉が脳裏に浮かび、拒絶感が全身を包む。中西は大きく首を振った。

時間はある、いまあわてて結論を出す必要はない、高野がいうのは取り越し苦労というものだ、いくら全能の金融庁といえども、ＣＦＪ金融グループほどの巨大金融グループを、まさかつぶすことはできまい、中西はそう自分に言い聞かせた。

「ともかく特別検査対応ということで会議資料を用意しておいてくれ」

そう言い終えたとき、中西を乗せたセダンは自民党の有力派閥事務所が入るビルの地下駐車場に滑り込もうとしていた。

「頭取！」

高野常務の呼びかける声がプツンと切れ、機械音だけが残った。

中西正輝頭取が自民党金融族長老の赤坂事務所を訪ね、陳情を始めたとき、千駄木の『いさご』では、奥の小上がりで厚田均が、同僚の早瀬圭吾を相手にちょっと深刻な話をしているところだった。

「誰にも話してないから安心してや」

厚田は気に病んでいる。先ほどから話しているのは、本店地下二階に所蔵してあった書類のことだ。なぜ、地下倉庫の書類を押収したのか、どうして書類の所在を特定できたのか――。彼は甥っ子の関係で疑われることを恐れていた。

内部告発――。行内では内部説に傾いている。誰かがちくった、内部の人間でなければ、一般行員ですら知らない書類の在処が特定できるはずもない、というのが根拠だ。

そうすると関係者は絞られてくる。接応チーム。忠誠心のひとかけらもない連中だ。その中で最も疑わしいのが厚田だ。疑いをかけられれば銀行員としての人生は終わる。厚田にはいつもの饒舌さは消えていた。

内部告発だろうか。早瀬は厚田の顔をみながら思った。少なくとも、厚田ではないことは確信できる。厚田はそういう類の人間ではないからだ。審査部門は、押収された資料は検査には無害だと報告している。無害という意味は、隠し・飛ばしの証拠になる資料は一切ないという意味である。しかし、誰が通報したかは、別な問題として残る。書類の在処を特定して通報したところをみると、内部事情に詳しいのは確かだが、書類の中身までは知らなかった人間だ。

「厚田さんじゃないのは、わかっている。気に病むことはないのや」

慰めの言葉は慰めにならず、厚田はさらに落ち込む始末である。重役どもなど屁とも思わぬ不遜な態度をとる厚田にしては、えらく気弱なことを口にしている。早瀬には、そのことの方が驚きといえた。

「いらっしゃいませ」

玄関先で客を迎える女将の声がする。姿を見せたのは保科弘子だった。別に約束をしていたわけではなかった。視線が合うと指で輪を作ってみせた。同席しても大丈夫かという意味だ。

「呼んだのか、彼女を……」

「いや、彼女もこの店の常連や」

二人は初めてだった。

同じ銀行の行員同士が名刺を交換する。

「厚田さん……。伝説のアナリスト。幾つか論文を拝読していますわ」

さすがに情報通の才女だ。

「伝説のアナリストですか、私は……」

空気が和んだ。

しかし、長くは続かなかった。

「刑事告発される可能性があるみたい」

保科が言い出した。

「刑事告発？」

厚田の顔がこわばった。

「そうみたいなのよ。恵谷局長の報告を聞いた竹内大臣がもの凄い剣幕で怒り出し、すぐ官邸に出向き、徹底的にやらせてもらいますって、総理に伝えたというのよ」

「徹底的にやるって？」

「もちろん、刑事告発を含めてのことだと思うわ」

「うーん」厚田がうなった。

「法律の解釈次第なんや、それは……。その資料がたとえ飛ばし・隠しの証拠でなくても、書類を隠蔽した行為自体が捜査妨害だって認定できるんや。まあ、実際、裁判になれば裁判所がどんな判断を示すか、それはわからんけど……」

「隠した行為自体だって？」

「そうや、泥棒に入ったけど、何も取らずに逃げても、刑事訴追は受けるんや。それと同じことや」

厚田は元気になった。こういう場面になると、厚田は的確な分析をしてみせる。早瀬は厚田の解説を聞きながら、国策検査——と言った牟田監理官の言葉を思い出した。

「国策検査か、なるほどね」

「最初に結論ありきの、検査っていうわけだな。長銀の道か……」

「その可能性は否定できんな」

破綻認定を受け、国有化され、その後、外資のハイエナどもに売却され、行員は四散してしまった悲劇の銀行が長銀だ。それは権力の意思でもあった。

「権力とはそういうもんなのや」

早瀬は続けた。

銀行が倒壊することで、傷つくのは銀行や取引先など、直接の当事者だけではない。思いもよらぬところまで波紋を広げて、人を泣かせ、傷つけ、人の人生を台無しにする。今度のことで、幾人かの行員は刑事訴追をうけるかも知れない。

権力者は己がまき散らした害悪を知らない。人を傷つけ、泣かせ、やがて彼は悲劇の現場から立ち去り、そうやって経歴に箔をつけていくだけなのだ。その権力を相手に正面から戦いを挑む高野常務。その心情とはどういうものか――。自分の主張を貫こうとするサラリーマンとしてはしんどい戦いを強いられるものだ。つらいものがある。

「僕も、そう思う」

厚田は目を伏せ、早瀬が話したことに相づちを打った。

「そんなものかしら……」

保科の受け止め方はクールだった。

「ケイちゃん」

よう！　と元気な声が聞こえた。背後から声をかけてきたのは、千駄木の肝煎り花岡忠輔だ。早瀬は、近ごろ千駄木では、ケイちゃんで通っている。

「いいかい」

そういうなり上がってきた。花岡は遠慮という言葉を知らない男だ。

「ありがとよ、ケイちゃん……」

テーブルに両手をつき、千駄木の肝煎りは深々と頭を下げた。花岡は仁義の男だ。

保科も厚田もきょとんとしている。

「ありがてえやな。ケイちゃんは本物の銀行員。あのやろう、泣いていやがった」

「決まったんやな。よかったやないか」

　早瀬は花岡の手を取った。

「何なのよ」

　保科弘子が袖を引き訊く。

「たいしたことやったわけじゃないのや。犬も歩けば棒に当たるっていうやないの。そういうことや……」

「いやいや、口をきいてもらえなかったら、いまごろヤツは夜逃げさ」

「うーん。そんなことあったのか」

　厚田は悟ったようだ。

「まあ、な」

　簡単に事情を話した。

「指物師の『兼松』でしょう。私、知っているわ。評判の指物師よね」

　保科は地元の事情にも通じていた。本部企画部員の威光はたいしたものだ。幣原は約束を守った。千駄木支店は本部企画部員の意向に逆らえなかったのだ。

「違うわよ、あいつじゃない。銀行は金余りなのよ。兼松は優良企業……。融資方針が変わっただけなのよ」

　保科は早瀬の考えを言下に否定した。

「保科さん、正解ですよ。日銀はじゃぼじゃぼ資金を市場に流し込んでいる。いまはミニバブルの状態……。この三ヵ月で事態は変わった。金融緩和、米国の要請でもあるんです。残念ながら美談は美談にならずですな」

「銀行っていうのは、そんなにころころ変わるもんですかいな？」

千駄木の肝煎りは拍子抜けの体だった。

5

東京に季節感がなくなったのは、いつのころからか。商店街の店先にいつでも季節のモノが並び、年中お祭り騒ぎに明け暮れるのが東京だ。それでも師走である。クリスマスツリーが撤去されると、街角には門松が飾られ、人びとは浮き足立ち、気ぜわしくなる。

「特別検査終了の通告を受けました」

経営企画会議の冒頭、報告に立った高野隆行常務は、同僚執行役員を前にして一呼吸おいた。特別検査終了の通告を、金融庁検査局から受けたのは、その日の午前十時のことであった。三ヵ月に及ぶ攻防は、ようやく終わったのである。しかし、会議室からため息が漏れただけで、執行役員の多くはダンマリを決め込んでいる。

特別検査は時間との戦いだ。通常検査と違って銀行側の決算作業と同時並行で行われる特別検査は、被検査者との見解の相違が生じても、時間がくれば打ち切る。そのことは本部在籍の行員ならば誰でも知っている。だから検査終了通告を受けても予断は許されないのだ。検査結果を通告してくるのは、来春三月頃と予想される。その任に当たるのは現場を踏査した監理官の報告を受け、特別検査の結果を精査する金融庁の審査課だ。

「どんな裁定が下されるかね……」

上席執行役員の一人が訊いた。

「なお金融庁と我が方との間には、大きな乖離がございます。言うまでもなくサンエイ等大口債権の評価でございます」

高野常務の答弁を、中西正輝頭取は手元でボールペンを遊ばせながら聞いている。経営企画会議は経営企画委員長を兼務する中西頭取が議長役を務める。企画部が事前に準備した会議ペーパーには「特別検査対応他」とあるのみだ。特別検査終了の通告を受け、今朝の中西頭取は弛緩している。

「それで、いかほど……」

上席執行役員が質問を重ねた。彼に思惑がないのはわかっている。彼は応えるべき責任者は、井坂芳雄副頭取だと思っている。しかし、井坂副頭取は無言だった。

「金融庁の指摘から逆算すると約七千億円の引当金積み増しを必要とします」

「ほう……」

会議室からどよめきが起こった。〇三年度決算予想では約三千億円の利益計上が計画されていた。それが軽く吹っ飛ぶばかりか、赤字計上を余儀なくされ、国内営業に必要な自己資本比率四パーセント維持すら困難になる。赤字決算になれば、頭取の責任問題が出てくる。

「高野君……」

議長席の中西が声を上げた。

「それには、ちょっと解説が必要だな。高野君がいうのは、あくまで金融庁の主張を全面的に認めればというのが前提——。まあ、最悪のケースだ。しかし、そんなことは絶対にあり得ない。ご存じのように営業利益は史上空前、心配はないと思う」

中西はあくまでも楽観的だった。いや、楽観的であるのは、表面上だけのことで、内心は激しく揺れており、できることなら話題にすることすら、忌避したいのが本当の気持ちである。しかし、部下たちは容赦なく質問を浴びせてくる。

「最悪の事態——。予想されるすべてのことを議論すべきでしょうな。万が一を考えながら最善のシナリオを準備すること、それが株主から附託されたわれわれの仕事です。高野君、腹案はないのかね」

そう訊いたのは、中部系の重鎮《じゅうちん》、稲葉良輔副頭取だった。しかし、彼が本当に一矢報いたいと考える相手は、正面議長席に座る中西頭取だ。特別検査の結果、赤字決算が予想される、中西頭取の引責辞任は濃厚になっている。中部系重鎮の発言は、会議室に波風を立てた。

「問題はサンエイの扱いでしょう。何しろ有利子負債は二兆二千億円。これを金融庁のいうとおりに処理すれば、引当金の積み増しはさらに増える。とても持ちませんよ」

稲葉はダメ押しをしてきた。

「ご承知のようにサンエイは政治案件。経産省も自主再建を支持している。国会の先生方にもご理解いただき、先生方の多くは、サンエイ倒産の影響の大きさに鑑み、破綻処理には異議を唱えている……」

中西は反論した。

前日、自民党金融族のボスを訪ね、中西が陳情したのは、いうまでもなくサンエイ問題だった。サンエイの債務区分を一段階上げただけで、五千億円ほど積み増しは必要なくなる。要するにCFJ銀行が抱える最大の問題はサンエイであり、サンエイ再建の可否がCFJ銀行の運命を決めるという論旨だ。

「しかも……」

中西は続けた。

「頑迷なのは金融庁の一部だけですな。財務省も経産省も自主再建を支持しているのはご承知かと思う」

「それなら結構なことです」

稲葉副頭取はあっさりと引き下がった。

「刑事告発の風評もある」

今度は別な執行役員が発言した。視線は稲葉副頭取に向けられていた。お飾りとはいえ稲葉副頭取はコンプライアンス担当だ。コンプライアンス担当としてきちんとした対応をしたのかという趣旨の発言だ。

「検査対応は遵法精神にもとづき適切に行われたと聞いている。多少のいざこざは、検査につきものですからな」

「副頭取！　私がお聞きしたいのは特別検査の過程において、無法な検査がなかったかどうか、つまり被検査者の法益が侵されなかったか、そのことを訊いているのです」

「さあ、それは……」

中西頭取が赤字決算の責任を取り、辞任すれば、次期頭取候補の一人と目される稲葉副頭取は言いよどんだ。迫力負けしたのだ。中西はなお、部下を掌握している、それを見せつけた格好だ。中部系に出過ぎた真似など許せんと思う、東和系の執行役員は多い。質問を浴びせた執行役員もその一人だった。

「高野常務にお尋ねしたい」

その執行役員は、今度は高野に向かって訊いた。

「なんでしょうか……」

「金融庁検査では無法がまかり通ったと聞いている。対処すべき、法務室、コンプライアンス室には、相談していたのか、そのあたりの詳細をうかがいたいわけです。しかもですよ、風評によれば、行内には内部通報者がいたというじゃないですか。これはコンプライアンス上、看過できぬことです」

何とも露骨なことを質問する。さらに中部系の副頭取に追い打ちをかける構えだ。そうするのが東和系の高野への応援と彼は大きな勘違いをしている。

「相談はいたしましたし、もちろん、コンプライアンス室からは適切なアドバイスをちょうだいしております」

高野は無難な答え方をした。

しかし、内心は苦虫を嚙む思いだった。いま東和系だ、中部系だ、と争っている場合ではない。ＣＦＪ銀行は、つぶされるかどうかの、未曾有の危機に直面している。東和系か中部系かは問わず、取締役・執行役員・幹部行員は一丸となって危機に対処すべきときなのだ。

本来、経営企画会議で検討すべきは危機対処のシナリオなのに、肝心な中西頭取までが問題を先延ばしにする始末だ。頭取が頭取なら、下は下で、勢力争いを繰り広げる始末だ。高野は軀の向きを変え中西頭取に向かっていった。

「いたらぬため、頭取には何かとご心配をおかけしております。東和と中部が合併して三年目。いまCFJは瀬戸際に立たされています。この危機を乗り切るには、まず必要なのは行内融和と上下一致団結です。そこで提案したいことがございます」

中西は目をむき、高野常務をみた。厄介ごとならゴメン被りたいという顔だ。それは高野にもわかっている。その考えを改めたのは今朝の新聞報道を読んでからだった。

「クレディEUジャパン検査忌避、金融庁刑事告発へ」

さしたる事案ではない。デリバティブの金融技術を使って、不良債権を過小にみせたことが検査忌避に問われたのだ。しかし、新聞は刑事告発を視野に入れ、クレディEUジャパンを行政処分すると書いている。行政処分とはクレディEUが日本での営業活動を一定期間停止されることを意味する。

「なぜ、この時期に……」

それを高野は警告と受け止めた。CFJ銀行に対する警告であることは明らかだ。昨日と今日では状況が変わったのに、そう受け止める幹部は一人もいない。

頭取、よろしゅうございますか、高野はもう一度、中西頭取の顔をみた。中西頭取は逃げ腰だが、ここは頭取主催の公論の場だ。公論の場であるのだから、担当常務の提案は受けざるを得ないのである。

「提案、ね」

乗り気ではないが、しかし、聞く耳だけは持つ、という素っ気ない素振りで、同じ言葉を繰り返した。高野は肥満体である。額に浮かぶ汗をハンカチでぬぐい、

「ここでは最悪の場合を想定した対応策を検討しておくべきであると存じます」

と、高野は語調を強めた。

中西頭取の渋い顔がさらに渋くなった。出席者たちは白けている。

十二月末――。この時期、官庁は繁忙を極める。年に一度の国家予算を決める時期であるからだ。深夜にもかかわらず財務省主計局には、煌々と灯りがつき、各省庁からは事務次官や大臣が出向き要求予算の復活を目指す大臣折衝が行われ、その動きを追う報道陣でひっくり返るような忙しさだ。
以前なら、徹夜徹夜の連続で、官僚たちには元日の朝帰りなど、珍しいことではなかった。それでもシーリング方式がとられるようになってからは、大枠がすでに七、八月の段階で決まるため以前に比べればまだ増しだ。財務省隣の合同庁舎十二階だけはひっそりとしている。その十二階金融監理官室で朝刊を読み、牟田要造は首を傾げた。

（はて、何のために……）

毎朝新聞にクレディEUの検査忌避の事案がスクープの形で漏洩していたからだ。もちろん、牟田は誰が毎朝に情報を流したかは容易に想像できた。牟田が今朝新聞を読んでから考えているのは、その意図だ。

――警告。

思い当たることはある。檜垣義孝長官は登庁するなり大臣室に入り、一時間も出てこないと思ったら、午後になり竹内大臣と一緒に総理官邸に出向き、帰るやいなや長官室に幹部を集め、協議を始めた。夕刻になってから、人の出入りで長官室はあわただしくなっている。

牟田は書類を片づけながら思った。刑事告発に踏み切る前触れとも考えられる。総理官邸も、金融庁の報告を受け、腹を固めたとみるのが妥当だ。しかし、まだ庁内には恵谷局長が考えるハードランディング路線に慎重論をとなえる幹部も大勢いる。今朝からのあわただしい動きは、たぶん、庁内の意見調整のためであろう。

（所詮、上が決めること……）

牟田は、現場の検査官の手を完全に離れたことを実感した。書類の片づけを終えると、会議室に向かった。その夜、検査監理官が主催する定例の統括検査官会議が予定されていたからである。特段、緊急な議題があっての統括検査官会議ではない。二十六日金曜。今年度最後の統括検査官会議だ。

十二階の南側奥の会議室には、統括検査官全員が集まっていた。ドアを押し開き、牟田は会議室に入る。ノンキャリア最高峰に位置する監理官を統括検査官たちは起立して迎えた。牟田は両手で制して、部下たちが座るのを見とどけてから、簡単な挨拶をした。ご苦労さんだったたというほどの挨拶で、挨拶が終わればビールの栓を抜き、乾杯となる。あとは無礼講《ぶれいこう》となるのが、これまでの慣習だ。

統括検査官は兼務者を含め総勢十七人。主役は大手行を担当する統括検査官だ。大蔵官僚過剰接待事件以来、検査現場の幹部が料理屋などで宴席を持つことはなくなっている。会議室に持ち込まれたビールもかわきもののつまみも、恵谷局長のポケットマネーと、自分たちで小銭を出し合って、共済組合の売店から買い求めたものだ。出前の寿司は、監理官のおごりである。

例年なら最後の統括検査官会議となれば、大いに盛り上がるものだ。しかし、今夜はそこかしこでひそひそ話が交わされている。牟田は検査官たちの労をねぎらうため、ビールを片手に一人一人に注いで廻った。ひそひそ話は長官室に集まった幹部たちの噂話しだった。

「処分を決めたんですかな」

「さあ、な……」

牟田は部下の一人に問われ、首を横に振った。長官室でやり取りされている光景が目に浮かぶ。金融庁は一枚岩ではない。とくに検査局と監督局の関係は複雑だ。庁内では「守旧派の牙城」と呼ばれる監督局は、銀行業界との関係をより重視する。しかし、検査局はあくまで厳格な検査を主張する。両者の調整をはかるべき立場にある総務企画局は、なお立場を明らかにしていない。問題は檜垣長官だが、あれほど険悪だった竹内大臣に急接近しているとの噂もある。山神監督局長は孤立を深め、金融庁の主流は恵谷局長のハードランディング路線に傾きつつある。そのことは統括検査官なら誰でも知っていることだ。

処分――。

検査官が指摘したことに、ことごとく反駁したＣＦＪ銀行。あまつさえ、不良債権を過小に見せかけるため、書類の隠蔽工作まで行った。明らかな検査忌避だ。業務改善命令が発動されたあと刑事告発に踏み切る。罪名は検査忌避だ。公務執行妨害。長官室での協議は、刑事告発に踏み切るかどうか、その法的な適否をめぐる議論だ。長官室で繰り広げられている幹部たちのやり取りの様子が目に見えるようだ。

牟田のビールを受けながら古参の統括検査官が言った。

「死人が出るんでしょうかな……」

牟田は、その言葉に身震いをした。統括検査官なら、誰もが刑事告発を望んでいる。

いずれにせよ、方向は決まった。幹部たちは現場検査官の望む方向で結論を出すに違いない。いまごろ議論は収束に向かいつつあるはずだ。周囲の反応を確かめながら幹部の誰もが議論疲れを覚え始めたころを見計らって結論を出すのは檜垣長官だ。

「何もなかったではすまされまいな」

「そりゃあ、そうです」

昨年、統括検査官に就任したばかりの男がうなずく。会議室は妙な熱気を帯び、密やかにＣＦＪ銀行の運命が語られている。

約七千億円の過小評価。繰延税金資産の資本参入否認。資本不足の指摘。それらの事実を隠蔽するために行われた検査妨害。罪状は山ほどある。まず第一弾は業務改善命令。次いで一部業務の停止処分を発表。検査忌避の事実は、マスコミに大々的にリークされ、世論を誘導しながら、刑事告発へとつなげていく。それが常套だ。ＣＦＪ銀行の処分は、それにとどまるものではない。銀行としての命脈を絶ち、破綻処理される可能性もある。破綻処理の後は売却だ。どこに売却するかは高度な政治判断で決められる。

「まあ、手順はそんなところでしょう」

「しかし……」

と、古参の統括検査官はいった。

「幹部たちはつぶすつもりなんですな」

「さあ、な……」

牟田は頭を振った。

墓前の誓い――。牟田の意図せぬところで祈願成就したことになる。

第七章　特命シミュレーション

1

　根津谷中の街筋に紅梅《こうばい》が咲き始めた。ウィークリーマンションの裏窓から、隣の庭が見える。昨夜の雪が庭先に薄く積もり、紅梅を引き立てている。この街は紅梅がよく似合う。外は快晴で、雲ひとつなく晴れ上がっている。

二〇〇四年三月七日。その日は日曜日だった。早瀬は厚田均の計らいで、旧東和銀行のOB松原宗之と湯島の割烹で酒席を共にする約束をしていた。銀行を追われた松原宗之はいま、CFJ銀行の関連会社アプリオの社長を務めている。

「四月には大阪に帰れそうだな。その前に松原さんにご挨拶を、と思っている。松原さんが、湯島で一席持つといっている。一緒にこないか」

　早瀬は厚田の誘いを快く受けた。またとない機会に思えたからだ。

　どのみち、日曜日はやることもない、ウィークリーマンション暮らしだ。飲み友だちの保科弘子は旅行中だ。

松原は頭取候補と目された人物である。ちょうどいい機会だ。ＣＦＪ銀行の現状や将来をどのように考えているのか、早瀬は松原に一度じっくり話を聞いてみたいと思っていた。道々、早瀬は考えた。特別検査の終了を通告されたのは、十二月末のことだ。あれ以来無風状態が続いている。金融庁は二ヵ月も何も言ってこない。早瀬には、それが不気味に感じられるのだった。

「手を緩めるはずもない。そのうち、連中は爆弾をしかけてくる」

厚田は厳しい認識を持っていた。その通りだと思う。年が明けてから企画部があわただしい。金融庁の出方を予想しながら対策を練っているようだ。厳しい表情の高野常務。どんな対策を練っているかは、下っ端の行員には見当もつかない。近ごろ、幣原とは滅多に顔を合わせることもなくなった。その分聞こえてくる情報も少なくなった。行内スズメの噂では、接応チームは三月末をもって解散という。支店廻りの行員は、また支店にもどりどぶ板を踏む営業だ。

相変わらず、ＣＦＪ銀行の株価は低迷している。三月に入り、ＣＦＪ銀行はＣＦＪ信託銀行を山東高井銀行に売却することと併せて、今期決算見通しを下方修正することを発表している。このため収益は大幅に圧縮されたが、それでも黒字決算の方針は変えないと、中西頭取は記者会見で強気を通した。

「やっぱり、山東高井かな……」

単独で生き残るのは難しい。経営陣は今期決算を下方修正することで、金融庁の顔を立て、他方、山東高井との提携により、生き残りを模索しているのではないか、などという噂話も流れている。それは中西頭取が推進する路線だ。中西頭取も保身に必死なのである。しかし、勝田顧問らOBの長老たちは山東高井との提携に絶対反対の立場だ。状況は複雑を極め、流動化している。

谷中から湯島までは歩いても二十分ほどの距離だ。沈丁花《じんちょうげ》のにおいに誘われて、裏路地に入った。早瀬は裏路地を歩くのが好きだ。奏楽堂近くの寒緋桜は、いまが盛りだ。根津から上野公園に出て散策しているうちに、気がついてみると、不忍池に出ていた。不忍通りに出ると、その先が湯島だ。時計を見る。約束の時間には間があった。幾分、日が延びたようにも感じられる。

湯島天神の境内はいまが白梅の季節だ。夕刻になり気温が下がり、身を切るような寒風が通り抜けていく。社殿《しゃでん》に帳《とばり》がおり、白梅が照明に浮かび上がっていた。いまは受験の季節だ。希望校への入学を祈願する絵馬が境内のあちらこちらにぶら下がっている。そのひとつを手にしてみた。有名大学への入学祈願だった。鳥居を抜け、右手に曲がり、少し歩いたところに、教えられた割烹があった。

「ごめん下さい」

引き戸を開ける。敷石があり、かすかに雪をかぶった庭木が外灯に照らされている。

感じのいい割烹だ。十四、五人ほども座れるカウンターがあり、その奥が座敷だ。仲居が先に立ち、座敷に案内する。一流料亭にも決してひけをとらぬ、従業員に対して躾のいきとどいた店で、仲居は膝をつき、流れるような仕草で襖を開けながら声をかける。

「やあ、先にやっていたよ」

松原は厚田を相手に、杯を交わしているところだった。まあ、楽にしてや、と一度は頭取候補といわれた男は、存外、気さくに席をすすめる。しかし、厚田はかしこまった姿勢を崩さず、緊張の面持ちだ。松原は二人の出会いを、冗談めかして話した。

「大阪本部の調査部でしたかな」

「はあ……」

二人の年次は一回り離れている。

「僕が三年生のときで、松原さんは係長でした……。おかげさまで、楽しく仕事をやらせてもらいました」

「厚田君は官学の出だった。あのころ、東和には官学出はなかなかこなかったね、銀行といえば、関西の学生には高井が人気で、ウチは敬遠された。大変な秀才が調査部に回ってきたものだから、評判だったたんですよ」

（その秀才がどうして？）

と、早瀬はでかかった言葉を飲み込み、厚田の横顔をみた。

「上司に恵まれなかったんでしょうな」

松原はポツリといった。松原は立ち上がると、障子を開けた。ライトアップされた箱庭があった。昨夜の残雪で薄化粧された庭の草木を浮き上がらせていた。松原は後ろ向きの姿勢で言った。

「中島さん、お亡くなりになったのを、知っていたかね。早瀬君は中島さんと親しかったようだけど」

「中島さんって、梅田駅前支店長をやっておられた中島洋一郎さんのことですか」

「そうです……。本部の役員食堂でお会いした中島さんですよ」

松原はしばらく黙想した。

「すまないことをした。彼は単身赴任で東京で一人暮らし。同じ職場にいながら、彼が死んだことも知らずにいた」

松原の話しぶりからすると、中島は家族とうまくいっていなかったようだ。年末年始を家族が住む奈良で過ごし、東京に戻ったのは正月三日のことだった。アプリオは親会社のＣＦＪ銀行と同様に営業は、五日月曜から始まる。家族とうまくいっているのなら、少なくとも、四日午後に東京に戻れば、いいはずだ。それができぬ、家庭の事情があったのだろう。松の内が過ぎても、中島は出勤してこなかった。一月八日木曜。その日アプリオは定例取締役会議があった。中島は会議室に姿を見せなかった。

「中島さんは、まだ休暇なのかね」

松原は秘書課長に訊いた。

「いや、それが連絡がなくて……」

中島は律儀実直を絵に描いたような人物である。無断で欠勤するなど考えられないことだ。異変でもあったのでは？　不吉な予感がし、松原が秘書課長に命じ、中島のマンションに部下を走らせたのは取締役会議が終わってからだった。

「どうも様子がおかしい」

部下の報告を受け、秘書課長がすっ飛んできた。秘書課長も、ＣＦＪ銀行からの出向組であり、庶務畑が長く、こういうことには慣れている様子だった。

「合い鍵はないのか？　それに家族の方に連絡を……」

松原は矢継ぎ早に指示を出した。

マンションの賃貸契約は、会社との間で交わされていることがわかった。すぐに不動産屋に連絡し、鍵を開けてもらったのは午後十時。松原もマンションに向かった。すでに警察の人たちがきていた。変死の扱いで、現場検証が必要であったからだ。三時間近く現場検証が続けられた。ご苦労様と、現場指揮官とおぼしき人物に松原は名刺を渡した。有名企業の代表取締役の名刺の効果というべきか、しばらく名刺をながめたあと、私服の警部が声を潜めて言った。

「こういうことは親族以外には話さないのが決まりなんですが……。事件性はないようですな。解剖してみないと確かなことはわからないが、監察医の診断では、クモ膜下出血が直接の死因のようですな。死亡時刻は四日午前五時頃。詳しくは後ほど連絡を差し上げるようにします」

四日午前五時。自宅の奈良から帰った翌朝のことだ。彼は誰にも看取られることなく一人で逝った。死後、五日もの間、放置されたことになる。話を聞き、早瀬は他人事とは思えなかった。離婚し、独り身。両親はすでになく、転勤族と結婚した姉は北海道。兄は家業を継ぎ、広島にいる。このところ兄弟と連絡をとることも少なくなっている。

早瀬は思い出した。

梅田駅前支店では、支店長と平行員という関係だから親しく接した記憶はない。台風で新幹線がストップし、中島の紹介で泊まったホテルのバーで語り合ったことは、よく覚えている。ずんぐりした体軀に、細く優しげな目。銀行員らしい地味な服装。支店長時代と少しも変わっていなかった。

「CFJは解体されるかもしれない」

あのとき、中島洋一郎は刺激的な言葉を口にした。そのとき、早瀬はその本当の意味を理解できなかった。いまＣＦＪ銀行の解体は現実味を帯びてきている。

「中島さんが、そんなことを……」

松原は障子を閉めながらいった。厚田はほとんど無口だった。彼も独り身。誰にも看取られず逝く。その可能性は彼にもあるのだ。辛い話である。

「中島さんはね、一度は取締役に擬せられたこともあるんだ。それが、勝田顧問に疎まれて、支店に追い出された。勝田さんの罪は大きい。彼は好き嫌いで人事をやっていたからね」

その中島を、すくい上げたのがアプリオ社長に左遷された松原だった。

「銀行を追われたあとでも、古巣のことを彼は気にかけていたんだね。それにしても、無惨な……」

松原は無念さを噛みしめるように杯をあおった。合併銀行というのは冷淡だ。ＯＢの訃報さえも、回覧されない。四十年も銀行のために尽くしても、こんな扱いか、と松原はため息をもらすのであった。

「確かに……」

と、早瀬は視線を落とした。

「ところで、金融庁の検査は、どうなっているのかね。中西さんは心配はない、といっていたけど、本当に大丈夫なのかね……。無事じゃすまん、そう思えるのだが」

と、松原は厚田の顔を見て訊いた。松原は最悪の事態を想定しているようだった。

「少しも大丈夫じゃありませんよ。悲惨な結果になります」

厚田は答えた。頭の中ではすでにシミュレーションができあがっているらしい。厚田はすぐに説明を始めた。口からすらすらと、数字が飛び出してくる。

「まず、当期の業務粗利益を約一兆三千億円程度として計算します」

「ほう……」

松原は手帳を広げ、メモを取り始めた。粗利で一兆三千億円。史上空前の収益だ。銀行は他の産業に比べ、それほど優遇されているというわけだ。例えば、預金はただ同然で預かり、その上に政府は高利子の国債を優先的に配分している。それにＡＴＭの手数料収入もバカにできない。史上空前の利益を上げても当然なのだ。それに消費者金融から得られる収益もバカにはできない。そんなこんなで銀行は空前の収益を上げている。それなのに銀行は経営危機だという。

「不良債権の処理です。不良債権比率を平成十七年までに三パーセント台に引き下げるとすると……」

まず、現有不良債権は約四兆円。不良債権処理を加速させれば、与信費用は一兆二千億円に膨らむ。与信費用が増大するのは、大口与信先支援コストと貸倒《かしだおれ》実績率上昇によるもので、その大部分を占めるのが貸倒引当金の積み増しだ。以上を前提に計算すると、最終利益は八千五百億円の赤字に転落する。

「うーん」

と、松原はうなった。

加えて言えば、今期決算で多額の損失が見込まれるため純資産はさらに減少する。また保有株式が時価処理されるので、ここでも損失を計上せざるを得ない。

「最終損失計上は三兆円を超えるのは確実でしょう……。BIS基準をクリアできるかどうか、国際営業に必要な八パーセントどころか、国内営業に必要な四パーセントを維持するのも、難しくなるんやないかと思われます」

「なるほど……。いまの経営陣は全員退陣しなければならない事態だね。いや、それどころか、生き残れるかどうか……」

中島洋一郎が一番心配していた事態だ。

「松原さん……」

厚田は金融庁がどう出るかを訊いた。松原はしばらく考えた。

「そう、ね」

松原の旧大蔵省との関係は、つとに有名であり、現役幹部や退職した幹部とのつき合いは、いまでも続いている。そこから入ってくる情報は、貴重なものだ。

「僕はいわば予備役……。発言は慎まなければ、と思っている。それでなくとも、本部は混乱し、困ったことに経営は分裂しているのだから……」

松原の話を聞きながら早瀬は厚田が親炙する理由がわかるような気がした。

「はっきりいえば、検査局はハードランディング派。監督局は躊躇している。両局の間に立ち中立を守っていた檜垣長官。しかし彼は結局、竹内大臣に忠誠を誓った。流れはハードランディングの方だ」

「ハードランディングですか。CFJは国有化されるということ、つまり解体されるということですか?」

「問題はサンエイの扱いだ。CFJ問題はつまるところ、サンエイ問題だからな。サンエイの債権を不良債権扱いとなれば、CFJ銀行の資本金は大きく毀損する。果たして国内営業に必要なBIS基準の資本比率四パーセントを維持できるかどうか……。維持できなければ、国有化される」

「金融庁は腹を決めたんですか」

厚田が訊く。

「しかし、金融庁の判断だけで、処分はできない。抵抗する議員もいる。自民党にはまっとうな政治家もいる。ただ竹内はマスコミを味方につけているからね、まあ、結局のところ、CFJ問題というのは、サンエイ問題……。サンエイの処理如何ではハードランディングは避けられない」

二兆円を超える有利子負債を抱えるサンエイ。そのメインバンクの立場にあるCFJ銀行は約六割の債権を抱えている。それが今度の特別検査で、一気に破綻懸念先にカウントされれば引当金の積み増しが必要だ。引当金はいずれも有税処理されるため赤字転落は確実となる。そうなれば中西頭取の退陣だ。

「それで行内は揺れている」

松原は手荒く杯をおいた。

「向原君は、勝田さんと連絡を取りながら動いているようなのだが、彼らにしても、単独で生きられないと判断すれば、どこかと組むことを考えるだろうな」

そのとき、松原の携帯が鳴った。

「失礼！」

松原は廊下に出た。長話だった。座敷に戻った松原の表情は硬かった。

「高野君からの電話で、ね。高野君、勢古さんを訪ねたそうだ」

勢古雅彦はナカタ自動車の財務担当副社長だ。高野が勢古を訪ねるとすれば、増資の話以外にない。なるほど、増資を実現するにはナカタ自動車に頭を下げる以外にない。いまやナカタ自動車は経団連会長のポストを占める経済界の重鎮だ。そのナカタ自動車が増資に同意すれば、取引先だけでなく、経済界からも支援が得られる。とはいえ、ナカタ自動車の立場は微妙だ。長くメインバンクをつとめてきた中部系に恩義はあっても、東和系に恩義はない。合併後、中部系幹部を次々と粛清した東和系を、ナカタ自動車は決して快く思っていないからだ。

「どんな返事だったんでしょう?」

訊いたのは厚田だった。

「どうもこうもない。そんな大事な話なのに、なぜ頭取の中西さんがこないのか、中田会長が怒っておられると勢古さんは言ったそうだよ。まあ、怒るのも当然だよ。中西さんが頭を下げるのが筋だからね……。しかし、中西頭取は動かなかったようだな」

そう言って、松原は首を振った。

2

霞が関合同庁舎十二階会議室。庁議で使われる会議室には、指定職以上の職員全員が集まっていた。しかも、深夜にもかかわらず会議には竹内芳吉大臣、半藤松三郎副大臣が緊迫の面持ちで出席していた。

「金融庁の沽券にかかわる問題です。座視できる問題ではありません」

恵谷忍検査局長は竹内大臣の顔をみながら声を張り上げた。その恵谷局長を、山神宗雄監督局長は、困ったことになった! という顔で見ている。

検査妨害、検査忌避、書類隠し——などの報告は、即日大臣に上げられていた。しかし、年が明けても、竹内大臣からは、何の指示もなかった。それが急遽、ＣＦＪ銀行処分問題が庁議にかけられることになった。

誰もが驚いた。

「刑事告発を含め、検討すべきだね。業務改善命令などではなめられる」

今朝、出勤した檜垣義孝長官を大臣室に呼び、大臣が告げたのだった。総務企画局総務課長が検察庁に出向き、刑事告発の是非を密かに協議していることは、出席過半の幹部職員は知っている。

「いくら何でも、やりすぎじゃないか」

ひそひそ声が聞こえた。

事態を変えたのは、昨日午前経産省幹部が金融庁を訪ね、サンエイ問題で圧力をかけるような発言をして帰ったことが、金融庁幹部を刺激したのだ。そのことは、すぐに大臣に報告された。

「何様のつもりか……」

報告を受けた竹内大臣は激怒した。激怒したのは恵谷局長らハードランディング派の幹部も同じだった。そして翌未明、急遽、庁議が招集されたのである。しかし、刑事告発には、なお慎重論があった。山神局長が譲らず檜垣長官が態度を保留している。

もうひとつ――。

庁議メンバーなら誰でも知っている。あえて刑事告発に踏み切る理由である。刑事告発に踏み切ることとであり、その処分はもはや官僚たちの手を離れ、政治的に解決されることを意味する。しかし、官僚たちにとって重要なことは、処分の理由とその法的な根拠を明示することだ。

さらにもう一つ、庁議には大事な議題があった。刑事告発のあと、CFJ銀行をどう処分するかだ。試案のひとつは、破綻国有化である。それではショックの度合いが大きすぎ、竹内大臣が提唱する金融改革の方向に齟齬を来すという反論もある。それに破綻国有化では、金融族の猛烈な抵抗が予想される。小村首相も必ずしも、竹内のタスクメンバーが策定した『金融再生プラン』に全面的に同意しているわけでない。そこが悩ましいところで、檜垣長官が態度を保留しているのは、そのためである。強硬派の恵谷局長は続けた。

「放置するようでは現場は持ちません。これは検査現場の総意でもあります」

恵谷は頑張っていた。

まだ刑事告発の是非をめぐって議論は交わされている。しかし、刑事告発は入り口の議論だ。問題は刑事告発後の処分だ。破綻国有化か――。それとも……。

庁内には「それとも……」をめぐって、奇妙な噂が流れている。関与しているとみられるのは、竹内大臣以下、檜垣長官、山神監督局長らごく少数の幹部だ。その方針は、すでに官邸に伝えられ、了承済みとの情報もあった。

中西正輝頭取を乗せたセダンは高輪ホテルから高松宮邸の前に出て魚籃坂を白金に向かっていた。中西は晴れやかな気持ちで車窓を開けた。柔らかな春の到来を告げる風が車内に吹き込んだ。その夜、中西は昵懇の金融族のボス村田忠幸と会った。

村田は岡山選出の代議士で、当選六回のベテラン政治家だ。長く金融問題を手がけ、いまではボス的な存在だ。長いつき合いの議員だ。中西は村田に会って、危機を乗り切る自信を深めた。鼻歌でも歌いたい気分だ。自宅の目黒まではほんの十分足らずの距離だ。中西は大きく伸びをした。時計を見る。正月以来、仕事に振り回され、こんな時間に帰宅できるのは久しぶりのことだ。

「まさか、それはない……」

金融族の村田は断定的に言った。金融問題をこれ以上こじらせるようなことをやれば日本経済は立ち直り不可能な状態に陥る。さすがの竹内芳吉も、そのことはわかっているはずだ。小村首相も竹内の暴走を許すことはあるまい、というのが彼の説だった。

行内を震撼させた特別検査が終わり、すでに二ヵ月が過ぎた。しかし、いまのところ無風状態にあり、村田の言葉を裏付けるような静けさだ。

「まあ、厳しい情勢だ。君たちの要求をすべて通すのは無理だろうな。下方修正が必要かもしれんな。今期はほんの少し黒字を出すだけで十分じゃないか」

ＣＦＪ銀行は約四兆円の公的資金を受けている。優先株を発行し、それを政府が買い取る形で資金を提供する仕組みをとっているのだが、赤字決算で無配が三年続いていたとき銀行の経営陣は退陣を迫られる。〇四年三月期決算が、その三年目にあたる。下方修正とは金融庁検査官の要求を一部のみ、収益目標を引き下げることだ。

「しかし、業務粗利は一兆三千億円。史上初めてのことです。われわれも、努力をしているのですよ。そこのところは、わかっていただきたい」

「わかっているよ。君たちの努力は……。しかし、金融庁にも言い分はある。一部は認めないことにはな」

「問題はサンエイなんです。仮に産業再生機構送りなんていうことになれば、我々の努力は水泡に帰します」

「サンエイは政治案件だからな。しかし、悪い話ばかりじゃない。経産省の連中も産業再生機構送りには反対している。特に事務次官の金杉新市、彼は商務情報政策局以来、サンエイとは何かと因縁の深い男でね、金杉君の意向を受け、動いているのは、商務情報政策局で審議官を務める岩崎健介君だ。とくに岩崎は頼りになる男だ」

その岩崎健介が昨日、金杉次官に同道し、金融庁に出向き、山神監督局長と面談した。面談はサンエイ問題をよしなに！　というのが趣旨であることは、中西も報告を受け、知っていた。経産省は大物ＯＢの池谷治朗を、サンエイ会長のポストに送り込んでいる。まあ身内のようなものだ。

それはＣＦＪ銀行の経営者にとってはグッドニュースなのだ。ともかく自民党金融族はＣＦＪ銀行のハードランディングには絶対反対の立場をとることを約束した。経産省もサンエイの産業再生機構送りに異議を唱えている。サンエイが「破綻懸念先」に債務区分される危機はひとまず回避できる。さすれば引当金も大幅に減額され、今期三月決算は無事乗り切れる。中西は少し浮かれた気分になった。携帯が鳴っている。

「もしもし……」

電話は山東高井の中川だった。

「今夜、時間があるか」

いかにも中川らしいやり方だ。中西は返事に困った。中川はかまわず続けた。

「村田さんとの話は終わったのか」

中西はびっくりした。地獄耳の男だ。村田代議士との面談を、いったい、どうやって知ったのか。

「村田さんの秘書からだ」

中川はあっさりと答えた。それにしても口の軽い秘書だ、と中西は舌打ちをした。

「体は空いているのか」

「ああ」

「ならば、いつか紹介を受けた麻布十番のあの店はどうだ。ワシも近くにいる。三十分後ということで」

そういうなり中川は電話を切った。

いつものこととはいえ、何とも一方的な男だ。中西は毒づきながら携帯を内ポケットに入れ、それでも、今夜中川に会うのも、悪いようには思われなかった。

「運転手さん、右に曲がってくれるかな」

中西は行き先を変更させた。麻布十番には長くひいきにしている小料理屋がある。亭主と女将の二人だけで切り盛りしている小さな店だ。まだ審査部の課長を務めていたころから馴染みにしていた。かれこれ二十年を超えるつき合いになる。同僚や部下たちも誘ったことのない、いわば中西には隠れ家のようなものだ。

別段美味いものを食わせる店ではない。意匠に凝っているわけでもない。気兼ねなくくつろげるのがいい。目立たぬ場所にあるのも何かと好都合だ。それが気に入っている。店の名は『豊後』と言った。『豊後』は商店街から少し離れた、住宅街の一画にあった。看板も出さず、古い民家を改装した店だ。

「お待ちですよ……」

女将は引き戸を開けるなり言った。

「そうか……」

一階はカウンター席とテーブル席。いつも使っているのは二階の座敷だ。女将は先に立ち、二階に案内する。

「中西さまがお着きです」

女将は小声で襖の向こうに声をかけた。思い返してみれば、銀行業界で会合が開かれた帰りのことだった。中川を一度だけ、この店に案内したことがある。

「よう」

中川は学生時代と同じように気軽に手を振っている。座敷に入るなり、中川は座布団を裏に返し、上席を勧める。こういうところがどうにも喰えないのである。

「どうだった」

目をぎょろつかせ杯を勧めながら訊く。せっかちなところも学生時代と変わらない。

「まあ、な」

中西は軽くいなし、杯を受けた。

今夜の中川はどこか改まった態度だ。上席を中西に譲り、姿勢は正座のままである。

その態度に中西はある予感のようなものを感じた。正座の姿勢を崩さず、中川は訊いた。

「岩崎健介、経産省の商務情報政策局審議官の前職は内閣府だ。内閣府では大村首相の政策ブレーンを務め、小村首相とも昵懇の間柄。そいつが、金融庁を急襲した。もちろんサンエイ問題だ……。その話を、村田さんはしなかったか」

「ああ、そんな話も出たように思う」

「そうか、そうだったか。しかし、その話の続編は聞いていないだろう?」

「続編? ……」

中西は思わず、旧友の顔をみた。

「事務方は大臣に報告した。報告を受けた竹内は激怒し、ヤツはすぐに首相官邸に吹っ飛んでいった。小村に報告するためだ」

「それで、どうした」

中川は正座を解き、座り直すと、しばらく間をおいてから言った。

「脅すつもりはない。しかし、事態は最悪の方向に向かい始めた」

旧友とはいえ、中西は商売敵の中川に警戒心を解いていない。CFJにとっての最悪の事態とは、山東高井の中川にとっては喜ぶべき事態かも知れぬからだ。中西は話を促した。

「それで……」

「刑事告発の可能性が出てきたんや」

「刑事告発？」

「そうだ、小村も腹を決めたようだ」

「まさか！」

中西は思わず杯をふるわせた。

3

翌日、毎朝新聞の一面に衝撃的な記事が掲載されていた。新聞を読み、中西正輝はすぐ高野隆行常務に電話をした。来客中のようで少し待たされた。

「すぐに部屋に来てくれないか」

そう言い終えると、中西は机の前で腕組みをした。中川の言っていたのは、事実だったのだ。悪質な検査妨害――刑事告発を視野に入れ、処分を検討。毎朝新聞の一面の見出しにある。検査妨害で刑事告発？　いったい全体、どういうことなのか。そうだ、コンプライアンス担当の稲葉良輔副頭取も、呼んでおく必要がある。今度は秘書に命じて、稲葉副頭取を呼んだ。

「秘書室長の向原君も……」

と言いかけ、中西は両人差し指でバッテンを作り、秘書に頭を振ってみせた。こういうことは、秘書室長が朝一番に報告すべきことだ。それがない、その意味を考えた。向原は朝の打ち合わせを終え、自室に引き揚げた。向原はなにやら不穏である。警戒心が脳裏を駆けめぐる。

こうなってみると、行内に頼れる人間が意外に少ないことを思い知らされる。待つこと十分あまり。その間、中西は刑事告発の意味を考え続けた。そしていまひとつ。昨夜、改めて提案された山東高井との合併だ。あのとき、中川は両手をつき、言った。

「君を上司としてあおぐつもりだ。私心はない。これは銀行業界を守るため、株主を守るため、従業員を守るため、顧客を守るため私心を捨ててお願いする」

あれは嘘でも芝居でもない、本心から出た言葉だと思う。芝居でも、あの気位の高い中川が頭を下げるなどできるはずもない。

「まず信託を先行させようじゃないか」

中川の提案は具体的だった。

「わかった！」

と、あのとき、中西は応えた。

刑事告発――。その後にくるのはＣＦＪ銀行の処分だ。破綻国有化。つまり特別検査で破綻認定を下し、直ちに国有化措置をとる処分だ。そうなれば、株券は紙くずになり、株主に重大な損害を与える。従業員はちりぢりバラバラ。経営者は株主代表訴訟で巨額な損害賠償を請求され、身ぐるみはがされる。それが経営者にとっての破綻国有化の意味だ。

「今度は違う」

と中川は言った。合併問題は幾度となく話し合ってきた。そのたび、中西はのらりくらりと逃げてきた。逃げたのは、現段階での合併はＣＦＪ銀行にとって不利であると判断されたからだ。しかし、過去の行きがかりはともかく、今度は逃げちゃだめだ、と中川はあのとき迫った。中川が言う通りだ。今度は逃げることはできない。危機が中西の身に迫っているからだ。

「合併合意を発表するんだ。先手を打ち」

「…………」

ＣＦＪと山東高井の両金融グループの合併がなれば、資産規模二百兆円に近い、世界でも有数のメガバンクが登場する。その巨大な金融グループを相手に、金融庁は手を下せるか、いや、総理官邸さえも歓迎声明を出さざるを得ない、というのが中川の読みだ。いずれにせよ、手をこまねいていれば、破綻国有化の処分が下る。刑事告発は、その前段の処分だ。決断せよ！　と中川は迫った。

刑事告発――。

中西は怯えている。怯えが思考の柔軟性を失わせている。正念場だ。ドアをたたく音がする。中西は泰然と構えた。

「頭取……」

最初に執務室に現れたのは、高野常務だった。高野は朝刊を何紙も小脇に抱えていた。それを頭取の執務机の上に置く。すでに報道内容の分析が終わっているようで、各紙報道の違いを一枚紙にしてまとめてあった。

「リークのようですな」

「リーク？」

中西は聞き返した。

「金融庁がリークしたか、竹内サイドなのかはわかりません。しかし、関係者じゃなければ知ることができない、幾つかの事実が報道には含まれています」

「いくつかの事実……。例えば？」

中西は身を乗り出し、企画部が作った一枚紙に目を通した。事実関係を横軸に置き、毎朝以下、各紙の報道内容を対照させた一覧表だ。横軸には「地下二階倉庫」とある。関係者しか知り得ぬ事実だ。それを、リークの証拠のひとつとして高野は示した。

(こいつを信用できるか)

中西は高野の顔を見て思った。裏切りやしないか、誰も信じることができない。

頭取自身に火の粉が及ぶ。ともかく周囲に人を集め、防御壁を作り、藩屏《はんぺい》を固める必要がある。ただ、この男は、何を守るのか、まだ守るべき内実が固まっていなかった。そこに稲葉副頭取が姿をみせた。

「大変なことになっているようですな」

稲葉副頭取は他人事のように言った。中西はムッとした。こいつも頼りにはならぬ。三人は会議用テーブルに席を移した。中西は担当副頭取としての見解を求めた。稲葉副頭取は対応策を何ひとつ示さなかった。

「高野君……」

稲葉は逆に高野に聞く始末だ。高野はひとつの考え方を示した。外部の専門家を含め専門委員会を発足させ、自主的に「重大な検査妨害」があったかどうかを検証させ、反論していくことだ。

「そういうことにしましょうや」

稲葉は簡単に同意した。打ち合わせが終わり立ち上がろうとした高野常務を、中西が引き留めた。

「高野君、残ってくれるか」

稲葉副頭取がドアの外に出たのを確かめると、小声で言った。

「対応策、合併以外にないいな」

「合併——ですか」

「そうだ、合併を考えている。まだ誰にも話していないことだが、昨夜、山東高井の中川頭取と会った。細かなことはこれからだが、その事務方を君に……と。もちろん、内密にだ」

なるほど、山東高井——。予想された選択肢のひとつであり、合併相手が山東高井というのも高野には意外性はなかった。

「頭取、増資の件は？」

「わかっている。いまは合併のシミュレーションが先だ。増資問題は後で考える」

「しかし……」

「シミュレーションが先だ」

有無を言わせぬ言い方をした。

「わかりました」

高野常務は軽く頭を下げ、頭取の執務室を出た。高野は役員フロアの長い廊下を歩きながら考え、エレベータに乗ると、人事部のフロアで降りた。二万人行員の人事諸般を預かるのが人事部だ。入り口で声をかけ、人事部長の所在を確かめ、人事部長室のドアをたたいた。おう！　と中から大きな声が返ってきた。

「なんだ、高野君か、どうした」

人事部長の横山大造は、同じく執行役員を務める同期だ。人事と経営企画と別々な道を歩んでいるが高野には気心の知れた男だ。

「ちょっと、頼みがある」

「ほう。珍しいことがある。何だ」

細身で傍目には神経質そうにみえるが、実は剛胆な男だ。高野は二人の氏名を書き、同期の人事部長に渡した。

「中身はいえないが、しかし、この二人を企画部に回して欲しいんだ。もしかするともう一人必要になるかもしれん」

横山は二人の氏名を見ながら、にやりと笑った。横山はわかった！　という風にうなずいた。剛胆な男は決断も早い。

「ひとつだけ訊いてもいいか。二人とも本部の名簿にはない職員だ。汚れ仕事か」

「いや、まっとうな仕事だ」

「なるほど、そういうことなら、例えば、企画部には、幣原君のような優秀な人材がいるじゃないか、彼が駄目なら、何なら俺が推薦してもいいが……」

企画担当常務が所管する大事な仕事を任せるのに、支店廻りの行員でいいのか、と婉曲に訊いたのだ。高野は頭を振った。

「わかった。希望をかなえるようにする」

それから三十分後――。

「えらいことになったな……」

接応チームの会議用テーブルの片隅で、新聞を読みながら、厚田均がつぶやくように言った。接応チームは三月末をもって解散し、各自メンバーは元の職場にもどることになっている。帰心矢の如し、とでもいうべきか、半年に及ぶ窮屈な本部勤めを終え、古巣に戻れることを聞かされた所帯持ちの連中は、うきうきとしている。

そこに電話が鳴った。

「早瀬さん、電話ですよ……」

同僚の呼ぶ声に、早瀬は傍の電話を取り上げて、受話器を耳にした。

「厚田君とすぐに来てくれないか」

高野からだった。第八応接室で待っているという。二人は第八応接室に向かった。第八応接室は通常役員が部外者と面談するときに使う応接室だ。

「なんだろう……」

厚田が不安げな顔でつぶやいた。

ドアをたたく。どうぞ、と声が返った。高野は読みさしの資料を閉じ、二人に席を勧めた。分厚い絨毯。壁には本物と思われる東山魁夷画伯の日本画が飾られている。

「厳秘の仕事をお願いしたい」

「…………」

二人は顔を見合わせた。二人の顔を交互に見比べ、高野は続けた。

「山東高井との合併を前提としたシミュレーションだ。対等合併を目指すには、何が必要かも洗い出して欲しい。例えば、資本増強を図ることなどを含めて……。作業室はアプリオの一室を用意する。松原社長にはすでに連絡はとってある」

「たった二人ですか、常務……」

厚田が訊く。

「いまは非常時だ。なるべく少人数でやってほしいのだ。人手が足りないなら君たちの眼鏡にかなう人を推薦してもらえればと思う。もちろん、厳秘の仕事だから……その心づもりで人選してほしい」

「わかっています。それならば、金融商品企画をやっている保科弘子君を推薦したいと思いますが、いかがでしょうか」

早瀬が言った。

「わかった。手続きは取っておく……」

「ひとつ訊いてもいいですか」

早瀬が訊く。

「ああ、答えられる範囲ならね」

「なぜ、こんな大事な仕事を、われわれになのですか……」

「君たちは派閥のしがらみがないからだ。派閥のしがらみは目を曇らせる。ついでにいっておくと、山東高井以外にも、検討されているようだ。そこがどこであるかは、私も把握はしていない。わかっているのは、向原秘書室長が勝田顧問と頻繁に連絡を取り、事後策を検討しているという噂だ」

「事後策を?」

「ああ、彼らの意識では生き残り策だ。赤字決算となれば、中西頭取の責任問題が出てくるからね。副頭取クラスを担ぎ上げ、後継者の選定に動いているようだ」

「しかし、高野常務は増資を検討されているかに聞き及びます。常務は自主独立路線を諦められた、と」

早瀬は高野の目を見た。

「事態は変わったのだよ。自主独立路線を貫くのは無理な情勢だ。増資を諦めたわけじゃない。いまでも必要だと思っている。私も考え方を変えた。三千億円ほどの増資を実現した上でなければ、山東高井とは対等合併はできないからね、合併するにしてもあくまで対等合併を目指すつもりだ」

4

金融庁からの呼び出しを受けた中西頭取は、金融庁長官の応接室で三十分も待たされていた。中西はいらだっていた。

（無礼な……）

大銀行の頭取を呼びつけ、長時間待たせるとは何事か、しかもお茶さえ出さない。金融庁長官といえども、所詮は税金で養ってもらう役人ではないか、いったい何様のつもりでいるのか――。中西頭取の怒りが頂点に達したのを見計らうかのように、檜垣義孝長官は山神宗雄監督局長及び恵谷忍検査局長を伴い部屋に入ってきた。厳しい表情だ。物わかりのいい山神局長も視線をそらしたまま、向かいの席に腰を下ろした。

「特別検査の結果を伝えます」

特別検査の結果通告とは、銀行の断罪を意味する。恵谷局長が視線を落としたまま書類を読み始めた。いつにない硬い態度。頬がぴくぴくと痙攣している。銀行にはつねによき理解者の山神局長。その山神局長がＣＦＪ銀行を断罪する場に同席するというのも彼には皮肉な巡り合わせだ。

検査結果を踏まえ、金融庁は銀行に対し自らの見解を示すのを通例とする。一昔前は講評と言われた。アングロサクソン風に言い直せば「エグジットミーティング」だ。検査班が銀行幹部と直接顔を合わせ、問題点や改善点を指摘する、いわば儀式だ。しかし、儀式を抜きに、通告は始まった。

「自己資本比率は四パーセント台をかろうじて維持しているに過ぎない」

恵谷局長は続けた。

「不良債権残高は、自己査定よりも一兆円多い。そのため引当金が七千億円不足しています。理由を申し上げましょう。債務区分が適切ではないからです」

中西は愕然とした。自己資本比率四パーセント台とは国際舞台からの撤退だ。七千億円の引当金を積み増ししなければＣＦＪ銀行は破綻に追いやられる。他方、引当金の積み増しは赤字決算を余儀なくされる。いずれにせよ頭取の進退問題が出てくるのは必定だ。

「それでは……」

檜垣長官は腰を上げた。三十分も待たせたあげく通告はたったの五分で終わった。

「バカな！」

中西は帰りの車中で毒づいた。

「頭取、いかがでした？」

頭取執務室に入るなり、姿を見せたのは高野常務だった。

「辞任だね……」

中西は弱音をはいた。最後通告——と、中西は検査通告を、受け止めたのだ。椅子を引き高野は執務机の前に座った。

「手はあります」

「手が？」

中西は疲れた表情で聞き返した。

「検査結果に異議申し立てをするのです」

「しかし……」

中西は語尾を濁した。検査忌避を理由に金融庁は刑事告発をちらつかせている。金融庁は検査結果の通告を、飲むか飲まないか、二者択一を迫っているのだ。飲まなければ、刑事告発——。それが、金融庁の態度だ。

「これをごらん下さい」

高野は分厚い書類を示した。

早瀬圭吾や厚田均らが作った再建策だ。中西はぱらぱらとめくっただけで、興味なさげに書類を机に置き、皇居の杜をみている。中西の顔には敗北の色がにじんでいる。

高野はかまわず説明をはじめた。

「やはり増資です。ＣＦＪ信託売却で約二千億円が見込めます。これに三千億円程度の増資をすれば、今期決算で仮に不良債権七千億円を処理したとしても、なお黒字決算を出せる計算です」

「黒字決算が！」

その言葉に中西は反応した。中西は机に置いた資料を読み始める。たちまち喜色が顔に浮かぶ。

「しかし、金融庁は不良債権残高を一兆円と見積もっている。やはり三千億円は不足する勘定だ。結果は赤字決算……」

高野はかまわず続けた。

「問題はサンエイの債務区分――。サンエイ向け融資の金額を、破綻懸念先に格下げすることは、ウチだけの問題ではなくなる。融資団全体の問題です」

サンエイを破綻懸念先に格下げすることは事実上、清算に追い込むか、産業再生機構送りにすることを意味する。融資団は依然として正木孝典社長が掲げる「サンエイ自主再建路線」を支持している。その再建計画も順調だ。有利子負債の圧縮も進んでいる。そのサンエイを破綻懸念先に格下げすることには融資団全体が反対の立場を取っている。サンエイの有利子負債約二兆円のうち、約六割の債権を持つＣＦＪ銀行としては、一ランク債務区分を引き上げるだけで、三千億円の引当金が不要になる計算だ。

「まだ、戦うことができます」

「そうか……。しかし、増資、増資ね」

中西はそういって唇を噛んだ。


金融庁長官執務室――。

長官室の時計は午後八時を指している。長官室には恵谷局長のほか、検査結果通告の場に同席した山神宗雄局長の顔もあった。ＣＦＪ銀行の中西頭取に検査結果を伝えたあと三人は竹内大臣の執務室に出向き、説明を終えて帰ったばかりだ。

「引導を渡したようなものですな。これで不良債権処理は、大臣が言う目に見える形で加速させることができる」

恵谷忍局長は檜垣義孝長官の顔を見ながら満足げにうなずいてみせた。役人たちは中西頭取の辞任を、もはや時間の問題と受け止めている。激務の半年だった。ついに資産規模百兆円にのぼる銀行を追いつめたのだ。

「牟田君はよくやってくれた」

「人選がよかった」

恵谷の言葉に檜垣義孝長官が応じた。最後まで慎重な立場を取っていた檜垣長官が決断したことで、事態は動き始めた。ここで祝杯を上げたいところだが。まだＣＦＪ

銀行の処分問題が残っている。破綻認定をさらに進めて公的資金投入・国有化の方向か、それとも事実上破綻に追い込み、これを奇貨として業界再編に持ち込むか――。

ＣＦＪ銀行の処分問題は、官僚たちの出世競争にも微妙な影響を与えるため、それぞれの発言は慎重だ。まだ発言を控えている山神局長は腕組みをして、ライバルの恵谷局長の発言を待っている。山神にも山神なりの腹案はある。しかし、まだ手の内を明かすには、時期尚早だと思っている。

「ＣＦＪの株を買い占めている連中がいるようだが、どういう連中なのか、山神君は把握しているだろうな」

話題を変え、檜垣長官が訊いた。

「金融庁に対する報告では、アヴィヨン・アセット・マネジメントが名義人です」

「連中は名義人だろう？」

長官が訊いたのは、連中の背後に隠れている者たちの存在だ。まだ経営権掌握に迫れるほどＣＦＪ株を持っているわけではない。それでも銀行業界再編という金融庁官僚の目論見からすれば見逃すことのできぬ動きである。

「わかっています」

山神はあっさりと応えた。その言葉に恵谷局長の目がきらりと光った。

「ほうー」

檜垣長官が興味深げな視線を向けた。

「首都三洋です」

「連中は首都三洋のダミーということか、なるほど……」

檜垣長官がうなずいた。

「目論見は？」

「吸収合併が狙いでしょうな。一定程度株を買い占めたあと、ＴＯＢをかけるか、それとも……」

同業者にＴＯＢをかける。ＴＯＢとは株式の公開買い付けの意味だ。つまり経営権の取得を目的に株式市場の外で不特定の株主に対し、期間、株価、株数を公開し、株を買い付ける手法。特定株式を五パーセント以上取得したとき、金融当局に届け出しなければならないルールがある。

銀行が同業にＴＯＢをかけるなど、昔なら考えられないことだ。それがいま平然とまかり通る。しかも金融庁は蚊帳の外だ。

（しかし……）

と、山神は思う。

金融庁長官の立場にある檜垣のことだ。ＣＦＪ銀行株を買い占めている連中の存在は知っているはずだ。もちろん、アヴィヨンが首都三洋のダミーであることも。それを承知でＣＦＪ銀行株買い占めを話題にしたのは、それなりの意図があってのことであるのは山神にもわかっている。

業界再編――。その組み合わせを、長官は示唆したのだ。それは竹内大臣の意向を代弁しているのか、それとも、檜垣長官の思惑なのか――。それは判然としない。しかし、ＣＦＪ処分の方向は、業界再編と結びつけて長官が考えていることだけは確かだ。

「なるほど、ね……」

恵谷局長が初めて聞く話だという風にうなずいてみせる。山神は疑っていた。ＣＦＪを追い込み、業界再編を促す謀略の絵図を書いたのは、実は恵谷ではないか――と。首都三洋頭取、高島淳三郎との浅からぬ関係。恵谷が首都三洋を推すなら、対抗馬を用意する必要がある。山神は恵谷の顔をみながら、山東高井の中川良幸の顔を思い浮かべた。

（俺の出番だ……）

山神は心の内で思った。

特別検査が終わり、検査結果が通告されたあと、銀行処分のバトンは検査局から監督局に移る。ＣＦＪが検査結果にどう対処し、健全化計画を出してくるか、それを指導する立場にあるのが監督局だ。恵谷は鬼の検査官牟田要造を巧みに使うことで、Ｃ

ＦＪを追いつめ、手柄を立てた。手柄を独り占めにさせるわけにはいかぬ……。

その夜から一ヵ月後――。

山神宗雄局長のもとにＣＦＪ銀行の中西正輝頭取が訪ねてきた。特別検査に対するＣＦＪ銀行としての業務改善計画を、報告するためだった。頭取にはＣＦＪ銀行の知恵袋高野隆行常務が随伴していた。

「ご心配をおかけしています」

銀行のよき理解者とされる山神宗雄監督局長に中西頭取は低頭した。

「お楽に……」

山神は高野常務が差し出した資料を受け取りながら、二人に席を勧めた。その日は和やかな雰囲気のなか、会談が始まった。山神は眼鏡をかけ直し、受け取った書類に目を通し始めた。顔が次第に厳しくなっていく。

「本気ですか……」

ザッと資料を読み、山神は詰問する口調で訊いた。黒字決算を前提とした業務改善計画だ。許し難いと思った。内容から判断するに検査結果について異議申し立てをする腹づもりなのだ。頭取辞任など、さらさら考えていない。本気か！　と山神は今一度きつい口調で訊いた。半分は脅しだ。中西頭取が動じる気配はなかった。

「その通りです」

中西はあっさり応えた。頭取職を辞任するつもりもないし、七千億円の引当金を積み増す意思もない、債務者区分の評価については改めて「異議申し立て」をする意向を、中西頭取はさらりと述べた。

「ただ収益計画については下方修正せざるを得ません。理由はサンエイをのぞき、大口債権を見直したためです」

高野常務が補足した。

「つまり、連結最終利益を、当初の二千億円から七百八十億円に下方修正し、その分を引当金に充てる計画です。サンエイの債務者区分については、私どもが単独で修正するわけには参りません。ご承知のように融資団は、正木社長にお願いし、再建途上にあるわけでして、勝手に債務区分を変えるわけにはいかない事情がございます」

それを山神局長は逆襲と受け止めた。

「言い分はわかった」

そう言うと、山神は立ち上がった。

二人の客が帰ったあと、山神局長は局付け審議官の鈴村繁之を呼び、二つのことを命じた。温厚な人物として知られる山神局長がいつになく厳しい顔をしていることに鈴村審議官は用件の向きがすぐにわかった。

ＣＦＪ処分――。

その表情から読み取れるのは、庁内で語られている処分よりも、はるかに厳しい処分になることだ。つまりCFJ銀行を事実上、解体することを決めたものと理解した。

「まず銀行法二十四条の検討。それから以下の事実を、FRBに通報すること、以上を可及的速やかにやって欲しい」

「わかりました。すぐにやります」

銀行法二十四条とは、まず検査結果を被検査者が決算にどのように反映させたか、もし検査結果を否認するのなら、その理由を書面で報告させる義務を課しているのが、銀行法二十四条だ。同条は罰則を含み、銀行はこれを無視することはできない。

審議官が部屋を出て行くのを見送り、山神は受話器を握った。電話をかけた相手は東京中央監査法人だった。東京中央監査法人は日本でも有数の監査法人であり、CFJ銀行の監査を担当していた。

「西岡さんを……」

西岡はすぐに電話に出た。東京中央監査法人で理事を務める西岡広志とは、旧知の仲でもある。西岡は電話ですまされるような用向きではないことを理解したようだ。手帳をめくる音が聞こえてくる。

「そうですな、今週なら木曜日なら午後から時間がとれますが……」

「結構です。それじゃ。午後三時。こちらでお待ちしております」

早瀬圭吾は桜のつぼみが膨らみ始めた上野不忍池を、同僚の保科弘子と歩いていた。まもなく四月である。来週には不忍池あたりは花見客で賑わいをみせる。まだ頬にあたる風は冷たかったが、それでも日が延び、日一日と春の気配が濃厚になっていく。

「大変だったわね……」

保科は大きく胸を反らし、深呼吸しながらいった。確かに大変な仕事だった。与えられた時間はわずか一週間——。

「あなたたち、すごいわね。支店にそんな人材が放置されていたなんて、これまで考えもしなかったわ」

「君だって、大変なものや」

「そうかしら……」

ＣＦＪ再建策は、早瀬がストーリーと理屈を考え、厚田均がアナライズと法律問題などのディテールを固め、保科が財務表の作成などを、それぞれが分担して作業を進めた。後半に入るとホテルに部屋を取り、そこに高野常務も加わり、再建策を仕上げたのは、中西頭取が金融庁から呼び出しを受けた前日のことだ。睡眠時間は平均三時間余。作業が終わり、三日間の休暇が与えられ、仲間三人でちょっとした打ち上げをやることになった。

「たまには豪勢にいきましょうや」

「そんなら、松原さんがひいきにしている湯島の割烹はどうや……」

「しかし、あそこは高いぞ」

その話をしているとき、作業部屋に姿をみせた松原宗之社長が背広の懐から、白封筒を黙って差し出した。

「………」

「女将に電話をしておく。打ち上げの日取りが決まったら教えてくれるか」

「しかし……」

「いいんだよ。君たちの仕事ぶりをみていて思い出したんだよ。君たちがいる限りまだCFJ銀行は大丈夫だって、ね」

「ありがとうございます。遠慮なく」

潔癖性の厚田が白封筒を押しいただき、低頭した。松原はそういう気の遣い方ができる男なのだ。それを固辞してはならぬことをさすがの厚田も心得ていた。その松原も赤字決算の責任をとり、今期限りでアプリオ社長を退任することになっている。

日が延びたことが実感できる。不忍池の湖上に浮かぶ六角堂が夕日に照らされ、くっきりと浮かび上がっている。二人は不忍池から天神坂下に出た。このあたりにはラブホテルが乱立している。

「入っちゃおうか……」

保科がぺろりと舌を出し冗談を言う。

六時近くになっている。

「また大阪にもどるんやな……。けど、まだわからんな、どうなるか」

接応チームはとっくに解散し、仙台支店から来ていた山根敦夫も、都下支店の高尾伸三郎も去り、東京本部に残るのは厚田と二人だけだ。臨時の本部勤務は臨時の仕事が終われば用なしとなる。淋しいものや、と道々そんな話をしながら歩いていると、目的の割烹の前に出ていた。

「なんや、近くのくせに遅いじゃないの」

座敷では厚田均が手酌で日本酒を飲んでいるところだった。今日はラフなジーンズ姿である。二人が席につくと、間をおかずすぐに前菜が運ばれてきた。この店は手際のよさがモットーである。

「ごくろうさまでした！」

三人とも日本酒党である。猛烈に働いた一週間だった。

「しかし、どうやろうか……」

厚田も同じことを考えているのだ。

再建策――。

それを金融庁がすんなりと認めるかどうかは疑問だ。何しろ国策検査なのだから。

「そうや国策検査なんだ」

厚田がぼそりといった。

三日後の休み明けの朝、早瀬は高野常務に呼ばれ企画部にいった。窓を背にした幣原の姿があった。忙しくしているようだ。やあ、と声をかけただけで幣原は書類に目を落とした。何を考えているのか、近ごろの幣原は妙に浮わついている。

「やあ、ごくろうさん」

高野は一枚の英文の書類を渡した。レターヘッドに「ＦＲＢ」の文字がある。アメリカ連邦準備制度理事会の略称だ。米国銀行制度の根幹をなす金融の中枢機関だ。早瀬は書類に目を通す。

「やはり手を回したのですね」

「君も、そう思うか……」

書面には、貴行は金融庁特別検査を受け入れるに際し、資料隠蔽等検査忌避、検査妨害等の違法行為があったとの報告を受けている。右事実に関し、速やかに回答をなされることを希望する――と。

新聞やマスコミ報道を根拠に質問する形をとっているが、質問項目は新聞報道の範囲をはるかに超えていた。ＣＦＪ銀行は米国市場でも株式を上場している。不正行為があると判断されれば、米国市場での上場廃止など厳しい処分がなされる。ただ疑問は残る。なぜＦＲＢなのか――。通常なら日本の証券取引等監視委員会に相当する機関が、この種の問題を取り扱っているからだ。

金融庁の通報――。その意図は明白だ。米国を使って圧力をかけてきたのだ。断固とした国策検査の意思が伝わってくる。どんな手段を使ってもＣＦＪ銀行を破綻に追い込むという国家意思だ。

「もう一つあるんだよ……」

「何です？」

「東京中央監査法人が、決算承認はできかねると言い出しているんだよ……。金融庁が手を回したんだろうな」

そういって高野は薄く笑った。米国を使って圧力をかけ、さらに監査法人を通じて揺さぶりをかけ、ダメ押しをする金融庁。

「疲れたよ……」

高野常務は初めて弱音をはいた。

「常務！　誰がしかけたのです？」

「はっきりはわからん。しかし、首都三洋銀行の高島淳三郎頭取――。本当の仕掛け人は高島頭取の線が濃厚だね。行内にも内通者がいるかもしれない」

実は、早瀬も同じ疑いを抱いていた。金融庁幹部とのタグマッチ――。猛然たる闘争心がわき上がってくる。

「監査法人にまで裏切られたのでは、手の打ちようがありませんね……」

「そうだな。中西頭取も辞任の覚悟を決めているようだ。大将が崩れちゃ、もはや勝負にならん……」

高野は大きく頭を振った。

向原秘書室長や、稲葉副頭取の執務室周辺がにわかににぎにぎしい。はやくも次期頭取の人選をめぐる暗闘が始まったのだ。これで勝敗は決まったのだ。人は権力者になびくものだ。こうなると中西は過去の人だ。

「しかし、座して待ちますか、破綻に追いやられるのを……。ＣＦＪ銀行が二束三文でたたき売られるのを」

そういった早瀬の顔を、高野は凝視した。

「何をやる！」

高野の目が生気を帯びてきた。

「アベンジですよ、常務！　アベンジです。銀行には銀行のビジネスのやり方があります。その銀行のビジネスのやり方で、銀行員としての矜持を示すのです」

アベンジか――。

「そうです、アベンジです。支店廻りの行員にも銀行員としての矜持があります」

牟田監理官はリベンジだった。自分たちは違う。

「なるほど！」

上司の恨みを晴らすのは私憤である。アベンジとは公憤である。なるほど、あり得る手だ。高野はおもしろいと思った。

第八章　不完全な勝利者

1

　四月二十六日月曜午後。財務・審査・企画の各部による合同会議が開かれた。決算見通しを最終的に確認するための会議だ。その日も朝刊各紙は「ＣＦＪ銀行検査忌避、地検特捜部も注視！」と、扇情的な見出しをつけ大きく報道している。会議室が陰鬱な空気に包まれているのは、そのためだ。

「それでは……」

　高野隆行常務は、これが最後の会議になるかも知れない――と思いながら、開会を宣言した。修正に次ぐ修正の決算見通し。いわば敗北を宣言する会議だ。高野は昨夜、中西頭取と交わした会話を思い出した。

「無駄だよ、高野君。いまさら何をこだわるんだ」

　中西は何もかも投げ出していた。

「銀行員としての矜持です」

「矜持ね。銀行としての矜持か……」

「……………」

「そんなもの、とっくに捨てた。私はこれから隠居だ……。顧問の職も断るつもりだ。CFJとは縁切りだ。さばさばした気分だ」

負け惜しみか、ただの強がりか。中西は乾いた声で笑った。やはり中西は東和銀行で育った人間だ。無念を目元で語っていた。

「隠居ですか」

「そうだ、隠居よ。まだ軀だけは丈夫だからボランティアでもやるつもりだ」

「隠居の隠の字は、世を逃れるという意味だけじゃないそうです」

高野は、そう言って頭取ににじり寄った。

「ほう」

中西はただ笑っている。

「奥深いとか、やすらか、という意味があります」

「君は何を言いたいんだ」

「奥深く――最後はやりたいのです」

「奥深くか……」

「最後でしょう、頭取。私の担ぐ御輿《みこし》に乗っていただきたい。いや、中西頭取、乗っていただかなければならないのです。乗るのは東和の人間の宿命です」

「君には苦労をかけた。報いることはできなかった。君が御輿を担ぐというのなら乗らねば義理が廃《すた》るというものだ。乗ろうじゃないの。君の担ぐ御輿に……」

「ありがとうございます。最後までわがままを通させていただきます」

高野はアベンジの一部始終を話した。

「なるほど、こりゃあ、中川君も乗るな。君が思いついたのか」

「違います。支店廻りの行員です」

「そういう行員がまだウチには生き残っていたんだな。誰だ、そいつは？」

「早瀬圭吾です」

「聞いた名じゃないな」

あのとき、中西は身を乗り出した。

「常務……」

吉成厚志第二審査部長の声に、高野は我に返った。

「吉成部長、続けて下さい」

まず傘下のＣＦＪ信託銀行の売却問題。高井信託に二千億円で売却。売却資金を資本勘定に組み入れること。特別検査の通告を受け入れ、債権者区分の見直しをした結果、今期は約四千億円の赤字が発生すること。自己資本比率八パーセント台を維持するのが困難な状態にあること——などを、吉成審査部長は淡々と述べた。会議室には声がなかった。三月期決算修正——敗北宣言を確認し、合同会議は早々と終わった。

会議が終わると、高野は中西頭取の執務室に向かった。

「そうか……。ご苦労だった」

執務机の上に、次期役員人事の名簿があった。その名簿をみて高野は驚いた。副頭取クラスの取締役が退任するなか、ただひとり幾田定行副頭取の名前があったからだ。幾田は中部本部を担当する副頭取で、勤務先は名古屋中部本部だ。出自は東和系だが東京本部とは縁の薄い男だ。

「次期頭取の選任は、私の専権だからね」

中西は笑った。

高野は幾田を後継者に選んだ理由がわかるような気がする。

「彼はナカタ自動車との関係で苦労をしているから中部系の連中ともうまくやれると思う。後事を幾田君に託すことにした」

妥当な人選だと高野は思った。

二ヵ月後、中西正輝頭取の辞任を受け、幾田定行が頭取就任の記者会見を行った。記者会見では、幾田新頭取は徹底して金融庁に恭順の姿勢をとった。すなわち、特別検査の結果を無条件で受け入れ、一兆円におよぶ不良債権を処理することを約束し、四千億円の赤字決算を発表した。自己資本比率は八パーセント台を割り込み、国内営業に必要な四パーセントを維持するのも怪しげな状態にあった。資本不足をどうするつもりなのか、と記者団から質問が出た。

「ＣＦＪ信託売却と増資をお願いし、何とか切り抜けたい」

大きな体を縮め、幾田頭取は苦渋の表情を浮かべて答えた。

記者会見の模様は翌日の朝刊に載った。

「なんです、これは！」

新聞を片手に竹内芳吉金融担当相は、部下の監督局長に向かって怒声を上げた。竹内大臣が怒ったのは、退職役員の再就職先のことだった。副頭取クラスや執行役員は、慣例にもとづき、ＣＦＪ銀行の関連企業への天下りを決めている。その人事を揶揄する記事がその日の新聞に載っていたのだ。

「わかっちゃいないんだよ、彼らは……。見逃すわけにはいかない。いずれも検査忌避のＡ級戦犯じゃないか」

怒りがおさまらず、顔を歪め竹内大臣は新聞を机にたたきつけた。学者上がりにしては存外感情的な男である。

Ａ級戦犯――。

検査忌避に積極的に荷担した行員を、刑事告発を念頭におき、検査局がリストアップしている。そのうち、指揮監督にあたったとみられる副頭取を含む幹部行員を、A級戦犯と呼んでいるのだ。民間企業の人事にクチバシを挟む異常さ。しかし、竹内大臣が本当に怒っているのは、そのことではない。大臣が懸念しているのは、事態の収拾がCFJ銀行のペースで進むことだ。

例えば、CFJ信託銀行の売却など、以後の再建計画に重大な影響を与える問題で、CFJ銀行に勝手をさせないことだ。あくまでも金融庁主導でなければならないのだ。正確にいえば、竹内大臣主導による処理だ。竹内が怒った理由はそれだけではなかった。CFJ信託銀行の売却問題にことよせ、前頭取の中西正輝と山東高井銀行の中川良幸頭取が密かに連絡を取り合っているという情報が伝えられていた。それを竹内は、両行の合併問題と受け止めた。それだけは竹内には許せぬことだ。

「わかっています、大臣……」

山神宗雄局長は応えた。

「来週、業務改善命令を出します」

「わかった、続けてくれ」

山神は本来の用件を話した。

業務改善命令――。

それはマスコミを意識して作られた。そこには検査忌避に加えて、中小企業向け融資のかさ上げ、経営健全化計画で約束した利益水準の未達成、先に提出した業務計画と三月期決算との乖離――など、四つの罪状が示されている。ひとつの銀行に四つの業務改善命令が出されるのは、きわめて異例なことだ。

「なるほど……」

書類を手にして竹内大臣はうなずいた。

「なかでも問題は検査忌避です」

山神は続けた。

銀行法では検査忌避には罰則がある。検査に際し、金融機関の職員が質問に答えなかったり、虚偽説明したり、検査拒否や妨害したりする行為を、銀行法では違法行為とされ、違反者が個人ならば一年以内の懲役または三百万円の罰金刑が科せられる。

「いつ告発に踏み切るか……」

竹内は急かした。

「大臣のご意向次第です。しかし、いきなりの告発は、どうか――と」

「どういうことか、説明をしてくれるか」

竹内は小さな軀を、背もたれにあずけて部下の局長の顔をみた。

「すでに告発の準備は整っています」

大臣に示した書類には、付属資料が添付されていた。添付資料には、銀行法で言う違法行為の具体的事例が示されている。日時や場所、誰が――検査妨害の事実がこと
こまかく列挙してある。

「検査忌避は、ＣＦＪ銀行が組織ぐるみで行ったことです」

「前頭取が関与しているのかね……」

「さあ、それはわかりません。ただ疑いは濃厚です。しかし、告発は最後のカード。このカードは中西の動きを封じることができますから。ただその前にＣＦＪ銀行自身に再建の方策を出させることが先決だと思います」

「再建の方策――ね」

その言葉の意味を、竹内大臣もよくわかっている。竹内大臣や恵谷忍検査局長の腹の内をいえば、百兆円を超える資産を持つＣＦＪ金融グループを、たったの四千億円程度で首都三洋に売却することだ。他方では、小村首相に目に見える格好で不良債権処理の実績を示すことができ、一石二鳥というわけだ。

しかし、なお山神は最後の判断に迷っていた。内実は金融庁が主導する合併だが、世間にはＣＦＪ銀行が自主的な判断で合併を選択したかのようにみせなければならぬ。それを金融庁では「再建の方策――」と呼んでいるのだ。そう仕向けるには、刑事告発カードは最後の最後に切るべきだというのが監督局長の考えだ。それに売却先を、

首都三洋銀行に絞ることにも抵抗を覚えている。

「幾田頭取はＣＦＪ信託の売却を急いでいるようだね。相手は高井信託となっているが――。許せば流れが決まるんじゃないか。発案者は前頭取というじゃないか……。私にはね、新頭取幾田は前任者の路線を忠実に踏襲しているようにも見えるが、それじゃ、困るんだよな」

　大臣は珍しく本音を口にした。大臣の心は首都三洋にあるのだ。

「いずれにしましても、そのことはＣＦＪが自主的に判断することです。再建策を発表する時期については、慎重に検討する必要があろうかと思われます」

「わかった。そこんところは、事務方でもう少しつめてくれないか。この資料だが、マスコミに流してもいいんだな。私の方から副大臣に話しておく。彼にも、ときには花をもたせなければな……」

　何のことはない、自分は手を汚さず、副大臣を通じてリークさせようというわけだ。学者上がりの大臣は、政治家以上に政治家的で、やり方は老獪である。

「大臣の判断にお任せします」

　山神は大臣室を辞した。執務室にもどる道々山神は考えた。二つのことを、早急にやる必要があると。

　翌日、早瀬圭吾は新聞を読み、来るものがついに来たと思った。検査忌避を理由に刑事告発に踏み切ることを示唆する記事だ。間違いなく金融庁のリークだ。三月末から四月にかけて検査妨害を伝える記事はあった。地検特捜部も、事態を注視しているとも伝えていた。しかし、以前の報道に比べて、明らかな違いがある。現場をみてきたかのような書き方をしていることだ。つまり、事態が第二ステージに入ったことを示唆している、そう早瀬は受け止めた。

「組織ぐるみの隠蔽工作……」

記事は刺激的だ。

「電子データは、すでに使用済みになっている大阪本部のコンピュータに移し替え、隠蔽を図った」

「大口融資先の経営者との会談記録、債権者会議議事録の改竄を行い、一部は削除するなどし、これを隠蔽した」

「地下倉庫の隠蔽書類の存在を検査官に指摘され、それらの書類の提出を要求されると、I副頭取やY審査部長らの指揮のもと、複数行員が集団で暴力行為をもって資料提出を阻もうとした」——等の罪状列記。

あのときの現場を知るものなら、でっち上げの作文であることはわかる。しかし、いかに抗弁しようとも、世間はリーク情報の方を信じるであろう。I副頭取は井坂副頭取、Y審査部長とは吉成第二審査部長を指しているのは明らかだ。刑事告発の対象者を絞り込んだのだ。組織ぐるみの隠蔽工作——と、断罪する以上対象は中西元頭取にも及ぶ可能性がある。なにしろ国策検査。あり得ることだ。ただ、そこに高野を示唆する名前がないのが不思議に思えた。

パーティションで仕切られた、早瀬の机は企画部の片隅にある。高野常務の特命事項を担当するということで与えられた机である。本部エリートたちの視線は、相変わらず冷たかった。しかし、今朝のエリートたちは自身に危険が及ぶのを恐れ、浮き足立っている。

（しかし、これは揺さぶり）

と、早瀬は考えた。

「厚田さん、よろしいですか」

「ああ、暇だがね」

パーティションの上から顔をのぞかせ、厚田が笑っている。いつものひょうひょうとした顔だ。暇ならお茶でもしようや、と言いながら半開きになっている高野常務の部屋を見ると、姿はなかった。

「えらいことになっているな」

役員食堂で向き合って座り、コーヒーカップを両手で持ち厚田は言った。役員食堂の従業員とはすっかり顔なじみで、誰も二人をとがめるものなどいない。眺望がいい。

皇居の杜の木々は薄緑に染まり、初夏を思わせるような空の色だった。

「やっぱりここだったのね……」

早瀬の隣に座った保科弘子のはく息は荒かった。情勢に変化があったのだ。彼女も特命事項を担当する仲間のひとりだ。

「何があった？」

厚田が保科の顔をのぞき訊いた。

「信託問題よ……」

「どういうことや、信託問題って？」

保科はかいつまんで事情を話した。

「首都三洋が……。幾田頭取は断ったんやろうな。きっぱりと」

「いや、頭取はぐらつき始めたので、高野常務がいま説得にあたっているらしいの」

「やっぱり、そうだったのか……」

早瀬は腕を組み、黙想した。しかし、連中ならば当然考えるであろうし、早瀬が想定したシナリオのひとつでもあった。

2

高野隆行を乗せたクルマは、六本木から麻布十番に向かっていた。専用車を使えるのもあとわずかな日々だ。隣には支店廻りの行員早瀬圭吾が乗っていた。クルマは商店街を通り過ぎ、住宅街に入った。

早瀬は高野の横顔を見た。まっすぐ前方をみている。刑事告発を受けた際、真っ先に逮捕されるのではないか、と噂される高野。その目は澄んでいた。

「それにしても首都三洋とは……」

高野はひとりごちた。

「まったくです」

早瀬が応じた。

ＣＦＪ信託銀行を高井信託銀行に売却する交渉は順調に進んでいた。仮調印を終え、本調印を目指す詳細なツメの最中にあった。それが突如、売却先を三洋信託銀行に変更すると、幾田定行頭取が言い出したのだ。

「信義則に反します」

高野常務は幾田頭取の説得にかかった。

「わかっている……」

幾田頭取は苦渋の表情で弁明した。

高野にとって寝耳に水というわけではなかった。動きは察知していたのだ。井坂副頭取を頭取に担ぎ出す工作が失敗したあと、向原秘書室長が首都三洋の経営企画部長辻元義也と頻繁に会っている事実を、顔見知りの新聞記者から聞かされていたからだ。そればかりではなかった。幾田頭取自身、頭取就任の挨拶に出向いたとき、高島淳三郎頭取と長時間密談を交わしていた。

高野は時間をおかず幾田頭取に面会を求めた。

「君っ！　私に指図するのか」

頭取に対する諫言《かんげん》は、逆に頭取を怒らせてしまった。あのとき、高野は辞任を決意していた。もちろん、刑事告発されたとき、高野自身も無傷ではいられない、いや、牟田監理官が抱く私憤から特別検査が始まったということの始まりを考えれば、最初に身柄を押さえられるのは、自分ではないかと高野は考えている。だから関連会社への転職も謝絶するつもりだ。四十年近く勤めた銀行ともこれでおさらばだ、高野は晴れ晴れする気分になってくるのを、抑えられなかった。いまだに辞表を出していないのは、

「途中下車は卑怯《ひきょう》や」

と、早瀬圭吾が迫ったからだ。

「それも、そうだな。まあ、あと少しだけ君たちとつきあおう」

「少しじゃ困る、三ヵ月は必要です」

早瀬は不満をもらした。

「わかった。君たちの言う通りだ。責任上最後を見とどけなくちゃならないな」

そう約束した。

企画担当常務職を離れ、いま高野は緊急事態に対応する執行役員だ。特別検査の不手際を責められ、企画担当をはずれた高野の処遇に困った幾田頭取が用意したポストだ。ポストにこだわる気持ちなどとっくに消え失せている。新ポストを承諾したのは、いまことを荒立てたくなかったからだ。高野が提唱した増資による資金調達は、刑事告発の報道がなされ、絶望的になっている。いまや合併以外に選択肢は残されていない。合併相手から資金を引き出すことができれば、破綻認定は免れる。中西前頭取が強く押したのは、山東高井だった。しかし、まだどこと提携・合併するか、方向は決まっていない。提携先を幅広く検討していくというのが行内の合意だ。

その微妙な時期――。

銀行のトップが語り合うべきことは、ひとつしかない。合併あるいは提携問題であるのは容易に想像がつくというものだ。しかしなぜ、中西路線を忠実に実行することを約束し頭取に就任した幾田が、急に態度を変え、縁もゆかりもない首都三洋に傾いたたかだ。

「高野さん、静観しましょうや」

「静観って?」

「そうです、静観するんです。しかし、ひとつだけお願いがあります。山東高井の中川さんに会わせていただきたい」

そのやり取りをしたのは、昨日の午前中のことだ。

「会って何を話すんだ」

「アベンジです」

高野は笑った。同じことを中西にも言ったのを思い出したのだ。しかし、金融庁の逆襲で中西は御輿に乗り損ねた。部下が用意した御輿に乗るのは、この銀行の行風だ。今度は俺の番なのか、そう考えるとおかしかった。

「何がおかしいんです?」

「いやあ、悪い悪い。同じことを考える人間もいるのだな、まあ、それはいい、そのアベンジというのを聞かせてくれないか」

「こういうことです」

早瀬は子細に説明した。

なるほど――。あのとき高野は膝をたたいた。ＣＦＪ銀行に対する包囲網は完璧だ。国策検査だったのだから、もはや金融庁が描くシナリオから逃れることはできない、そうだとすると、残された道はひとつ。確かに早瀬の言う通りだ、と高野は思った。

雨が降り出した。ワイパーが激しく左右運動している。クルマは『豊後』前で止まった。クルマから降りようとする高野を押しとどめ、早瀬は言った。土砂降りの雨が頬にかかる。

「高野さん、考えが変わりました。失礼は承知です。高野さんはここでお帰り下さい。中川頭取には私ひとりで会います」

「君ひとりで？　何を言う」

高野は唖然と早瀬の顔をみた。

「勝手ですが、そうさせてもらいます」

「なぜだ！」

高野は思わず怒声を上げた。

「高野さんは現職の執行役員です……」

「それがどうした？」

「その執行役員が訴訟沙汰になるかもしれない、係争相手の銀行の頭取に会うこと自体がスキャンダルです。いや、会うだけならかまわない、そやけど、私が中川頭取に話す内容はアベンジ……。ＣＦＪ銀行からみれば背任行為です。それを承知で中川頭取にお会いになるというのなら止めやしません」

「………」

高野は無言で早瀬の顔を見た。早瀬は続けた。

「私は支店廻りの行員。支店廻りの行員にそそのかされたなどとは、さすがの中川頭取もいえやしませんのや。いったとしても、世間は信じやせん」

「無茶をいうなよ。責任のない君の話を聞いてくれると思うのか。中川さんが席を蹴ったらどうする？」

「そのときは、そのときです。しかし、中川さんほどの人物ですよ、話を聞いてくれますよ。高野さんだって、私の話に耳をかたむけてくれたじゃないですか」

高野は早瀬のいう意味を理解した。そして思った。新人研修のときの人選を、間違っていたことを悔やんだ。

「中西頭取と同じく私も、御輿に乗ることができないわけか」

「生意気を言いました。お詫びします」

「いいんだよ、早瀬君……」

高野はうなずき、早瀬の手を握った。その目に涙があふれていた。

「わかった。すまないが、頼む！」

クルマは静かに動き出した。土砂降りのなか早瀬は走り去るクルマに深々と頭を下げるのであった。踵《きびす》を返し、『豊後』の引き戸を開け、声をかける。

「中川さんが、おいでのはずだが……」

「お待ちになっています」

女将に案内され、座敷にはいった。

「君は？」

中川良幸は大きな目をむき訊いた。

「こういうものです」

早瀬は名刺を差し出し、平伏した。中川は何の肩書きもない平行員の名刺を、しばらくじっと見つめていた。

「高野君は、どうした？」

早瀬は高野が途中で帰った事情を子細に話した。中川の顔が険しくなっていく。いまにも席を蹴って帰りそうな雲行きだ。巨大銀行の運命を左右する重大な話し合いだ。それなのに何の責任も持てぬ、平行員が出向いてくるとは……。そのことに腹を立てている。それでなくともＣＦＪ銀行とは、信託銀行の売却問題でこじれ始めている。

中川は大きな目をむきにらみつけている。

「失礼は承知しています。ご立腹はもっともです。しかし、十分だけ私の話に耳を貸していただきたいのです」

中川はわずかにうなずいた。

「これは銀行員としての矜持なのです」

中川の表情が少しだけ緩んだ。

「続けなさい……」

早瀬は安堵した。正座の姿勢を崩さず、話を続けた。金融庁の思惑、ＣＦＪ銀行の行内事情、ＣＦＪ銀行の問題などを、ほぼ三十分ほど話した――。その間、中川は目を閉じて聞いていた。

「国策検査ね……」

中川頭取は杯を差し出した。

「ちょうだいします」

早瀬はおしいただいた。

「まあ、硬くならんと楽にしてや。ざっくばらんに聞くけど、よろしいな」

「もちろんです」

「出し値はいかほどと見ている」

中川も商売人だ。買い物をするならできるだけ安く買いたいと思うのは、商売人というものだ。

「三千億円ほどでしょう」

「根拠は？」

「信託売却益二千億円と三千億円を合わせれば、なんとか資本不足を来さない金額と計算されるからです」

　ＣＦＪ銀行は、わずか三千億円ほどの資金調達もできぬほど窮地に陥っているのだ。それほど特別検査はＣＦＪを追いつめたのだ。早瀬は内情を隠さず話した。そこまでやるとはと中川は驚きを隠さなかった。

「二兆円の資産を、わずか三千億円で買い取るというわけだな。まあ、役人が考えるのはそんなところだろう。連中は銀行の本当の価値などわかっていないからな。で、マキシマムでなんぼほどの勘定になる？」

　中川は大きな目玉を激しく動かし、次々と質問を浴びせる。マキシマムとは、つまり競り合ったときのボーダーラインだ。それを超えたら株主に損害を与え、大損が発生するという意味だ。

「八千億から八千五百億円――。それがボーダーラインです」

「資本の評価はなんぼだ」

「今度の特別検査で資本が毀損していますので、首都三洋を一としますと、現状ではゼロコンマ六の勘定でしょう」

「わかった。ありがとう。君の狙いは承知した。ＣＦＪを二束三文でたたき売る、そんなことは許さない、というわけだな。それが君のいう銀行員としての矜持か。私にも気持ちはわかる。しかし、私は本気でＣＦＪ銀行と合併するつもりだ。半端な気持ちじゃできないからな」

「わかります。しかし、相手方には金融庁がついています。首都三洋にくっつけるのは国策なんです。反旗を翻せば、風当たりは強くなる。その点はご留意下さい」

「これからが戦いだな。戦いがすんだら、どうするつもりなんだ」

「銀行の仕事は好きです。が、ＣＦＪ銀行を辞めることだけは決めています。その先のことは、何にも決めていません」

「そんならウチにこないか。適当なポストを用意する」

「いや、勤めるなら信金か、地銀です。小さなところなら、ほんまの銀行員の仕事ができますから」

「そうか……。惜しい人材だ。いや、あんたのことは中西君から聞いておった。支店廻りの行員だけど、すごいのがいるってな。高野君がひっぱったそうだな」

「はい」

「今夜は、他に用はない。二人して酔っぱらおうじゃないか」

中川はやおら立ち上がり、障子を開け放った。夕刻、降り出した雨は上がり、雲間から半月が出ていた。

3

東京に出てきてちょうど一年だ。谷中周辺には秋風が吹き、祭り囃子が格子戸ごしに聞こえてくる。谷中諏訪神社の秋祭りが終わるころ、街中が芸術品や美術品で飾られ、「アートリンク」が始まる。素人も本物の芸術家も参加する街を挙げての芸術祭だ。

「来週の土日は諏訪さんの秋祭り。そうか一年経つのね、はやいもんね」

早瀬の腕に腕を絡め、保科弘子が言った。

土曜日の午後。晴天の秋晴れだ。三崎坂から谷中の墓地に出て、日暮里駅の陸橋を渡ると、根岸だ。根岸には正岡子規の旧宅や、旧宅の真向かいには書道博物館がある。今日は、それをみようと、保科を誘ったのだった。二時間ほども歩けば、夕暮れ時だ。そのあとに飲む酒が極上だ。それを楽しみにしての散歩である。二人はJR日暮里駅の陸橋を渡り、旧王子街道に出た。その先を右に曲がると漱石や鷗外が文人たちと談笑した『羽二重団子《はぶたえだんご》』がある。二人は羽二重団子で一休みし、旧王子街道を鶯谷にむかった。このあたりは谷中千駄木とは、また異なる下町風情がある。

「はやいもんや……」

民家の庭先に咲く萩を見ながら早瀬はつぶやく。このあたりもマンションが乱立し根岸の里のわび住まいの風情は消えている。それでも裏通りに入ると下町の風景が残る。もう秋萩が咲く季節だ。こんな小径を道に迷ったりしながら歩くのが好きだ。そこには人びとのささやかな生活があり、ときには思わぬ発見や出会いがある。

ＣＦＪ銀行を辞めて二ヵ月。早瀬は谷中の街に永住することを決めた。ＣＦＪ銀行を退職した高野隆行から封書がとどいたのは二週間前だ。転職の挨拶だった。勤め先は都下の信用金庫で、新しい職場では営業部長を務めている。社用車を乗り回していた大銀行の幹部行員が、いまは自転車で外回り。

「よく決断したものや」

大阪本部の調査部に帰任した厚田均も、さすがに驚いたようだ。あれほどの男だ。引く手あまたというもので、外銀なら年収三億でも迎えるはずだ。それを昔のような銀行員の仕事をしたい、と子どものようなことを言って信金に再就職した。封書の末尾に、またいっしょに働かないか、と書いてあった。悪くはない話だ、と思いながらも、早瀬はまだ返事は出していなかった。

この二ヵ月の間、事態は劇的に変わった。いや、ある意味でいうならば、予想したような方向に事態は動いたというべきかもしれない。それにしても急展開だった。現場を仕切る中川頭取の顔が浮かぶ。

契約交渉を途中で打ち切り、CFJ信託銀行の売却先を、三洋信託銀行に決めたCFJを高井信託銀行が「契約不履行」を理由として契約差し止めの民事訴訟に持ち込んだのは、麻布十番の『豊後』で、中川頭取と会った二週間後のことだ。しかし、それはほんの序の口に過ぎなかった。

しかし、金融庁も四つの業務改善命令を出し、さらに刑事告発をちらつかせ、追い打ちをかけてくる。CFJ銀行の執行部は、ついに、それまで「検査妨害の事実はない」としてきた自らの立場を翻し、幾田頭取は法律違反を認め、金融庁に陳謝する記者会見を開いた。金融庁への全面屈服だ。

刑事告発の動きが頻繁にマスコミで報道されるなか、自力増資の道を絶たれたCFJ銀行は、首都三洋に接近を図る。こうして八月、幾田頭取と高島頭取がそろって記者会見に臨み、両行の統合を発表する。統合発表と同時に山東高井銀行の反撃が始まった。中川頭取自身が記者会見を開き、CFJ銀行との合併提案を発表する。

「七千億円――」

CFJ銀行に対する資本協力を、首都三洋が提示した三千五百億円の倍額を示し、さらに合併比率を一対一にすると、強気な姿勢を通した。それでもマキシマムに対し、まだ一千億円のゆとりがある。もちろん、中川頭取はCFJ銀行から門前払いを食らった。中川頭取の攻勢に首都三洋が恐れをなしたことは確かだ。検査忌避を理由に東京地検特捜部がＣＦＪ銀行関係の事情聴取を始めるのは、その直後のことだ。

「山東高井も巨額な不良債権隠し！」

不穏な情報が業界に流れた。流したのは金融庁だ。意図は明瞭だ。しかし、中川頭取は怯まなかった。

「資金提供八千億円――」

中川はマキシマムぎりぎりまで引き上げてきた。勝負に出たのだ。最初、三千五百億円程度と見積もっていた首都三洋は、それ以上の値付けでなければ合併に持ち込めないことになる。そこで首都三洋はさらに値付けをつり上げた。その段階で中川頭取はさらりと舞台降板を宣言した。

その一部始終を、早瀬は演出家の立場でみてきた。合併問題に決着がついたその夜、早瀬は厚田と食事をした。

「君の予想した通りだ。結局、首都三洋は高値で買うことになったわけだ。しかし、早瀬さんはすごい人だ。評価も高い。それでもやっぱり辞めるんか」

「そのつもりや。あてなどないけどな」

「残念やな」

また一人去っていく。人間と人間の関係は危ういものである。とくにビジネス社会においては……。職位と年次、それに出身大学や属する派閥の均衡によって保たれるビジネス社会の安寧は、ビジネスという中心軸を失えば、跡形もなく消え去るのである。

「そうだね」

厚田は淋しげに笑った。

彼は無類の人好きで、淋しがりやだ。彼を理解できたのは最近のことだ。辛辣に過ぎる言葉つきや、毒を含んだ調子、諧謔に満ちた皮肉な口調、投げやりな態度、自分を低くみせようとする自虐の言葉――。その態度や言動とは裏腹に、誰よりも人間好きなのである。それでいながら素直に他人を認めたり、人に心を開くことができないへそ曲がりなのだ。

しかし、早瀬には格別であった。その格別な思いが、早瀬にはときとして重荷に感じられることがあった。その厚田とも、二度と会うことはないと思うと一抹の淋しさが胸元に突き上げてくる。

あれから一ヵ月――。人びとは首都三洋と山東高井との間で、ＣＦＪ銀行の争奪で峻烈な戦いがあったことなど、すっかり忘れている。いや、正確にいえば、そうした戦いがあったこと自体人びとは知らなかったのだ。

「本当の勝利者は誰なのか」

近ごろ早瀬は、考えるようになった。特別検査では多くの犠牲者が出た。井坂副頭取以下、執行役員二名が逮捕、起訴された。稲葉副頭取の担ぎ出し、ついで首都三洋に接近した向原秘書室長は、室長を罷免された。経営執行権を握った幾田定行にしても、合併がなったあと、閑職に回されるのは必定だ。そうみると、行内抗争の勝利者はみつからない。残るのは空しさだけだ。

「あらっ、ここがそうみたいね」

保科が立ち止まった。通り過ぎてしまいそうな小さな家。そこが正岡子規の旧宅『子規庵』だった。引き戸を開けると、そこが玄関口だ。玄関に続く短い廊下の先が、漱石など子規の門下生たちが集まり、句会などを開いた八畳間だ。続きの部屋が病床に伏せながらも、子規が思索を重ねた部屋だ。部屋は往時のままに再現してある。

二人は庭に面した縁側に並んで座った。考証家の手をかり、東京大空襲で焼かれた子規の家を往時のままに再現したのは、戦後のことである。縁先にはヘチマのつり棚があった。庭には、高浜虚子ら門下生たちが子規のために建てた土蔵がある。土蔵は大震災でも東京大空襲でも、延焼を免れて、いまに伝えていると説明文にあった。

携帯が鳴っている。

早瀬は庭に出て受けた。声が弾んだ。やり取りは短く終わった。

「誰から?」

「提灯屋の忠さんからや」

「何なの……」

「引っ越しの祝いをやりたいってさ」

谷中永住を決めた早瀬は、先週ウィークリーマンションを引き払い、団子坂下近くにマンションを契約したばかりだ。この街の肝煎りは何かと面倒見のいい男だ。

「お祝いね……。受けたの？」

「ありがたいやないの、受けたさ」

「早瀬君も、いよいよ、この街の人間になるわけよね……。みんな大歓迎よ。私も何かお祝いしようかしら、何が欲しい？」

「君が欲しいんや」

その言葉に保科は笑い転げた。

4

国策検査――。その裏面には、一検査官の私怨があった。それが強硬検査に弾みをつけた。早瀬圭吾はことの経過を、よく理解しているつもりでいた。それでも、まだナゾとして残されることが二つあった。
ひとつは、昨夜同期の幣原剛志と会い、ナゾは解けた。いま幣原は企画部を離れ、地方支店に回されていた。一種の懲罰人事だ。

早瀬は訊いた。

「幣原――。地下倉庫の書類の所在を金融庁に通報したのは、おまえじゃないのか」

「さあ、どうかな……」

幣原は否定も肯定もしなかった。どさくさに紛れ、いまや誰も通報者の詮索などするものはいない。特定してみたところで何の意味もないことはわかっている。早瀬が知りたかったのは、その動機だ。地下倉庫の資料の存在が刑事告発の根拠となったことを思えばやはり通報者を特定しておきたかった。

「俺だったら、どうする？」

幣原は居直った。

「さあな、どうもできへんやな」

幣原は逆襲した。

「おまえは銀行を辞めた敗残者。しかし、俺はまだ戦うつもりだ」

言葉とは裏腹に幣原の顔には険がなかった。目の前にいる幣原は、以前のようにぎらぎらしたところがなくなっていた。一分の隙もなく高級スーツで身を固めた完璧なエリート行員。風貌も態度も以前と変わらない。海外勤務経験を持ち、金融の知識も豊かで出世街道を驀進してきた、挫折を知らなかった男だ。しかし彼は変わった。強がりは相変わらずだが。精気のない表情だ。幣原は地方支店に回され、腐っているのか。諦めた男の顔というのは、こういうものなのか――。

「通報でＣＦＪの解体は早まった」

「俺は、そうは思わない」

「そうかな……」

「どっちにせよ、ＣＦＪの運命は決まっていたんだ。通報してもしなくてもな」

「通報者は誰のために通報したんやろ」

「決まっているじゃないか」

「何が？」

早瀬は聞き返した。

「最強の金融グループが誕生したんだ」

支離滅裂だ。

幣原の態度から、早瀬は悟った。本当は向原秘書室長の指示で、首都三洋との合併工作を早めるために通報したのだ。しかし早瀬は言葉にはしなかった。

「そうか、幣原はまだ戦いを続けるつもりなんやな。それがおまえの生き方なんや」

皮肉に幣原は薄く笑った。

「俺はおまえと違って降りないぜ。降りやしない。また本部に戻ってくるつもりだ」

「そうか、がんばれや」

そう言って幣原とは別れた。

早瀬は地下鉄千代田線新御茶ノ水駅で降りた。向かったのは『ますや』だった。奥の席で手酌でコップ酒を飲む牟田要造の姿があった。早瀬は牟田の前に座った。テーブルには高清水が一本おいてある。

「ご一緒させていただきます」

牟田が微笑んだ。

「辞めたそうですな。やはり私の責任だと思いますか……」

「そんな風には思わないですわ」

「そうでしょう、あなたなら……。私もあと半年で退職です。自由な身になれるっていいもんでしょうな」

風采がさっぱりなのは、あのときといっしょだ。よく居酒屋にとけ込んでいる。背筋を伸ばしいい姿をしている。CFJを破綻寸前まで追いつめ、首都三洋に売り飛ばす下地を作った男は、あと半年で退官する。今度の功績を認められ、彼は箔をつけて、金融庁の営門をあとにするのか、その表情からはうかがい知ることはできない。牟田は立て続けにコップ酒を飲み干した。

「郷里は雪深いところでね。一冬越すごとに強くなるのは酒ばかりだ」

方言を隠さずに言った。

「八千億円を超えましたな。いや、驚きでしたよ。幹部たちも、そりゃあ、驚いていました。中川頭取が強気に出たのは、どうしてだと思われますか」

その言葉から、牟田はすべてを読み解いていると思った。作演出は君ではないか、と疑う目をしている。しかし、それを牟田は言葉にすることはなかった。

「牟田さん。教えてもらいたいことがありますんや」

「どんなことでしょうか」

「なぜ、高野常務が逮捕者のリストから外れたのです？」

「逮捕して欲しかったんですか」

「バカをおっしゃる」

酒の入ったコップを片手に、牟田はしばらく考えていた。

「皮肉なことですな。私が抱いた私怨。それが高野さんの窮地を救ったんですよ」

「どういうことです？」

「前に会ったとき、言ったことを覚えていますよね。私ら検査官の仕事は、検査報告を上司に上げたところで、終わるのですよ。私らは手駒――。報告を読み、どう処分するかは幹部たちの仕事なんです」

「形式的には、そういうことでしょうな」

「私の気持ちなど、あなたにわかるはずもない！」

そう言って牟田は早瀬を凝視した。鬼の検査官の目だ。二人の目は宙で絡み合って静止した。睨み合いは、どれほどの時間続いたか、牟田の目の奥には狂気の炎が不気味に燃えていた。思わず視線をそらしたのは早瀬の方だった。

「いいましたよな、今度のことは、国策検査だったことを――」

牟田は繰り返した。

視線をテーブルに落とし、この男は勝利者なのか、と早瀬は考えた。この男のスキャンダルをほじくり出し、沈黙させることを本気で考えたが、存外に牟田は身ぎれいな官吏だった。けれども、その完璧ともいっていい潔癖な処世とは裏腹に下積みの男が抱くねじれた狷介な精神を思わずにはいられなかった。

「私も、無念なんです」

「何がです」

「高野をぶち込めなかったことですよ」

「ぶち込めなかった、と！」

牟田は笑っている。

「わけは？」

「国策検査――。そうである以上、私怨は許されない。そうでしょう。国策検査は公憤によって行われる。仮に高野が逮捕されたら世間はどういうと思います」

「なるほど。国策検査――。誰の発案です」

「海の向こうの代理人さ」

早瀬は得心した。私憤で検査を歪めたと非難されることを、金融庁幹部は恐れ、高野を逮捕者リストから外したのだ。かつて兄事した先輩の雪冤を、国策検査であるが故に晴らすことができずに終わった無念。そう考えれば、確かに皮肉な結果だ。海の向こうの代理人がしかけた国策検査に、下僚に過ぎぬ牟田は抗うことができなかった。無念だと言ったのは、そういう意味だ。彼は不完全な勝利者だったのだ。

牟田は立ち上がった。躯が揺れた。縄暖簾をくぐり表に出た。早瀬は後を追った。揺れる躯を支えた。牟田はその手を邪険に振り払い、よろめきながら歩き出した。その姿は闇の中に溶けていった。

本書は二〇〇六年十二月に講談社より刊行された『特別検査　金融アベンジャー』を改題し、加筆・修正しました。

本作品はフィクションであり、実在の個人・団体などとは一切関係がありません。

文芸社文庫

特別検査

金融報復者

二〇一八年六月十五日　初版第一刷発行

著　者　杉田望
発行者　瓜谷綱延
発行所　株式会社　文芸社
〒一六〇－〇〇二二
東京都新宿区新宿一－一〇－一
電話　〇三－五三六九－三〇六〇（代表）
〇三－五三六九－二二九九（販売）

印刷所　図書印刷株式会社
装幀者　三村淳

ISBN978-4-286-19921-4

［文芸社文庫　既刊本］

贅沢なキスをしよう。
中谷彰宏

いいエッチをしていると、ふだんが「いい表情」に。「快感で人は生まれ変われる」その具体例をあげて、心を開くだけで、感じられるヒント満載！

全力で、1ミリ進もう。
中谷彰宏

失敗は、いくらしてもいいのです。やってはいけないことは、失望です。過去にとらわれず、未来から今を生きる――勇気が生まれるコトバが満載。

フェイスブック・ツイッター時代に使いたくなる「孫子の兵法」
村上隆英監修　安恒　理

古代中国で誕生した兵法書『孫子』は現代のビジネス現場で十分に活用できる。2500年間うけつがれてきた、情報の活かし方で、差をつけよう！

「長生き」が地球を滅ぼす
本川達雄

生物学的時間。この新しい時間で現代社会をとらえると、少子化、高齢化、エネルギー問題等が解消される――？　人類の時間観を覆す画期的生物論。

放射性物質から身を守る食品
伊藤　翠

福島第一原発事故はチェルノブイリと同じレベル7に。長崎被ばく医師の体験からも証明された「食養学」の効用。内部被ばくを防ぐ処方箋！